Über den Autor

Timo Leibig, geboren 1985 in Gunzenhausen, studierte interaktives Design und verbale Kommunikation in Nürnberg. Parallel zu seinem Studium arbeitete er in der Computerspielbranche zunächst als Designer und Programmierer, später als freiberuflicher Entwickler und Creative Director.

In dieser Zeit begann er mit dem Selfpublishing. Elf Thriller, zwei Krimis und einen Fantasyroman hat er bislang veröffentlicht. Timo Leibig lebt in Bayern.

Mehr Informationen über Timo Leibig finden Sie unter: **www.timoleibig.de**

Oder in Social Media: **facebook.com/TimoLeibigAutor instagram.com/timoleibigautor**

Foto: flow n mary – Studio für Gestaltung

Timo Leibig

Totenfahrt

Thriller

Der sechste Fall
für Leonore Goldmann und Walter Brandner

Veröffentlicht als E-Book und Taschenbuch.

Texte: © Timo Leibig
Pacellistraße 1, 91785 Pleinfeld
www.timoleibig.de, info@timoleibig.de

Umschlaggestaltung: Timo Leibig
Umschlagfotos: shutterstock – Royalty Free Stock Photos, © Nazar Doroshkevych
Lektorat: Hanka Leo – Lektographem.de
Satz: Timo Leibig

1. Auflage, Mai 2020

Für eine gesunde Streitkultur.

1

Mittwoch, 23. Mai – 01.19 Uhr

»War ja klar!« Kiara blickte genervt von ihrem Handy auf. Ihr Gesicht spiegelte sich als schemenhaftes Oval in der Fensterscheibe wider, erhellt vom Schein des Displays. Im Fernbus brannte nur die Nachtbeleuchtung.

Draußen zogen gelegentlich Hecklichter der Lkws vorbei, wenn sie einen überholten. Viele waren es nicht. Als Kind hatte Kiara sie gern bei längeren Fahrten gezählt, aber so was machte man mit siebzehn nicht mehr. Da rettete man die Welt. Da ging man auf Demos. Für die Zukunft des Planeten und gegen Massentierhaltung.

Kiara rieb sich die müden Augen und warf nochmals einen Blick auf ihr Smartphone. Immer noch kein Empfang. Ihre letzte WhatsApp an Elli war auch nicht rausgegangen. Super. Zusammen waren sie in Zürich auf einer Demo gegen die Zustände im Züricher Schlachthof gewesen. Kiara hatte die Gelegenheit genutzt, um ihre Freundin aus Internatszeiten in den Pfingstferien wiederzusehen. Es war zwar nur für einen Tag, aber die lange Fahrt hatte sich gelohnt.

Apropos lange Fahrt: Wie spät war es eigentlich? Kurz vor halb zwei. Noch eine gute halbe Stunde bis zum ZOB. Spätestens dann hatte sie wieder Empfang – vorausgesetzt ihr Akku hielt durch. Der zeigte nur noch dreizehn Prozent an, und die Powerbank in ihrem Rucksack war auch schon leer, von den nicht funktionierenden Steckdosen unter ihrer Sitzbank ganz zu schweigen.

Ihr Wasser aber nicht. Sie zog die halb volle Getränkeflasche aus lila lackiertem Edelstahl aus der Seitentasche ihres Rucksacks, der neben ihr auf dem freien Sitz stand. Jetzt konnte sie endlich trinken. Sie hasste es, im Bus oder an den Rastanlagen auf die Toilette zu müssen. Alles war verpisst oder verschissen. Ekelhaft. Wie die Frauen es nur schafften, alles einzusauen! Bei den Männern sah es vermutlich besser aus. Die konnten wenigstens zielen.

Kiara trank ausgiebig, bis nur noch zwei Schlucke in der Flasche waren, dann verstaute sie sie wieder und checkte abermals ihr Handy. Das Icon für Empfang rührte sich immer noch nicht. Sie rollte mit den Augen und ließ den Kopf gegen die Scheibe sinken. Das Glas war kühl und vibrierte sanft. Sie saß im hinteren Drittel des Busses auf der rechten Seite. Von vorn wehte Radiomusik zu ihr. Etwa dreißig Aktivistinnen und Aktivisten waren mit an Bord. Alle hatten lautstark für das Tierwohl demonstriert und dafür die extra angebotene Fahrt eines veganen Reiseunternehmens nach Zürich gewählt: morgens um 6.30 Uhr los, nachts gegen zwei Uhr zurück. Und das *in* den Ferien. Da sollten Kritiker noch einmal sagen, dass

Schüler nur auf die Straße gingen, um den Unterricht zu schwänzen. Die hatten doch alle keine Ahnung. Wobei niemand in Kiaras Alter an Bord war.

Ein paar Reihen vor ihr sprach eine Gruppe von vier Frauen mittleren Alters leise miteinander, dann fuhr ein Homomännerpärchen mit, ein paar Normalos und mehrere Einzelpersonen, die meisten davon Frauen. Den wenigen einzelnen Männern war ihr Engagement eher nicht anzusehen. Der unrasierte Typ mit dem zurückgekämmten, lichten Haar schräg vor ihr passte mal so gar nicht ins Bild eines Demonstranten: Mit dem schwarzen Langarmshirt und dem Parker in grau-schwarzer Camouflageoptik wirkte er eher wie jemand, der an Wochenenden kiloweise Holzfällersteaks auf den Grill warf.

Aber gut ... es war eine *bunte, linke Mischung*, wie ihr Vater sagen würde. Er fand es gut, dass Kiara eine Meinung hatte, wenn er auch – gerade beim Thema Tierwohl – andere Ansichten vertrat. Kiaras vegane Ernährung führte regelmäßig zu Diskussionen. Dass man Fleisch reduzieren konnte, räumte er ein und tat es auch, aber auch Butter, Milch, Sahne und Eier verbannen? Irgendwo hörte der Spaß doch auf ...

Das Popgedudel und die sanften Vibrationen machten Kiara schläfrig, aber es war so gar nicht ihre Musik und so steckte sie die Ohrstöpsel zurück, drehte Juju featuring Henning May auf und schloss die Augen.

Die Bässe und Hennings rauchige Stimme waren ihr schon nach einem halben Lied zu viel. Sie schaltete stattdessen auf Noise Cancelling. Ruhe breitete sich in ihrem

Kopf aus, eine Wohltat nach dem Tag, und mit der Ruhe kamen die Gedanken.

Sie dachte an Elli, die seit ihrem letzten Besuch vor einem halben Jahr ganz schön muskulös geworden war. Sie trainierte mittlerweile fünfmal die Woche und ernährte sich strikt nach Plänen, die Fitnessbloggerinnen auf Instagram empfahlen. Kiara konnte zwar den Wunsch verstehen, etwas aus sich zu machen, aber Sojajoghurt mit Gurkenscheiben zu Mittag? Proteinshake mit Vanillegeschmack anstelle eines Abendessens? Und dazwischen ins Studio und mit laszivem Hüftschwung Hantelstangen stemmen für einen straffen Po? Nein, danke. Das Probetraining hatte Kiara gereicht. Die ganzen Kerle in ihren Achselshirts, die ihr beim Workout auf den Hintern gegafft hatten. Widerlich. Wie Elli das nur aushielt. Oder genoss sie die Blicke? Möglich. So liebenswert Elli auch war, sie hatte schon immer einen ungesunden Hang, Aufmerksamkeit auf sich zu ziehen. Irgendwas gefiel ihr daran. Kiara gefiel es nicht.

Eine Erschütterung erfasste den Bus, und Kiara schrak hoch. Der Bus glitt nach rechts auf eine Abbiegespur. *Das ging aber schnell.* War sie zwischendurch eingenickt?

Sie kniff die Augen zusammen und spähte hinaus in die Dunkelheit. Über ihnen zog eine Straßenbeschilderung dahin, kaum lesbar, weil sie nicht mehr vom Scheinwerferlicht erfasst wurde. Trotzdem konnte Kiara entziffern, dass es die Abfahrt 27 war, eine vor der Abfahrt Süd. Das ergab keinen Sinn; zum Zentralen Omnibusbahnhof musste man Mitte rausfahren, oder sogar Nord, wenn viel Verkehr herrschte. Was wollten sie so weit im Süden?

Ihr Handy war zwischen ihre Oberschenkel gerutscht. Sie fingerte danach, nur um festzustellen, dass sie immer noch keinen Empfang hatte. So konnte sie nicht mal auf der Straßenkarte prüfen, wohin genau sie fuhren. Aber warum auch? *Paranoia, klar.* Wahrscheinlich umfuhren sie eine Baustelle. Zurzeit wurde ja überall gebaut. Ihr Vater fluchte jeden Abend, wenn er nach Hause kam.

Über eine langgestreckte Kurve verließen sie die Autobahn und überquerten eine Kreuzung. In einiger Entfernung erhellten blau-weiße Lichter einer Tankstelle die Nacht, doch die Straße folgte einer weiteren Kurve und führte weg von den Lichtern.

Kiara sah der kleiner werdenden Leuchtreklame hinterher. Irgendwie komisch. Auch einige Mitfahrer sahen sich um, wohingegen andere seelenruhig schliefen, die Köpfe gegen die Fensterscheiben gelehnt.

Wahrscheinlich eine Umleitung. Die Busfahrer kannten doch jeden Schleichweg. Vielleicht gab es auf der Hauptroute ja einen Unfall. Egal. Hauptsache sie kamen nicht mit allzu viel Verzögerung an. Kiara wollte nur ins Bett und pennen.

Nochmals die Augen zu schließen und sich gegen die Scheibe zu lehnen kam aber nicht infrage. Etwas beunruhigte sie. Sie spürte so ein Kribbeln in der Magengrube, eine Ahnung von drohender Gefahr. Das letzte Mal hatte sie das in Portugal gespürt, als sie mit ihren Eltern in Porto gewesen war. Sie hatten zu dritt am Ufer des Douro gestanden, die bunten Fassaden der Ribeira im Nacken, und die berühmte Metallbrücke Ponte Luís I bestaunt. Sie ähnelte in ihrem Stil dem Pariser Eiffelturm, was nicht verwunderte; Gustave Eiffels Partner Théophile Seyrig hatte sie geplant. Jedenfalls hatte Kiara dort gestanden, eine kühle Brise vom Atlantik im Gesicht, die Sonne auf den gebräunten Schultern, und irgendwie gespürt, dass man es auf ihre Spiegelreflexkamera abgesehen hatte. Sie hatte sie samt Rucksack fest an den Körper gedrückt, hatte eng neben ihrem Vater gestanden und dann war es doch passiert. Eine Gruppe von Touristen und Einheimischen hatte sie umspült, ein kurzer, aber harter Rempler, ein Stolpern und schon war ihre Kamera weg ...

Eine erste Straßenlaterne schälte sich aus der Nacht und zog vorbei. Und noch eine und noch eine. Dahinter dunkle Quader mehrgeschossiger Gebäude vor dem Nachthimmel. Ein Industriegebiet mit jeder Menge Büros. Kiara konnte nirgends Lichter erkennen. Alles war dunkel. Logisch. Nachts um halb zwei.

Dann fiel ihr ein, dass sie auf der Hinfahrt nach Zürich irgendwo nach der Abfahrt gehalten hatten, um einen zweiten Schwung Aktivistinnen und Aktivisten aufzugabeln. Ja, da waren nochmals sieben oder acht eingestiegen. Die ließen sie jetzt vermutlich zuerst raus.

Tatsächlich wurde der Bus langsamer und langsamer, allerdings war die Haltestelle mit Parkplatz nirgends zu sehen. Nur Dunkelheit. Kiara blickte angespannt hinaus, ihr Handy fest in den Händen.

Etwas blitzte. Ein Warndreieck. Der Umriss eines Wagens am Straßenrand. Daneben zwei Gestalten in der Dunkelheit. Direkt neben ihnen kam der Bus zum Stehen.

Kiara nahm die Kopfhörer aus den Ohren, gerade als die vordere Tür seufzend aufschwang. Der Busfahrer fragte hinaus: »Was passiert?«

Eine der Gestalten, ein massiger Kerl mit Kapuzenpulli über dem Kopf, rief herein: »Panne. Geht nichts mehr. Fahren Sie in die Stadt?«

»Schon. Wollen Sie mit?«

»Wäre super. Hier hat man nicht mal Empfang.«

»Ja, ich weiß. Scheiß Gegend für 'ne Panne.«

Die zwei Gestalten stiegen ein. Sie hatten je eine Reisetasche dabei.

Kiara entspannte sich, strich sich eine Haarsträhne aus dem Gesicht und packte den Ohrstöpsel zurück ins Ohr, während sich der Bus wieder in Bewegung setzte. Zügig nahm er Fahrt auf, und keine zwei Minuten später kam endlich der Parkplatz in Sicht, spärlich beleuchtet von drei Laternen. Wie bei jeder Haltestelle kam diese typisch deutsche Hektik auf: Einige Anwesende erhoben sich, um ihre Jacken anzuziehen, und andere holten ihre Rucksäcke aus der Ablage über ihren Köpfen. Man stand sprungbereit im Mittelgang, um ja den Ausstieg nicht zu verpassen. Kiara schüttelte den Kopf. *Weil der Busfahrer ja auf keinen Fall wartet, bis alle ausgestiegen sind. So ein Schwachsinn.*

Die Haltestelle rauschte vorbei.

Kiara blickte dem mit Graffiti beschmierten Häuschen vor dem Parkplatz hinterher und hörte trotz des Noisecancelling die erstaunten Rufe. Mit gefurchter Stirn nahm sie die Ohrstöpsel wieder raus und spähte über die Sitze hinweg nach vorn. Eine der Gestalten stand beim Fahrer, die andere in der ersten Reihe im Mittelgang. Zwei Frauen riefen dem Fahrer zu, dass er vorbeigefahren sei!

Er gab keine Antwort, aber da bogen sie auch schon in einen Kreisverkehr ein. Kiara vermutete, dass sie zurück zum Parkplatz fuhren, doch sie täuschte sich. Sie bogen an der zweiten Ausfahrt ab und drangen weiter in die Dunkelheit vor. Die drei Laternen des Parkplatzes verschwanden hinter Büschen und Hecken.

Ein Kerl weit vorn drängte in den Mittelgang. »Was soll der Scheiß?« Ärger schwang in seiner Stimme mit.

Und eine Frau schob Richtung Busfahrer hinterher: »Haben Sie getrunken? Das war unsere Haltestelle!«

Immer mehr der Anwesenden erhoben sich, blickten irritiert nach vorn. Kiara erkannte den massigen Kapuzenpulli im Mittelgang ganz vorn. Er hantierte an seiner Reisetasche herum.

»Hey!«, rief wieder jemand. »Was soll der Mist jetzt! Halten Sie endlich an!«

Anstatt des Fahrers antwortete der massige Typ: »Machen wir schon, keine Sorge!« Mit einer Hand streifte er sich etwas Schwarzes über das Gesicht. Mit der anderen zog er eine Maschinenpistole aus der Reisetasche.

2

Die Mittagssonne knallte in den Besprechungsraum 211 des Polizeipräsidiums. Die hohen Fenster waren allesamt geschlossen, obwohl man sie öffnen konnte. Ferretti wollte, dass sie geschlossen blieben, und so schwitzte Cahide am Hintern, am Rücken, unter den Armen und zwischen den Brüsten. Trotzdem zog sie den Sommerblazer nicht aus. Sie hatte extra den dünnsten aus tintenblauem Leinen gewählt, dazu eine dunkle Jeans mit Waschung, damit man etwaige Schweißflecke nicht sah.

»Ich möchte, dass du noch einmal tief in dich hineinhorchst«, sagte er. »Hosen nach einmaligem Tragen zu waschen lässt mich aufhorchen. Hast du das schon immer so gehandhabt?«

Doktor Rinaldo Ferretti, fünfundfünfzig Jahre alt, gebürtiger Südtiroler, Polizeipsychologe im Team der bayerischen Einsatznachsorge, lehnte an der Fensterbank und musterte Cahide aus seinen braunen Augen. Ein Bein hatte er locker auf einen herangezogenen Stuhl gestellt. Seine Stoffhosen waren zu eng.

Cahide zuckte mit den Schultern. »Reinlichkeit ist mir wichtig, Herr Ferretti.«

»Reinlichkeit ist auch eine löbliche Tugend, Cahide, die in der heutigen Zeit bei jungen Leuten häufig zu kurz kommt, sie ist aber – bei krankhafter Ausprägung – ein ausgezeichneter Indikator für tiefergehende Probleme.« Er verzog sorgenvoll den Mund, eine einstudierte Mimik. »Fühlst du dich beschmutzt? Ist da manchmal Ekel in dir? Hast du den Drang, dich zu übergeben?«

Oh ja, den Drang hab ich zweimal pro Woche in unseren Sitzungen ... »Nur wenn ich zu viel getrunken habe, und das kommt selten vor.«

Der Sarkasmus ließ ihn kalt. »Und sonst nicht? Das erstaunt mich fast. Du hast unmittelbar erlebt, wie ein Kollege erschossen wurde. In Clemens Sanders' Bericht steht, dass du von Kopf bis Fuß mit Blut besudelt warst. Dazu die Bedrohung durch Francis Maybach wenige Wochen davor. Du warst laut deiner eigenen Aussage in der Situation leicht bekleidet. Wie viel hattest du an, als Maybach dir die Pistole an den Kopf hielt?«

Cahide dachte an Francis' Blick, der zu ihrem nackten Intimbereich gewandert war, und spürte ein Zittern in den Fingern, blieb sonst aber ruhig. *Ganz ruhig. Ruhig, ganz ruhig.* »Meinen Schlafanzug. Olles, weites Teil.«

Ferretti schien über diese Information enttäuscht zu sein, nein, er *war* enttäuscht! Er überspielte es zwar ausgezeichnet, und jemandem ohne Erfahrung mit Verhören wäre es entgangen, aber nicht Cahide.

»Trotzdem kein Outfit, das jemand mit deinem Gespür für Kleidung einem Fremden zeigen würde, oder?«, fuhr er fort. »Maybach drang sogar gewaltsam in deine Wohnung ein, ich meine, das ist eine Überschreitung jeglicher privaten Grenze, wenn nicht sogar deiner Intimgrenze. Das kann durchaus eine zwanghafte Störung zur Reinlichkeit hervorrufen, genauso wie die Körperflüssigkeiten des ermordeten Kollegen. Siehst du heute noch das Blut auf deiner Haut? Schrubbst du dich unter der Dusche rosig, bis es brennt? Willst du deswegen deinen Blazer nicht ausziehen, um das imaginäre Blut nicht sehen zu müssen?«

Cahides Augenlid zuckte. Am liebsten wäre sie aus dem Raum gestürmt, aber auch diesen Sieg gönnte sie dem Frettchen nicht. So falsch lag er leider nicht: Sie wusch ihre Wäsche seit der Geiselnahme täglich. Immer wieder sah sie das Blut des Kollegen, aber nicht auf ihrer Haut, sondern an den Kleidern. Sie sah die Sprenkel, die Flecken, die Spritzer und begann zu zittern. Sie wusste, dass sie nicht da waren, aber sie *sah* sie. Und ihre Waschmaschine drehte sich Runde um Runde.

Aber das würde sie niemals diesem Arschloch von Psychologen erzählen. Langsam verstand sie, warum Brandner dieser Berufsgruppe gegenüber eine Abneigung hegte. Wie Ferretti überhaupt Psychologe hatte werden können ... Der Typ war schmierig und hatte eindeutig ein Problem mit Frauen. Wie er sie musterte, wie er sie in Gedanken auszog, wie er sich überlegte, ob sie untenrum rasiert war oder nicht, und wie er sie blickfickte. Sie konnte es spüren – und war so machtlos. Und diese Machtlosigkeit war schlimmer als der unverhohlene Voyeurismus in seinen Augen. Ferretti hatte ihr die Diensttauglichkeit bescheinigt, aber nur unter der Auflage einer begleitenden, psychoanalytischen Therapie. Vierzig Sitzungen, zwei pro Woche, jeden Montag und Mittwoch. Zum Glück hatte sie es bald hinter sich. *Nur noch sechs Sitzungen ...*

»Keine Antwort?« Ferretti seufzte. »So funktioniert das nicht, Cahide. Ich habe es schon mehrfach gesagt: Du musst dich deinen Ängsten und vor allem mir gegenüber öffnen, nur so können wir effektiv in die Aufarbeitung deiner traumatischen Erlebnisse einsteigen. Das zu wiederholen werde ich auch nach vierunddreißig Sitzungen nicht müde.« Wieder machte er eine Pause für eine Erwiderung, die sie ungenutzt verstreichen ließ. »Vielleicht liegt es am Präsidium. Ich predige schon seit Jahren, dass sich die Nachsorge am Arbeitsplatz als suboptimal erweist. Viele können sich in den gewohnten Räumen nicht öffnen. Man denkt an Kollegen, die etwas mitbekommen könnten, an Vorgesetzte, zuletzt an Mobbing und Gerede auf den Gängen. Du bist mit dieser Sorge nicht allein.« Schwungvoll verließ er seinen Platz am Fenster und kam zum Stuhl, der ihrem gegenüberstand. Er setzte sich aber nicht, sondern lief an ihr vorbei zu seiner Tasche aus speckigem Leder. Die Magnetverschlüsse klackten.

Cahide wagte einen Blick auf ihre Armbanduhr. Bereits kurz nach zwölf. Wieder flackerte Ärger in ihr. Die Sitzung hätte offiziell bis 11.45 Uhr gehen sollen, aber Ferretti überzog regelmäßig. Mit Absicht. Reine Schikane.

Seine Schritte hinter ihr ließen sie den Ärmel zurück über die Uhr schieben, eine Berührung an ihrem Hals sie aufspringen. »*Was—!*«

»Ein Käfer.« Ferretti hatte einen schwarzen Punkt zwischen Daumen und Zeigefinger, schnippte ihn beiseite und lächelte. Dann wurde er wieder ernst. »Wollen wir für den nächsten Termin einen neutralen Ort aufsuchen? Ich schlage die Bar Helvetia vor, die hat einen ausgezeichneten Mittagstisch. Oder den Stadtpark bei schönem Wetter? Eingang Nordseite?«

Um nicht Gefahr zu laufen, ihm spontan die Fresse zu polieren, steckte Cahide ihre geballten Hände in die Hosentaschen. »Ich hab es nicht so mit Sonne.« Der Tremor in ihrer Stimme gefiel ihr nicht, denn er entging ihm sicherlich nicht. »Und auch nicht so mit der Bar Helvetia. Die Polizeikantine reicht mir kulinarisch völlig aus.«

Sein Gesicht war rund wie eine Kartoffel, die Augenbrauen buschig, das Haar gelockt. Der Blick allerdings messerscharf, und die Stimme null Grad Celsius kalt. »Dann wie üblich: Montag, elf Uhr, hier. Aber bitte denke über einen neutralen Ort nach. Ich möchte beim nächsten Termin einen Vorschlag deinerseits hören. Das Präsidium scheint dich in der Offenheit zu hemmen.« Er hob die Hand, um ihre Erwiderung von vornherein zu unterbinden, und kam um den Stuhl herum, um vor ihr stehen zu bleiben. »Keine Schnellschüsse, Cahide. Ich kann nur zu Besonnenheit raten, denn wenn es so weitergeht wie bisher, werde ich mich gezwungen sehen, eine Verlängerung deiner Therapiemaßnahme um weitere vierzig Sitzungen zu beantragen. Dezernatsleiter Rochell wird dem zustimmen, denn welcher Vorgesetzte möchte schon eine so engagierte und ... nette Kollegin verlieren.« Wieder dieses Lächeln. »Einen schönen Tag noch, Cahide.«

Sie stand immer noch an Ort und Stelle, als er längst samt seiner cognacfarbenen Ledertasche mit Magnetverschlüssen gegangen war. Einzig sein Parfüm blieb. Bei der Hitze roch es wie ein Gemisch aus Essigessenz und Vanilleschote.

Dann bebten ihre Schultern, Tränen traten ihr in die Augenwinkel und ein »Du mieses Arschloch!« brach aus ihr heraus. Mit einem Tritt stieß sie seinen Stuhl um, wandte sich den Fenstern zu, riss eines davon auf. Vom zweiten Stock des Präsidiums konnte sie nicht über die gegenüberliegenden Gebäude blicken, nur hinab zur Hauptstraße und auf die grauen Fassaden dahinter. Der Anblick war genauso trist wie ihre Perspektiven.

Sie wusste, dass Ferretti jegliche Grenze als Psychologe überschritten hatte und seine Machtposition in dieser extrem asymmetrischen Beziehung ausnutzte. Sie hatte sich erkundigt: Duzen, Stundenüberziehungen, Vorschläge zu Sitzungen im öffentlichen Raum, spätestens die unangekündigte Berührung vorhin. *Ein Käfer ...!*

Ein beängstigender Gedanke durchfuhr sie und sofort fand sie sich auf dem Boden wieder, suchte auf allen vieren das staubige Linoleum ab, Zentimeter für Zentimeter, kroch sogar unter einen der Tische, bis sie ihn fand.

Der *Käfer* bestand aus Fasern. Der Käfer war ein schwarzer, zusammengedrehter Fussel.

Gregor hatte seine Currywurst mit Pommes bereits zu zwei Dritteln vertilgt, als sich Cahide in der Kantine ihm gegenüber niederließ. »Hat es der *Dottore* mal wieder nicht so genau mit der Zeit genommen?«, fragte er schmatzend. »Langsam würd ich mich mal beschweren. Jeden Montag und Mittwoch derselbe Scheiß.«

Ja, derselbe Scheiß. Zu mehr gedanklicher Formulierung war ihr Gehirn noch nicht fähig. Sie fühlte sich wie betäubt und blickte auf das vegetarische Hauptgericht auf dem eierschalenfarbenen Tablett; bunter Salatteller mit gekochten Eiern und Brot. Plötzlich wurde ihr speiübel. Sie hustete hart.

»Alles okay?« Gregor ließ die Gabel sinken. »Du siehst ziemlich blass um die Nase aus.«

»Geht schon.« Ihre Stimme war ganz heiser. Dagegen trank sie einen großen Schluck Coke Zero. »Ich muss nur was essen. Hatte heute kein Frühstück.« *Und ein Arschloch am Vormittag.*

»Kein Frühstück?«, echote Gregor. »Wahnsinn. Wie ihr Frauen so was nur aushaltet! Ohne geh ich nicht mal aus dem Haus. Das Frühstück ist die wichtigste Mahlzeit des Tages.« Er musterte ihren Salat. »Willst dir nicht lieber was Gescheites holen? Nichts gegen Salat, aber ein Stück Fleisch hält deutlich länger vor als das Grünzeug.«

Sie hob den Blick. »Du weißt, dass ich kein Fleisch esse.«

»Wegen des Tierwohls, ja, löblich, löblich, aber dann müsstest du konsequenterweise auf vegan umstellen. Vegetarisch bringt gar nichts. Wusstest du, dass für vegetarische Wurst auf Eiweißbasis mehr Tiere sterben als für das Original?«

Cahide hatte für das Thema keinen Nerv, aber sie kannte Gregor mittlerweile gut genug; er würde es ihr so oder so erzählen. »Wirklich?« Sie halbierte eines der hartgekochten Eier.

»Jo. Irgendein Foodblog, dem meine Freundin folgt, hat das durchgerechnet. Aus einem Schwein kann man im Schnitt einhundert Kilo Mortadella herstellen. Um die gleiche Menge vegetarische Mortadella auf Eiklarbasis zu erzeugen, braucht man rund siebzig Kilo Eiklar, was rund zweitausendzweihundert Eiern der Größe M entspricht, das Eigelb nicht berücksichtigt. Eine Henne legt aber nur rund dreihundert Eier im Jahr und wird schon nach fünfzehn Monaten geschlachtet, weil ihre Eierproduktion nachlässt. Also rund sechs Hennen sind für die Mortadellaalternative nötig. Und dann sind da noch die männlichen Küken, die in den meisten Betrieben geschreddert werden. Also zwölf Hühner im Vergleich zu einer Sau! Ist das ökologisch? Ein Witz, sag ich.«

Cahide ließ das aufgespießte Ei sinken. *Ruhig. Ganz ruhig.* »Es gibt aber auch vegane Ersatzprodukte und genug natürliche Alternativen. Dafür stirbt gar kein Tier.«

Er nickte fleißig. »Drum sag ich ja: Wenn dann vegan. Aiko hat letzthin Burger angeschleppt. Da lief aus den Patties roter Saft raus. Ich hätte ihr nicht geglaubt, dass die vegan sind, hätte sie mir nicht danach die Packung gezeigt. Aber wie krank ist das bitte? Wieso brauchen Veganer und Vegetarier Ersatzprodukte, die ihnen Fleisch vorgaukeln? Wenn ich Fleisch essen will, ess ich Fleisch, wenn ich drauf verzichten will – aus welchen Gründen auch immer –, verzichte ich darauf. So ist das doch nur eine Ersatzdroge. Fleisch aus dem Labor. Lächerlich. Ich bastel mir doch auch nicht aus Rouladen Salatköpfe.« Ihn schüttelte es.

Seine Aufgebrachtheit ärgerte Cahide. Vielleicht war es auch ihre Wut auf Ferretti, die sie das Besteck auf den Teller knallen ließ. »Was vermiest du mir jetzt eigentlich mein Mittagessen? Was müssen sich die Leute immer um die Angelegenheiten anderer kümmern? Es gibt so viele Nahrungsmittel, da ist für jeden was dabei! Also: Nicht immer auf den Teller des anderen schauen, sondern dein eigenes Essen fressen und Klappe halten.« Sie senkte den Blick, atmete tief durch und griff wieder nach dem Besteck.

Um sie herum war es still geworden, bis eine Kollegin von der Streife am Nebentisch zu ihrem Gegenüber sagte: »Recht hat sie! Jedem das seine. Ich bleib bei Fleisch und lass mir das von niemandem vermiesen!« Zustimmendes Gemurmel erhob sich, bis jemand meinte: »Bullshit! Die Kantine sollte mindestens zwei fleischfreie Tage pro Woche einführen! Nur so wird das was!« Ein anderer konterte: »Funktioniert doch nicht, Peter! Selbst die veganen Gerichte haben sie wieder von der Karte gestrichen, weil die niemand wollte.« »Aber jemand muss anfangen!« »Aber nicht ich!« »Ja, nicht du. Nach dir die Sintflut, was?« Jemand pfiff, ein Kerl rief belustigt: »Der beste Fisch ist der Schnitzel!«, und eine Frau meinte: »Ihr seht das alle viel zu eng! Ernährung ist doch keine Religion! Da gibts doch nicht nur Gott und Teufel!«

Cahide schloss die Augen. *Vier zu zwei pro Fleischkonsum,* wenn sie richtig mitgezählt hatte. Die meisten wollten zwar, dass sich was änderte, aber nicht bei ihren Essgewohnheiten. Cahide war nah dran, angesichts dieser schlichtweg dummen Einstellung zu platzen, aber sie tat es nicht. Stattdessen trat sie fest auf ihren Ärger. Und noch einmal. Sie wusste, dass ein Ausraster nur weiteren Ärger nach sich ziehen würde.

Zum Glück ging auch Gregor nicht darauf ein. Sie hörte, wie er sich dem Rest seines Mittagessens widmete. Die krossen Pommes knirschten in seinem Mund. Und auch am Nachbartisch legte sich die Diskussion und wich anderen Themen.

So aßen sie schweigend, bis Cahide leise fragte: »Wo steckt eigentlich der Chef?«

Gregor wischte sich die salzfettigen Finger an einer Serviette sauber. »Musste kurzfristig zu einem Meeting. Keine Ahnung. Rochell hat ihn persönlich abgeholt. Sah ernst aus. Aber du kannst ihn selbst fragen. Da kommt er.«

Cahide blickte über die Schulter zur Essensausgabe der Kantine. Kriminalhauptkommissar Walter Brandner kam ihnen von der Kasse mit einer Leberkässemmel entgegen. Da er sie nur in eine Serviette eingeschlagen hatte, eilte es offenbar. Cahide seufzte innerlich. *Kurze Mittagspause.* Sie nahm noch einen großen Schluck Cola, und dann war Brandner auch schon da.

»Wir müssen! Ein Reisebus ist heute Nacht verschwunden.«

Gregor runzelte die Stirn. »Ein Bus?«

»Mit vermutlich knapp dreißig Insassen. Ja, ich konnt es auch nicht glauben, aber das Busunternehmen hat das

Verschwinden bestätigt. Und jetzt kommt! Rochell erwartet uns.«

Und nicht nur der. Ein Herr mittleren Alters von der Kategorie *Anwalt* unterhielt sich leise im Konferenzraum mit dem Dezernatsleiter. *Kategorie Teurer Anwalt*, korrigierte sich Cahide. Vermutlich renommierte Großkanzlei oder ganz exklusive Kleinkanzlei. Der Herr mit grau meliertem Haar trug einen zeitlosen Klassiker in dunklem Anthrazit mit Nadelstreifen-Optik, darunter ein blütenweißes Hemd mit Kentkragen. Die Schuhe waren derart aufpoliert, dass sich das Fenster als verzerrtes Rechteck darauf spiegelte. Rochell sah im Gegensatz dazu ziemlich billig aus.

Cahide war gespannt, was der Kerl mit einem verschwundenen Bus zu tun hatte.

Und sie war dankbar. Für die Ablenkung.

3

»Ah, gut dass ihr da seid!« Louis löste sich von seinem Besucher, bemerkte die Leberkässemmel in Walters Händen, blieb stehen und rollte mit den Augen.

Walter zuckte mit den Achseln. *Hättest halt gesagt, dass Besuch kommt.* Trotzdem legte er die Semmel, von der er ganze dreimal abgebissen hatte, auf den Tisch und wischte sich die Hände in den Gesäßtaschen seiner Jeans sauber. Mit einem angemessenen Lächeln trat er dem Schlipsträger entgegen.

Der musterte ihn, als trüge Walter Schnabelschuhe mit klirrenden Schellen. »Das ist aber nicht Herr Brandner, oder?«, fragte er Rochell.

»Doch, das ist Kriminalhauptkommissar Walter Brandner mit seinem überaus erfolgreichen Team. Aufklärungsquote jenseits der neunzig Prozent. Er ist der dienstälteste und erfahrenste Ermittler im Dezernat. Er hat die Fälle der Sommerferienkinder aufgeklärt, den Fußabschneider gestellt und den Vanzetti-Clan auffliegen lassen. Sie kriegen niemanden mit mehr Expertise.«

25

Der Schlipsträger schien abzuwägen, ob er Einspruch erheben sollte, aber Walter war viel zu abgebrüht für solchen Firlefanz. »Sie kriegen auch niemand anderen.« Freundlich hielt er dem Fremden die Hand zum Gruß entgegen. »Und Sie sind?«

Zögerlich schlug der Herr ein. »Junker. Carl-Heinz Junker. Ich vertrete die Familie Doria in privaten Angelegenheiten.«

»Doria? Die Besitzer der Doria-Gruppe?« Das gefiel Walter weniger. Die Doria-Gruppe und Co. KG war ein alteingesessenes Familienunternehmen aus der Region mit mehreren Tausend Beschäftigten und einem jährlichen Milliardenumsatz. Sie stellten neben Luftfahrttechnik auch Waffen her und galten als einer der größten deutschen Rüstungskonzerne.

Junker nickte. »Deswegen muss ich dringend um Diskretion bitten. Und wir müssten über jegliche Ermittlungsergebnisse informiert werden.«

Walter lächelte. »Wir informieren Sie selbstverständlich im Rahmen ermittlungstaktischer Begebenheiten. Und Presseangelegenheiten klärt sowieso die Pressestelle mit Ihnen im Voraus ab. Also keine Sorge bezüglich der Diskretion. Darf ich Ihnen meine überaus integren Kollegen vorstellen? Das wäre Kriminaloberkommissarin Cahide Pfeiffer und Kriminalkommissar Gregor Schanzer. Ja ... dann kommen wir doch gleich zum Punkt.« Walters Lächeln verschwand wie ein Sonnenstrahl hinter dunklen Wolken. »Was hat die Doria-Gruppe mit einem verschwundenen Reisebus zu tun?«

Zu Walters Erstaunen zeigte nun der Anwalt die An-

deutung eines Lächelns. »Alte Schule. Das gefällt mir.«
Dann wurde auch er wieder ernst, wobei Sorge in seine
Augen trat. »Kiara Lina Werler war an Bord des Busses.«

»Und Kiara Lina Werler ist wer?«

»Kiara ist die Tochter von Hans-Peter Doria und seiner Frau Siglinde Werler. Das einzige Kind der Familie.
Die wenigsten kennen sie, weil sie nicht mit Nachnamen
Doria heißt, sondern den Namen der Mutter trägt. Wir
halten sie weitestgehend aus der Öffentlichkeit heraus.«

»Und Kiara war weswegen an Bord des Busses?«
Die Frage kam von Cahide. Sie hatte sich gesetzt, ihr
Notizbuch gezückt und schrieb fleißig mit.

Der Anwalt sah zwischen ihnen hin und her. »Kiara
besuchte eine alte Internatsfreundin in Zürich, mit der
sie auf eine Politdemo ging. Die Tagesfahrt wurde von einem Veranstalter organisiert.«

»Wie alt ist Kiara?«

»Siebzehn. Geht noch aufs Gymnasium. Kollegstufe.«
Ein Lächeln zeigte sich auf den Lippen des Anwalts.
»Will mal Tiermedizin studieren. Deswegen auch die
Beteiligung an der Demo gegen einen Schlachthof. Eine
Weltverbesserin.«

»Keine verkehrte Einstellung«, sagte Cahide. »In welches Internat geht sie?«

»In keines mehr. Sie ging bis zur siebten Klasse in
Zürich auf eine Privatschule, aber mit der Pubertät ...
Sie wollte zurück in die Heimat, an eine ganz *normale*
Schule. Trägt sogar Second-Hand-Klamotten. Deswegen
fuhr sie auch mit dem Bus – veganes Reiseunternehmen.
Sie wollte umweltschonend reisen.«

Walter war das Mädchen sofort sympathisch und gern hätte er mehr erfahren, aber er hob eine Hand, um Cahides nächste Frage zu unterbinden. »Herr Junker, bevor wir hier fortfahren: Ist es nicht üblich, dass Mitglieder einer so einflussreichen Familie wie den Dorias unter Personenschutz stehen?«

»Natürlich! Ein Mitarbeiter war inkognito mit an Bord des Busses.«

»Inkognito?« Cahide.

»Ja.« Ein Seufzen. »Kiara weiß nichts davon. Es ist gerade eine schwierige Phase mit ihr. Sie begehrt auf, rebelliert. Besonders stört sie sich an den Rüstungsaufträgen des Konzerns und noch mehr an der Rund-um-die-Uhr-Überwachung. Hans-Peter hat ihr deswegen mehr Freiraum eingeräumt.«

»Freiraum, in dem sie unwissentlich observiert wird?«

»Sie können sich die Spitzfindigkeiten sparen, Frau Pfeiffer. Es geht nur um Kiaras Sicherheit.«

Walter schritt ein, bevor Cahide nochmals nachlegte. Sie schien heute auf Krawall gebürstet zu sein. »Selbstverständlich geht es nur um Kiaras Sicherheit, Herr Junker. Sie werden vermutlich versucht haben, beide zu erreichen, oder?«

»Klar, aber von beiden sind die Handys deaktiviert.«

»Gut – oder schlecht. Unter den Begebenheiten müssen wir eine Entführung in Erwägung ziehen. Der Bus verschwand gegen halb zwei Uhr nachts, vor etwa elf Stunden. Dann wäre jetzt so erfahrungsgemäß die Zeit für eine Lösegeldforderung. Die gab es bisher nicht, oder?«

»Nein.«

»Okay. Gregor!«

»Ja, Chef?«

»Fordern Sie bitte umgehend die Verhandlungsführer aus München an.«

Junker war sofort alarmiert. »Wer ist das?«

»Eine Sondereinheit, Herr Junker. Spezialisiert auf Verhandlungen mit Entführern oder Geiselnehmern. Die Kollegen sind bestens geschult und werden bei Familie Doria mit allem nötigen Equipment Stellung beziehen. Da sind Ihre Klienten für den Fall der Fälle in besten Händen.«

Das schien den Anwalt zu besänftigen. Er zückte sofort das Handy und wollte zur Tür hinaus, doch Walter hielt ihn zurück. »Nicht so schnell! Wir brauchen noch alle verfügbaren Informationen über Kiara Lina Werler, ihren Aufenthalt in Zürich und über den Personenschützer, der bei ihr ist. Dazu die Handynummern der beiden. Ich gehe davon aus, dass Sie Ortungsversuchen zustimmen. Und dann ist ein ständiger Ansprechpartner mit direktem Draht zur Familie Doria unumgänglich, falls Sie das nicht selbst sind. Können Sie eine Hotline einrichten?«

Der Anwalt nickte, und Walter entließ ihn, damit er das in die Wege leiten konnte. Immerhin ein Mann mit Drive.

Als die Tür hinter ihm ins Schloss gefallen war, sagte Rochell: »Klingt nach 'ner Sonderkommission. Ich schau, was ich an Personal auftreiben kann. In zwei Stunden wieder hier.« Auch er huschte hinaus.

Gregor nutzte ebenfalls die Chance. »Dann kümmere ich mich solange um die Kollegen aus München.«

Sein Stuhl knarrte, und die Tür schlug ein drittes Mal ins Schloss.

Walter und Cahide blieben in der Stille des Konferenzraums zurück. Ihre Blicke trafen sich.

»Glauben Sie, dass jemand einen Reisebus entführt, um an dieses Mädchen zu kommen?« Die Kollegin sah plötzlich nicht mehr nach Ärger, sondern einfach nur abgespannt aus. Walter sparte sich daher einen Kommentar zum vorangegangenen Gespräch und zuckte mit den Achseln.

»Glauben tue ich mittlerweile alles, aber wir werden nicht nur in diese Richtung ermitteln. Überwiegend ja, aus offensichtlichen Gründen, aber ich werde die Soko nicht darauf versteifen. Erst mal müssen wir wissen, wer sonst noch alles an Bord ist oder war. Laut meiner ersten Info des Busunternehmens« – auch er zückte ein Notizheft und schlug es auf – »wurden achtundzwanzig Tickets für die gestrige Fahrt inklusive Demo verkauft. Da der Bus für maximal zweiundfünfzig Passagiere plus Fahrer ausgelegt ist, hat man die Resttickets im System als Hin- oder Rückfahrttickets angeboten. Es könnten also ein paar mehr Personen an Bord gewesen sein, laut Erfahrungswert so zehn Prozent. Nehmen wir daher mal gut dreißig Personen an.«

»Und im Extremfall dreiundfünfzig.«

»Ja.«

»Und noch mal: Es war eine Sonderfahrt wegen dieser Demo, keine reguläre Fernfahrt?«

»Genau. Es ist so, dass die FFB GmbH – der FernFahrtBus – ein Tochterunternehmen eröffnet hat, über das sie vegane Busreisen anbieten, hauptsächlich nach Berlin und Zürich. Neues Geschäftsfeld, wie mir gesagt wurde. Boomt angeblich. Die Tochterfirma läuft allerdings nebenbei mit. Das ist keine eigene Firma per se, sondern nur auf dem Papier. Da sitzen zwei Angestellte bei der FFB mit im Großraumbüro und organisieren diese veganen Reisen.«

Cahide nickte, notierte sich etwas und fragte dann: »Wissen wir etwas über den Fahrer?«

»Jein.« Walter blätterte um. Viel stand nicht auf der nächsten Seite. »Ein Dietmar Kaul, einundfünfzig Jahre alt, zuverlässig laut Aussage des Unternehmens, aber das sind sie offiziell sicher alle. Sie wollten seine Personalakte scannen und rüberschicken.«

Cahide klopfte mit der Stiftrückseite mehrmals auf den Tisch, um dann den Kopf zu schütteln. »Wie soll das gehen? Einen Bus verschwinden lassen? Die sind doch heutzutage mit GPS, Funk und sonstiger Technik ausgestattet. Dazu haben nahezu alle Passagiere ein Handy dabei, Smartwatches, WLAN-fähige E-Reader. Von Verkehrsüberwachung ganz zu schweigen. Wie funktioniert das in der Praxis, Herr Brandner?«

Die Frage hatte er sich auch schon gestellt. »Wir werden es herausfinden, Cahide. Wir werden es herausfinden.« *Hoffentlich.* Walter hatte keine Lust, seine Karriere mit einem ungeklärten Vermisstenfall zu beenden, der ihn dann bis zum Lebensende heimsuchte wie ein Geist. *Wie dreißig Geister!*, korrigierte er sich. Aber noch war nicht aller Tage Abend. Noch hatte er zehn Arbeitstage Dienst abzuleisten. *Zehn ...*

Scheiße.

4

Mittwoch, 23. Mai – 12.59 Uhr

Nachdem sie nochmals mit dem Anwalt der Dorias über Kiara Lina gesprochen hatten, war er abgerauscht, um seine Auftraggeber persönlich über alle Entwicklungen zu unterrichten. Viel Neues hatte das Gespräch nicht ergeben; eine Adresse der Freundin namens Elisabeth Lundtkamp aus Zürich, mit der Kiara Lina die Demo am Schlachthof Zürich besucht hatte, ihre Handynummer und den Namen des Personenschützers: Remo Luger. Mehr wusste Carl-Heinz Junker auch nicht, er wollte nun mit der Leiterin des Sicherheitspersonals sprechen.

Cahide und Walter waren in ihr Gemeinschaftsbüro gewechselt. Die Sonne flirrte durch die schmalen Schlitze der Jalousien und demonstrierte, wie viel Staub in der Luft schwebte. An den Fensterseiten wirbelte er in kleinen Bögen im Kreis, doch der Luftzug brachte keine Erfrischung. Einzig der einsamen Pflanze im Blähton auf dem Fensterbrett schien es zu gefallen. Sie reckte ihre Blätter gierig gen Fenster.

Cahide schwitzte wieder, doch endlich konnte sie den

Blazer ausziehen. Sie hängte ihn an den Jackenständer. Ein kurzer Blick zwischen ihre Brüste beruhigte sie – keine Schweißflecken. Sie sank auf den Bürostuhl.

»Also war die Fahrt von Kiara im Voraus bekannt«, sagte sie laut. »Der oder die Täter hätten genügend Vorlauf gehabt, eine Entführung zu planen.«

»Etwa vier Wochen.« Auch Walter setzte sich. Die Leberkässemmel hatte er dabei. Er gönnte sich einen Bissen. »Aber das würde bedeuten, dass die Entführer schon lange und sehr nah an ihr dran waren.«

»*Die?*«

»Ich denke schon, dass wir hier von mehreren Tätern ausgehen müssen, unabhängig ob es eine Entführung ist oder etwas anderes. Wie soll eine einzelne Person einen Bus kapern? Selbst mit Waffengewalt ist das unwahrscheinlich.«

Damit hatte Brandner recht. Cahide stellte es sich vor: Mindestens ein Maskierter hielt die Passagiere in Schach, während ein zweiter den Busfahrer überwältigte oder unter vorgehaltener Waffe instruierte.

Das Telefon auf Brandners Schreibtisch klingelte. Er nahm ab und aktivierte die Freisprecheinrichtung. »Ja? Kriminalhauptkommissar Brandner am Apparat.«

Eine vor Aufregung schrille Frauenstimme meldete sich. »Gloria hier! Herr Brandner? Ich bin die Disponentin, die gestern Nacht Dienst hatte. Sie baten um dringenden Rückruf.«

»Die FFB«, murmelte Walter, bevor er laut sagte: »Durchaus! Schön, dass Sie es einrichten konnten, Gloria. Wir hätten ein paar Fragen. Erstens: Können Sie mir und meiner Kollegin Pfeiffer den Ablauf des gestrigen Abends schildern?«

Ein tiefes Schnaufen. Cahide konnte sich die Frau genau vorstellen: übergewichtig und mit zu viel Rot auf den Lippen.

»Da gibt es nicht viel zu erzählen«, antwortete Gloria. »Um ein Uhr vierunddreißig brach das GPS-Signal von Didis Bus weg. Das kommt manchmal vor, da fällt der Sender aus, und ich hab das auch erst gegen zwei bemerkt. Dann hab ich versucht, ihn über den Busfunk anzufunken, aber auch da kam ich nicht durch. Aber auch das ist nichts Ungewöhnliches. Die waren laut meinem Tracking um ein Uhr einunddreißig pünktlich an der Haltestelle Dennenroth. Von da ist es eine gute halbe Stunde bis zum ZOB. Ich dachte, Didi hat einfach schon abgeschaltet. War seine letzte Tour für den Tag, und Stau war keiner gemeldet, und Unfälle auch nicht.«

»*Letzte Tour* bedeutet, dass *Didi*, also Herr Kaul, danach Feierabend gemacht hätte?«

»Richtig. Er hätte die Fahrgäste am ZOB rausgeworfen, wäre in die Halle gefahren und hätte den Bus für die Reinigung abgestellt.« Etwas trippelte in der Leitung, gefolgt von einem nervösen: »Nur kam er einfach nicht an.«

»Wann ist Ihnen das aufgefallen?«

»Um drei. Um zwei Uhr fünf hätte er ankommen müssen. Um drei rief mich die Zentrale an, was denn mit dem Bus los ist. Ständig haben Leute die Hotline angerufen, weil sie Angehörige abholen wollten und sich am ZOB die Beine in den Bauch gestanden haben. Da wurde mir klar, dass etwas nicht stimmt.«

»Und dann?«, fragte Cahide.

»Dann hab ich den Verkehrsfunk gecheckt. Ich hatte so Schiss, dass Didi 'nen Unfall gebaut haben könnte! Vielleicht deswegen der GPS- und Funkausfall. Aber da war nichts. Keine Meldungen. Sein Handy war auch tot, drum rief ich schließlich bei Ihren Kollegen an, aber auch die wussten nichts.«

»Das war um kurz vor vier«, raunte Brandner über den Tisch. Und lauter fragte er: »Und was geschah danach?«

»Dann hab ich den Lothar angerufen. Ein Kollege vom Didi. Der war erst ein paar Minuten vorher von einer Tour gekommen. Der fuhr dann mit dem Pkw raus bis zur Haltestelle Dennenroth. Hat aber nichts gefunden außer einem Pannen-Pkw. Dann hab ich die Zentrale kontaktiert und wurde keine halbe Stunde später nach Hause geschickt. Ich sollte Feierabend machen.«

»Um schön den Mund zu halten.« Wieder hatte Brandner geflüstert und schüttelte den Kopf. »Okay, Gloria. Danke! Das haben Sie sicher alles ganz nach Vorschrift gemacht. Aber sagen Sie, lässt sich denn Funk und GPS einfach deaktivieren?«

»Den Funk ja, den kann der Fahrer an der Armatur abstellen. Das GPS nicht. Da gehts neben dem Tracking und der Echtzeitpositionsanalyse auch um Diebstahlschutz. Wir hatten vor drei Jahren den ganzen Fuhrpark damit nachgerüstet, nachdem uns ein nigelnagelneuer Luxus-Reisebus aus einer Halle gestohlen worden war. Fünfhunderttausend Euro Schaden! Stellen Sie sich das mal vor! Da hatte der Schlitten jeden

Schnickschnack: Kunstledersitze, extra Beinauflagen, verstellbare Kopfstützen und einen Meter Sitzabstand, aber kein GPS! Seitdem haben das alle. Fragen Sie mich nicht nach den Details, aber da werden an verschiedenen Stellen im Bus GPS-Systeme platziert, um das manuelle Entfernen von Sendern zu erschweren, genauso wie eine Unterbrechung mit Störsendern. Aber Ausschließen lässt sich das nicht.«

Cahide hatte die Stirn gefurcht. »Aber Sie sagten doch eben, die fallen gern mal aus.«

Ein Moment des Zögerns. Und gepresst: »Jaaa. Das ist busabhängig.«

»Inwiefern?«

»Na, die neuen Busse und die ganz alten, also die nachgerüsteten, haben dieses Multisendersystem, die dazwischen haben noch ein Ein-Sender-GPS.«

»Und Herr Kauls Bus ist so einer?«

»Ja. Mittelalt.«

Walter und Cahide wechselten einen Blick. »Okay, Gloria. Könnten Sie uns noch die Daten des Trackings zusammenstellen und zusenden? Und ein Anruf des Kollegen Lothar wäre gut. Vielleicht erinnert er sich an Details des Pannen-Pkws. Alles andere klären wir dann mit der Zentrale. Und danke nochmals für den Rückruf. Wenn uns noch was einfällt —«

»— rufen Sie einfach durch. Klar. Die Durchwahl siebzehn. Und das Tracking schick ich Ihnen. Tschö dann.« Tuten in der Leitung.

»Die wollte aber jetzt schnell auflegen.«

»Wen wundert's.« Walter fuhr sich durchs Haar.

»Die Disponenten sind doch überall die Deppen. Die können es nur falsch machen. Nur dumm, dass die Geschäftsleitung sie nach Hause geschickt hat. Das hat uns ein paar Stunden gekostet.«

»Die wollten sicher abwarten, ob der Bus von alleine wieder auftaucht.«

»Schon. Kann ja tatsächlich auch mal passieren. Ein Fahrer im Ausnahmezustand. Kriegt irgendeine schlimme Nachricht aufs Handy und dreht ab. Schaltet den Funk aus und fährt zur Ehefrau ins Krankenhaus, zur Mutti ins Altenheim oder was weiß ich. Solls alles schon gegeben haben. Haben die jetzt eigentlich die Personalakte von *Didi* geschickt?«

»Moment.« Cahide checkte die Abteilungsmails an ihrem Rechner. Tatsächlich war eine Nachricht des Busunternehmens eingegangen. Sie überflog die Anhänge. »Hier ... Dietmar Kaul. Bewerbungsunterlagen, Zeugnisse, Lebenslauf, Personalbogen, Urlaubsliste, Fehlzeitenübersicht, Beurteilungen, Weiterbildungsnachweise, Arbeitsvertrag, Kopie der Fahrerlaubnis, volles Programm.«

»Würden Sie das sichten und bis zum Meeting ein Profil erstellen?«

»Klar, aber das wird allenfalls ein Kurzprofil.«

»Egal, Hauptsache wir haben was vorzuweisen. Dieser Junker macht uns die Hölle heiß, wenn ihn das Gefühl beschleicht, dass wir trödeln. Ist auch eine Liste der Fahrgäste dabei?«

Cahide scrollte durch die Anhänge. »Nee, nur die Personalakte.«

»Okay ...« Walter kratzte sich am Kinn. »Da kann ich gleich auch noch eine Liste aller Angestellten der FFB anfordern. Die Sache mit nur einem GPS in Kauls Bus kann fast nur jemand Internes gewusst haben.«

»Außer Kaul redet gern.«

»Wie meinen Sie das?«

»Na, es gibt doch so Busfahrer, die beim Fahren ständig mit Leuten in der ersten Reihe schwatzen. Ich hatte mal so einen, als ich zum Münchner Flughafen gefahren bin. Der hat mir in einer Stunde seine Lebensgeschichte erzählt. Danach wusste ich, wo er einkauft, wovon er sich ernährt, und dass ihn seine Frau wegen Inkontinenz verlassen hat. Er trug Windeln. Furchtbar.«

»Sie meinen, jemand könnte Kaul oder einen anderen Fahrer der FFB ausgehorcht haben?«

»Denkbar ist es zumindest.«

Die Tür ging ohne Vorwarnung auf und Gregor schneite herein. Sein Gesicht war gerötet. »Die Kollegen aus München sind informiert und auf dem Weg zu den Dorias!«

Walter hob den Daumen. »Super, Gregor. Danke!«

»Immer gern.« Er zeigte sein narbiges Lächeln. »Ich hab auch noch gleich bei der Verkehrszentrale angerufen und die vorgewarnt. Wir können jederzeit dort aufschlagen.«

»Noch besser!« Auch Brandner lächelte. »Wollen Sie das übernehmen, Gregor? Wir wissen, wie der Bus aussieht, haben das Kennzeichen und wo er in etwa verschwunden ist. Haltestelle Dennenroth. Prüfen Sie das! Auch ein Pannen-Pkw soll da irgendwo gestanden haben.«

»Mögliche Zeugen?«

»Ja, das war mein Gedanke. Zwischenbericht bitte bis kurz vor 14.30 Uhr.«

Gregor nickte und schneite wieder hinaus. Seine Schritte verklangen. Brandner erhob sich.

»Und was machen Sie, Chef?«

»Mit dem Busunternehmen telefonieren und Druck machen. Wir brauchen die Fahrgastliste und Infos über diese Demo, die Veranstalter und ein mögliches Engagement des FernFahrtBus; nicht dass wir es mit einem politisch motivierten Hintergrund zu tun haben. Und dann werde ich mit den Kollegen vom LKA sprechen. Wir benötigen so schnell wie möglich Handyortungen und Verbindungsdaten. Außerdem die Funkzellendaten des Gebiets um die Haltestelle.« Er trat zur Wand, an der eine großformatige Stadtkarte samt Umgebung hing. Sein Finger strich über das Papier und tippte schließlich auf ein Industriegebiet außerhalb des Autobahnrings. »Hier. Dennenroth. Da sind nur Firmen und Büros ansässig, soviel ich weiß. Nachts dürfte dort kaum was los sein, abgesehen von ein paar Übereifrigen, die Überstunden schieben, insofern können wir vielleicht auf diesem Weg rausfinden, wie viele Personen an Bord waren. Wird 'ne Fleißarbeit. Ich seh schon die Datensätze, Kurznachrichten, Internetaufrufe. Da kann die Software der Telekommunikation mal zeigen, was sie drauf hat.« Er schürzte die Lippen und wackelte mit den Augenbrauen, als sein Blick auf die Leberkässemmel fiel. Schnell biss er nochmals ab wie ein hungriger Wolf, dann war er gegangen.

Cahide blickte noch lange auf die Reste der Semmel. Senf lief zusammen mit Fett heraus. Irgendwie musste sie bei dem Anblick an Ferretti denken. Sie erschauerte und wandte sich ihrem Computer zu.

»So«, sagte sie zum Monitor und ließ ihre Fingergelenke knacken. »Dann verrat mir mal, wer Didi ist.«

5

»Machen wir schon, keine Sorge!«

Die Worte gingen beinahe im gemeinschaftlichen Aufschrei der Passagiere unter. Auch Kiara entfuhr beim Anblick der Gesichtsmaske und der Maschinenpistole ein spitzer Laut. Instinktiv sank sie hinter die Rückenlehne, um Schutz zu suchen, blinzelte ihrem eigenen Spiegelbild in der Scheibe zu. *Ruf Hilfe!*, raunte es. Kiara blinzelte zurück. *Hilfe!*, wiederholte es drängender, und endlich begriff sie und checkte ihr Handy. Immer noch kein Empfang.

Scheiße, scheiße, scheiße! Wie soll ich denn ohne Netz Hilfe holen?

Egal. Das Netz kommt später. Erst mal was schreiben! Ihre Finger flogen über das Display und gaben den sechsstelligen Entsperrcode ein. Sofort ploppte die WhatsApp-Unterhaltung mit Elli auf, in der ihre letzte Nachricht immer noch nicht verschickt worden war. *Ignorieren.* Irgendwann hatte sie wieder Empfang und so tippte sie hastig ein: KERL MIT MASCHINENPISTOLE AN BORD!

Senden.

Sie schob hinterher: ZWEI KERLE! KEIN WITZ, ELLI!

Ein rotes Ausrufezeichen erschien. Darunter: NACHRICHT KONNTE NICHT ZUGESTELLT WERDEN.

Kiara biss sich auf die Lippe, wollte den Chat wechseln, ihrem Vater schreiben, als Lärm sie aufblicken ließ.

Der Typ hob die Maschinenpistole. Die Mündung visierte einmal quer durch den Bus, von links nach rechts. Schreie erhoben sich immer dort, wo die Schusslinie jemanden traf, und trotzdem war seine polternde Stimme über allem zu hören: »Alle bleiben jetzt ganz ruhig! Keiner macht Dummheiten! Keiner spielt den Helden!« Wieder visierte er über die Passagiere, was weitere Schreie nach sich zog.

Die zweite Gestalt stand immer noch neben dem Busfahrer. Auch sie hatte eine Waffe in der Hand: eine Pistole.

»Fuck!«, kam es Kiara über die Lippen. Ein langsamer Blick nach unten. Noch schneller tippte sie: BEIDE BEWAFFNET! GEISELNAHME! Senden.

»Und jetzt alle Hände hinter die Köpfe!«, verlangte der mit der Maschinenpistole. »Los jetzt! *Hände an den Kopf! Hände an den Kopf!*«

Kiaras Blut rauschte in ihren Ohren. Sie musste irgendwie mitteilen, wo sie waren, wohin sie fuhren. Sie tippte mit fliegenden Fingern: ABFAHRT 27. FAHREN IRGENDWOHIN. PAMPA.

Aus dem Augenwinkel gewahrte sie, dass immer mehr Hände in die Höhe stiegen. Konnte der Bewaffnete sie von vorn sehen? Sie hob sichtbar die linke Hand, tippte mit rechts: Sie haben eine Maschinenpistole und eine Pistole! Fahren wieder Richtung Süden! Kreisverkehr.

»*Hey du! HÄNDE HOCH!*«

Kiara sah erschrocken auf. Ihr Herz hämmerte. Jedoch war nicht sie gemeint. Eine Frau weiter vorn wimmerte. Ganz langsam ging deren Hand mit Smartphone nach oben, das Display ein glühendes Rechteck im Halbdunkel der Nachtbeleuchtung.

Der Kerl grunzte, war mit drei Sätzen bei ihr und schlug ihr die Faust ins Gesicht. Und noch einmal. Kiara konnte das Knacken von Knochen hören. Und das entsetzte Stöhnen im Kollektiv.

»Keinen auf Helden machen, hab ich gesagt!« Ein zorniges Knurren. »Wenn noch jemand versucht, einen Notruf abzusetzen, erschieß ich ihn! Ich will alle Hände sehen. *Alle! Auch deine!*« Die Geschlagene wimmerte, aber sie hob beide Hände. Eine glänzte feucht.

Kiara ließ das Handy zwischen ihre Schenkel gleiten und hob auch den rechten Arm.

Der Kerl sah sich langsam um. »Gut! Und jetzt werden wir alle Handys einsammeln! Auch Uhren und Elektrogeräte. Alles, was sendet! Verstanden!« Er gab ein Handzeichen, woraufhin der zweite sich eine der Reisetaschen schnappte und weit öffnete. Mit vorgehaltener Waffe lief er Reihe um Reihe nach hinten, und jeder musste nacheinander seine elektronischen Gegenstände in die Tasche werfen. Der mit der Maschinenpistole bezog derweil den Posten neben dem Busfahrer und verfolgte konzentriert das Geschehen.

Kiara schätzte, dass ihr vielleicht zwei Minuten blieben, bis sie an der Reihe war.

Hektisch sah sie sich um. *Wohin fahren wir?* Konnte sie irgendetwas erkennen, das einen Anhaltspunkt gab?

Tatsächlich: In Fahrtrichtung rechts zogen rote Lichter in der Dunkelheit vorbei. Kiara tippte auf die Autobahn. Fuhren sie zurück und bei der Abfahrt 26 wieder drauf? Oder bei einer Brücke unten durch?

Die zweite maskierte Gestalt – der Einsammler – stand noch etwa sieben Reihen vor ihrer. Wenn sie noch eine Info abschicken wollte, dann jetzt, denn fünf der sieben Reihen zwischen ihnen waren leer.

Als der Einsammler sich der linken Seite zuwandte, zog Kiara die rechte Hand schnell hinter die Rückenlehne des Vordersitzes. Sie hielt den Atem an. Nichts geschah. Keiner hatte es bemerkt. Also Handy entsperren. Immer noch kein Empfang. *Gott!* Den Blick nach vorn gerichtet, navigierte sie aus dem Augenwinkel heraus den Chat mit ihrem Vater an. Tippte abermals ein: GEISELNAHME!

Senden.

AUSFAHRT 27.

Senden.

RUF ELLI AN!

Senden.

FAHREN NACH SÜDEN, ZURÜCK RICHTUNG AUTOBAHN.

Senden.

ZWEI –

Der Einsammler kam näher. Er trug ebenfalls eine schwarze Motorradmaske, die nur seine Augen freiließ. Sein Blick richtete sich auf Kiara. Sie erstarrte. Sie hatte nur eine Hand gehoben, nur eine Hand, nur eine Hand ...

Der Typ wandte sich jedoch kommentarlos an den Holzfällersteaktyp ihr links gegenüber, hielt ihm die offen stehende Reisetasche auffordernd hin.

Der Kerl musterte ihn ein wenig zu lange, bevor er langsam eine Hand sinken ließ, sein Handy aus der Hose zog und in die Reisetasche fallen ließ. Genauso bedacht klipste er sich die Armbanduhr mit Metallband vom Handgelenk, schüttelte sie direkt in die Tasche. Er sagte ganz ruhig: »Im Rucksack hab ich noch ein Tablet.«

»Dann hol's raus!«, brüllte der Kerl mit der Maschinenpistole von vorne hinter. »Los jetzt! Nicht so lahmarschig!«

Kiara nutzte den Moment und hob schnell wieder die Hand. Mehr konnte sie nicht tun. Wenn er sie erwischte und niederschoss, war alles aus.

Mister Holzfällersteak nickte und erhob sich. Aus der Ablage zog er einen schmalen Rucksack, stellte ihn auf den freien Sitz neben sich. Der Reißverschluss ratschte. Ein Tablet kam zum Vorschein und wanderte sichtbar in die Reisetasche. »Das wars.« Der Kerl setzte sich wieder.

Der Einsammler musterte den Rucksack, dann ging er weiter, kam zu Kiara. Wieder heftete sich sein Blick auf sie. Er hatte grüne Augen und wedelte auffordernd mit der Tasche.

»Hier!«, beeilte sich Kiara, zu sagen. Sie ließ den Arm sinken, zog das Handy zwischen ihren Oberschenkeln hervor und verharrte für einen Moment damit über der Reisetasche. Ihre Hand zitterte heftig. Dann ließ sie es hineinfallen. Es klackerte.

Da fielen ihr die Ohrstöpsel ein. Mit zitternder Stimme fragte sie: »Funkkopfhörer auch?«

»Alles rein!«, brüllte der Kerl von vorn. »Jetzt macht endlich! Wir haben nicht ewig Zeit!«

Kiara gehorchte; auch ihre EarPods verschwanden in der Tasche, woraufhin der Einsammler kommentarlos weiterging.

Sie konnte nicht anders, als ihm hinterherzublicken. Ihr Handy! Jetzt war es weg. Aber die zwei hatten nicht verlangt, es auszuschalten. Wenn sie nur für ein paar Sekunden Empfang bekam, würde das Handy automatisch ihren Hilferuf absenden. Nur wie lange hielt der Akku noch durch? Er war bei knapp zehn Prozent gewesen, und die verdammte Netzsuche fraß Strom ohne Ende.

Plötzlich fühlte sie sich beobachtet. Voller Furcht wandte sie den Kopf nach vorn, aber zum Glück war es nicht der Kerl mit der Maschinenpistole, sondern der mit den Holzfällersteaks. Ihre Blicke kreuzten sich für die Dauer zweier Herzschläge, bevor er sich nach vorn wandte, doch der Augenkontakt hatte gereicht, um bei Kiara eine Erinnerung aufblitzen zu lassen. Die hatte mit dem Typ überhaupt nichts zu tun, sondern ihr fiel ein Rat der Sicherheitschefin ihres Vaters ein, von der sie gecoached worden war: *Such dir in einer Notsituation Verbündete! Gemeinsam ist man stärker als alleine.*

Konnte der Holzfällersteaktyp ein Verbündeter werden? Die Voraussetzungen erfüllte er augenscheinlich: Er saß ihr am nächsten und versprühte trotz der Situation Souveränität, war zumindest nach außen hin weit weg von Panik und Furcht. Er wirkte wie ein Kerl, der mit Extremsituationen umgehen konnte.

Nur wie Kontakt mit ihm aufnehmen? Er blickte wieder stur nach vorn, den Rucksack an seiner Seite. Sie trennten zwar nur eine Reihe und drei leere Sitzplätze, aber die waren angesichts zweier brutaler Geiselnehmer eine Galaxie.

Panik wollte sie überwältigen, doch Kiara kämpfte sie zurück. Sie ärgerte sich so. Wenn sie doch nur nicht so blöd gewesen wäre, auf durchgängigen Personenschutz zu verzichten! Dann säße jetzt Thomas oder Harry neben ihr, und die wüssten, was zu tun wäre, nein, dann säße sie nicht mal in diesem Bus, sondern in einer kugelsicheren Limousine der Doria-Gruppe.

Aber wer hatte schon ahnen können, dass ein Fernbus gekidnappt wurde.

Und dann noch der mit ihr an Bord.

6

Mittwoch, 23. Mai – 14.35 Uhr

»Also: Dietmar *Didi* Kaul«, begann Cahide vor den Versammelten, »ist gebürtiger Deutscher, einundfünfzig Jahre alt, geschieden, kinderlos, gemeldet im Ahornweg 33. Seit nicht ganz zwei Jahren arbeitet er als Busfahrer für die FFB. Tadellose Personalakte. Hat sich bisher *fast* nichts zu Schulden kommen lassen. Das einzige Vergehen gabs vor vier Monaten: Ein Punkt in Flensburg und neunzig Euro Bußgeld, weil er eine rote Ampel überfuhr. Allerdings wurde in der Akte vermerkt, dass er nicht bremste, weil sonst höchstwahrscheinlich ein Fahrgast – eine ältere Dame mit Rollator – wegen der abrupten Bremsung gestürzt wäre. Das Bußgeld wurde ihm vom Unternehmen erstattet. Sonst ist Herr Kaul ein unbeschriebenes Blatt. Keine Vorstrafen, keine Auffälligkeiten. Er weist insgesamt in den zwei Jahren bei der FFB drei Krankheitstage auf.«

Walter fand, dass Cahide wieder einmal einen erstklassigen Job machte. Souverän trug sie das Kurzprofil vor. Und auch die Zusammenfassung war in Anbetracht der knappen Zeit ordentlich ausgearbeitet. Sie hatte einen Blick für die Details, denn wer war der Mensch, von dem sie nur eine Personalakte hatten? Wer war der Mensch, der täglich Verantwortung für mehr als fünfzig Personen übernahm? Der Hinweis mit der alten Dame war super.

Cahide fuhr fort: »Vor seiner Anstellung als Busfahrer führte Herr Kaul den Fleschereibetrieb der Eltern in fünfter Generation. Traditionsbetrieb. Er ist gelernter Metzgermeister und übernahm die Firma zur Jahrtausendwende im Alter von dreiunddreißig Jahren. Metzgerei Kaul dürfte einigen von Ihnen ein Begriff sein.« Zustimmendes Gemurmel. »Aus der Personalakte konnte ich leider nicht erkennen, weshalb die Metzgerei aufgegeben wurde, aber eine Erkrankung liegt nahe. In Kauls Lebenslauf gibt es nach Schließung der Metzgerei drei Monate ohne Angaben, in die auch die Scheidung fällt. Danach erfolgte eine Meldung bei der Agentur für Arbeit mit anschließender Forcierung zur Umschulung aus gesundheitlichen Gründen. Keine näheren Angaben. Eine Ausbildung zum Busfahrer wurde in Zusammenarbeit mit der FFB angestrebt und durchgeführt. Den Rest kennen Sie.« Sie faltete das Blatt Papier mit ihren Notizen zusammen, strich die Knickkante mit den Fingernägeln glatt und blickte in die Runde. »Irgendwelche Fragen?«

Jemand hob die Hand und sagte im selben Atemzug: »Ich kenn die Metzgerei. War dort früher Kunde. Hab immer zu Ostern und Weihnachten bei denen bestellt. Beste Bioqualität. Das war das Steckenpferd der Kauls. Da konnte man fragen, auf welcher Weide das Rind gegrast hatte, von dem man gerade das Steak kaufte, und die konnten es dir sagen.«

Cahide zeigte sich wenig beeindruckt. »Kannten Sie Herrn Kaul persönlich?«

»Nur flüchtig. Den Verkauf managte seine Frau. Eine nette Person, immer gut gelaunt und zuvorkommend. Ich glaube, er hat sich hauptsächlich um die Fertigung und das Betriebswirtschaftliche gekümmert.«

»Okay. Sonst noch etwas?«

»Nee, spontan nicht.«

»Gut.« Noch ein Blick in die Runde. »Weitere Fragen? Anregungen?«

Jemand rief: »Das sieht doch verdammt nach einem Zusammenhang aus, oder? Ich mein: Eine vegane Busreise zu einer Demo gegens Schlachten, und dann ist der Busfahrer ein ehemaliger Metzgermeister. Schon irgendwie seltsam.«

»Zumindest auffällig, ja.« Cahide suchte Walters Blick, und der erhob sich von seinem Platz.

Als sie an ihm vorbeiging, sagte er leise: »Gute Arbeit.« Dann stand er mit seinem Klemmbrett vor den Versammelten. Neben ihm, Cahide und Louis waren dreizehn Beamtinnen und Beamte anwesend, die Louis auf die Schnelle zusammengetrommelt hatte. Kein Riesenteam, aber immerhin. Außerdem saß Eduard Holzer in der hintersten Reihe. Der untersetzte Mittvierziger mit zerknittertem Sakko war Teil der Presseabteilung und ihrem Fall als Pressesprecher zugewiesen worden. Und zum Glück fehlte einer. Clemens Sander. Der Fallanalytiker vom Landeskriminalamt, der

Walter, Cahide und Gregor seit Monaten auf die Finger schaute, hatte Urlaub. Eine Woche Sanderfrei. *Was für ein Segen!*

Walter räusperte sich. »Das mit dem Zusammenhang ist ein guter Punkt. Wir werden dem nachgehen! Aber um erst mal bei den Fakten zu bleiben: Vom Bus fehlt weiterhin jede Spur. Kollege Schanzer ist bereits in der Verkehrszentrale und sichtet das Überwachungsmaterial, bisher ohne Erfolg, aber es sind Unmengen an Videomaterial. Ich bräuchte daher – sagen wir – drei Freiwillige, die ihn unterstützen. Wer möchte?«

Schnell waren drei gefunden, die den Raum verließen.

Walter hielt anschließend das Klemmbrett hoch. »Dann richten wir hier ein weiteres Team ein, das diese Liste abarbeitet. Es handelt sich um die Fahrgäste, die für die Busfahrt zur Demo ein Ticket gebucht haben. Wir haben jeweils Name, Rechnungsadresse, E-Mail und Handynummer. Von insgesamt achtundzwanzig Personen. Ich bitte Sie, alle zu überprüfen. Gibt es jemandem mit einschlägigem Hintergrund oder Auffälligkeiten? Politisches Engagement – besonders im Tierschutz oder bei Klimademos – ist diesmal ein Warnindikator! Des Weiteren gleichen wir die Daten mit den Funkmastauswertungen ab, sobald uns diese vorliegen. Richter Schaller gab die Einwilligung, aber ihr kennt das ... bis der Provider die Daten liefert, wird es noch dauern. Auch muss überprüft werden, ob die Fahrgäste wirklich verschwunden sind. Handyortungen. Wohnsitzkontrolle. Volles Programm.« Niemand stöhnte angesichts der Aufgaben, und das gefiel ihm. Ein kleines Team mit Durchschlagskraft.

»Zwei Personen werden ausgeklammert«, fuhr Walter fort. »Kiara Lina Werler und Remo Luger. Die prüfen wir gesondert.«

Jemand fragte: »Warum?«, und Walter erklärte, um wen es sich bei den beiden handelte. Danach wurde es noch stiller im Konferenzraum. Einzig Eduard bewegte sich unruhig auf seinem Stuhl, aber er sagte nichts.

Walter schürzte die Lippen. »Eine Lösegeldforderung ist bisher nicht eingegangen, aber das will nichts heißen. Sollte wirklich der Bus entführt worden sein, reden wir von einer Ausnahmesituation – für alle Beteiligten. Die Entführer müssen mit circa dreißig Personen umgehen, das bedarf einiger Logistik. Die Verhandlungsführer aus München sind bereits bei Familie Doria. Darum müssen wir uns also glücklicherweise nicht kümmern.« Walter klopfte auf das Klemmbrett. »Darum schon. Sie können sich vorstellen, wer uns im Nacken sitzt. Also: Teilt die Namen bitte unter euch auf, während Cahide und ich rausfahren. Ich will mir ein eigenes Bild von den Örtlichkeiten machen, wo der Bus verschwunden ist. Auf dem Weg dorthin prüfen wir auch gleich Herrn Kauls Postanschrift. Ach und ja ... die Kollegen von der Streife sind informiert und halten die Augen und Ohren nach dem Bus offen. Ein Team von denen ist auch schon dabei, die Umgebung um die Haltestelle abzuklappern und nach möglichen Zeugen zu suchen. Sollten die was finden, klingeln sofort meines und Rochells Handy. Sie erfahren es dann umgehend. Sonst irgendwelche Fragen?«

Eine Beamtin nickte. »Macht es überhaupt Sinn, mögliche Täter unter den Fahrgästen zu suchen? Ich meine, der Bus kam aus Zürich. An der Schweizer Grenze werden regelmäßig Fahrzeuge kontrolliert, zwar nur stichprobenartig, aber besonders gern Reisebusse, weil die häufig zum Schmuggeln benutzt werden. Für mögliche Entführer wäre es also ungünstig, schon ab Zürich an Bord zu sein. Wie sollen sie Waffen mitnehmen et cetera. Ich glaube eher, dass der Bus irgendwo gestoppt wurde.«

»Guter Punkt! Dann werden wir das Tracking nach Stopps überprüfen und die genauer untersuchen. Möchten Sie das übernehmen? Es war Ihre Idee!«

»Gern.«

»Gut«, sagte Walter. »Sonst irgendwelche Fragen?«

Eduard hob die Hand. »Sollen wir einen öffentlichen Zeugenaufruf starten? Übers Radio? Die Wahrscheinlichkeit, in der Konstellation Zeugen zu finden, erscheint mir hoch.«

Sofort schüttelte Louis den Kopf. »Erst mal keine Öffentlichkeit, Eddi. Heute zumindest noch nicht. Viel länger werden wir das Verschwinden des Busses sowieso nicht unter Verschluss halten können.«

»Du meinst das Verschwinden der Doria-Tochter?«

Louis zog eine Grimasse. »Das sollte im besten Fall überhaupt nicht an die Öffentlichkeit gelangen. Ich bitte um größtmögliche Diskretion. Wenn das bekannt wird, können wir effektives Arbeiten vergessen. Dann werden uns die Journalisten belagern, und die Hubschrauber hängen über der Stadt wie Schmeißfliegen. Aber wem erzähl ich das.«

»Ja, wem erzählst du das ...« Eduard seufzte lautstark und ließ den Hinterkopf gegen die Wand sinken,
um in der Betrachtung der Decke zu versinken. Walter
beneidete die Jungs und Mädels von der Presse nicht im
Geringsten.

»Sonst noch Fragen?« Niemand meldete sich. »Gut.
Dann ran an die Arbeit! Packen wirs an! Finden wir einen verdammten Reisebus!«

Stühle wurden gerückt, Unterhaltungen brachen los.
Cahide trat zu Walter und fragte: »Geben Sie mir fünf
bis zehn Minuten?«

Walter nickte. Er musste selbst noch aufs Klo, bevor
sie rausfuhren.

Als er hinter ihr den Konferenzraum verlassen wollte,
hielt Louis ihn zurück. »Augenblick, Walter.«

Der Ausdruck in Rochells Augen gefiel ihm nicht.
»Ja?«

»Ich wollte dich vorwarnen.«

»Wovor?«

»Deinem besten Freund.«

Walter spürte, wie sich sein Magen verkrampfte. »Was
ist mit Sander?«

»Ich hab ihn angerufen. Er wird in zwei bis drei
Stunden hier sein und die Soko unterstützen.«

Walter wusste, dass es unfair war, aber er fragte: »Weil
wir unfähig sind?«

»Ach, Walter.« Louis rieb sich das müde Gesicht. »Du
hast vorhin selbst darauf hingewiesen, wer uns mit Hans-
Peter Doria im Nacken sitzt. Da ist ein Fallanalytiker
vom LKA nur von Vorteil.«

»Weil man in Deutschland ja nur nach Titeln und Namen geht, nicht nach Können. Schon klar.«

Er wollte Louis stehenlassen, doch der hielt ihn ein zweites Mal zurück. »Du musst das anders sehen!«, raunte er. »Wenn was schiefgeht ...«

»Bringt mir ein Sündenbock auch nichts mehr.« Walter riss sich los und war hinaus. Sein Herz pochte wie immer schmerzhaft, wenn er sich über Clemens Sander aufregte. Und das tat er ständig.

7

Mittwoch, 23. Mai – vermutlich kurz vor 2 Uhr

Alle Elektrogeräte waren eingesammelt, und die beiden Typen hatten vorn beim Busfahrer wieder Posten bezogen. Der fuhr und fuhr und fuhr, bog mal links, mal rechts ab und steuerte den Bus durch die Nacht.

Kiara fragte sich, wohin die Kidnapper wollten. Sie hatten tatsächlich die Autobahn unterquert und waren dann wieder nach einiger Zeit an einer Kreuzung abgebogen. Gerade zogen Rapsfelder vorbei, die grüngelben Knospen waren im Scheinwerferlicht gut zu erkennen. Kiara hatte keine Ahnung, wo sie sich mittlerweile befanden. Ihre Orientierung war völlig flöten gegangen.

Dafür hatte sie vom Fenster auf den Platz am Gang gewechselt. Näher dran am Holzfällersteaktyp. Aber wie sollte sie eine Reihe nach vorn kommen? Dazu müsste sie in den Mittelgang. Sie wagte es nicht. Immer hatte einer der Entführer die Leute im Blick.

So wie sie den Holzfällersteaktyp. Er hantierte mit einer Hand an seinem Rucksack herum. Vorsichtig, unauffällig, geräuschlos. Dabei blickte er starr nach vorn. *Er sucht irgendetwas. Was uns hilft?*

Kiara musste weiter vor. Sie hielt es nicht mehr aus, sie brauchte einen Verbündeten.

Und dann kam unerwartet die Chance. Der Bullige sagte irgendetwas zum Busfahrer, und im selben Moment drehte sich der Einsammler ebenfalls um. Kiara packte ihren Rucksack und huschte nach vorn. Ihr war schlecht vor Angst, sie stieß sich das Knie und bekam keine Luft, weil hinter ihr ein erschrockenes Japsen erscholl, als sie aufstand, aber sie sank auf den Platz eine Reihe weiter vorn, bevor beide Kidnapper sich alarmiert umdrehten.

Mister Holzfällersteak hatte ihren Sitzplatzwechsel natürlich ebenfalls bemerkt und musterte sie kurz, bevor er sich wieder seiner Suche im Rucksack widmete. Hektischer jetzt.

»Was ist da hinten los?« Der Bullige kam nach hinten, die Maschinenpistole im Anschlag. Er kontrollierte jede Reihe.

Mister Holzfällersteak kramte und kramte, bis er etwas Dunkles aus dem Rucksack zog. Kiara konnte nicht erkennen, was es war, denn er steckte es sofort in die Innentasche seiner Jacke. Vielleicht seinen Geldbeutel? Die Größe käme hin.

Dann trafen sich ihre Blicke. Es war, als sprächen seine Augen mit ihr: *Du hast nichts gesehen!*

»*Was los ist, will ich wissen!*«

Eine Frau aus den vorderen Reihen sprang ihnen unfreiwillig zur Seite: »Das wüssten wir auch gern! Wir haben Angst! Was wollen Sie von uns? Geld? Sie können alles haben, aber bitte ... ich habe zu Hause Mann und Kind.«

Der Bullige blieb stehen, musterte die Frau. »Schön für dich.« Dann kam er bis zu Kiaras Sitzreihe. »Will da jemand den Helden spielen, was?« Er packte den offen stehenden Rucksack des Holzfällersteaktyps und kramte darin herum, stopfte ihn schließlich in die Ablage über ihren Köpfen. »Keine Faxen, klar!«

»Ich hatte nur Durst«, sagte Kiara kleinlaut. Sie deutete auf die Trinkflasche an ihrem Rucksack.

»Ist mir scheißegal! Rucksack rauf in die Ablage!«

Kiara nickte hastig und stand auf, um ihn zu verstauen. Er passte gerade so in das schmale Fach.

Der Entführer verfolgte ihr Tun argwöhnisch, und als sie wieder saß, ging er schnaubend weiter, checkte auch die hinteren Reihen und kam dann wieder nach vorn. Als er Kiara das zweite Mal passierte, nahm sie erstmalig seinen Geruch war, den er hinter sich herzog wie eine Wolke Deodorant – eine Mischung aus saurem Schweiß und altem Fritteusenfett. Unter seinen Achseln zeigten sich Schweißflecken.

Er war ein widerlicher Typ. Die schwarze Hose mit Seitentaschen auf Halbmast, dass es aussah, als hätte er einen Windelpack darin, dazu fette Springerstiefel und der graue, verschwitzte Hoodie. Er wirkte nicht wie ein professioneller Entführer, falls es so was außerhalb von Hollywood gab. Er wirkte einfach nur grobschlächtig. Eklig. Dumpfbackig.

Aber er hatte gute Argumente. Ein ganzes Magazin voll.

Denk nach, Kiara! Wie kommst du hier raus?

Sie sah sich um, blickte nochmals nach hinten, aber da waren nur die vor Furcht geweiteten Augen von sechs Passagieren. Und was wollte sie auch hinten? Einen Ausgang gab es nur ganz vorn und in der Mitte des Busses, ein paar Reihen vor ihr. *Oder die Fenster.*

Kiara hob den Blick. Über ihr an der Scheibe konnte sie einen grünen Aufkleber erkennen. Darauf stand: NOTAUSSTIEG. Darunter war eine gebrochene Scheibe abgedruckt, die von einem Hammer mit Spitze eingeschlagen wurde.

Natürlich! Ein Notfallhammer.

Das war doch etwas. Wie lange würde es dauern, die Scheibe einzudonnern und hinauszuspringen? Maximal zwei Sekunden. Sie konnte es schaffen. *Bei einem fahrenden Bus, Kiara. Willst du dir den Hals brechen?*

Kiara verzog den Mund. Sie fuhren mindestens siebzig oder achtzig Stundenkilometer. Überlebte man einen Sturz bei einer solchen Geschwindigkeit? Sie müsste sich über die Schulter abrollen wie ein Stuntman.

Sie blies durch. Dann fiel ihr eine andere Möglichkeit ein: Sie könnte den Notfallhammer als Waffe nutzen. Wenn man damit eine Scheibe einschlagen konnte, dann auch einen Schädel. Wenn der Bullige wieder nach hinten ging, könnte sie ihm eins drüberziehen. Würde das reichen, um ihn auszuschalten? Würde ein Schlag genug Wucht haben trotz der dämpfenden zwei Schichten aus Kapuze und Motorradmaske? Der Holzfällersteaktyp könnte es sicher, und dann hätten sie eine Maschinenpistole ...

Die Vorstellung gefiel ihr. Wo waren die Notfallhämmer angebracht? Auf der Innenseite der Säulen. Hinter den Vorhängen.

Neben ihr hing ein solcher Vorhang mit einem Muster aus mintgrünen und dunkelgrauen Rauten. Sie lupfte ihn. Einen guten halben Meter über ihr kam die Halterung des Hammers zum Vorschein. Sie war leer.

Kiara starrte darauf. Die Plombe war noch zu erkennen, aber durchgezwickt. Jemand hatte den Hammer entfernt.

Die Erkenntnis war wie ein Schlag und ließ Kiara zurück in den Sitz sacken. Dabei bemerkte sie, dass auch Mister Holzfällersteak den Vorhang auf seiner Seite zur Seite schob. Offenbar hatte er begriffen, was sie suchte. Aber auch da dasselbe Bild: eine rechteckige Vertiefung ohne Inhalt. Aufgezwickte Plombe.

Jemand hatte die Notfallhämmer entfernt.

Kiara wollten die Tränen kommen.

Vielleicht waren die Entführer doch keine Vollidioten.

8

Mittwoch, 23. Mai – 15.07 Uhr

Cahide saß auf dem Beifahrersitz und lehnte den Kopf gegen die B-Säule. Eines der teuren Südstadtviertel zog mit seinen prächtigen Villen vom Anfang des 20. Jahrhunderts vorbei. Die schicken Fassaden leuchteten hinter ausladenden Vorgärten in der Maisonne.

Eigentlich hatte sie die Fahrt nutzen wollen, um über die Metzgerei Kaul zu recherchieren, doch ihr Gehirn sträubte sich. Seit der Präsentation fühlte sie sich wie nach einem harten Work-out, nur ohne das angenehme Gefühl, sich ausgepowert zu haben. Ihr Smartphone ruhte zwischen ihren gefalteten Händen in ihrem Schoß.

Walter Brandner schien sich nicht an ihrer Untätigkeit zu stören. Auch er war mit seinen Gedanken irgendwo, nur nicht bei ihrem Fall und dem verschwundenen Bus. Wahrscheinlich beschäftigte er sich mit seinem bevorstehenden Unruhezustand. Er hatte etwas von einer geplanten Reise nach Irland erzählt, wohin er scheinbar häufiger flog. Urlaub – der würde Cahide jetzt auch guttun. Abstand. Zwei oder drei Wochen lang nicht dieses

Arschgesicht von Ferretti ertragen müssen. Vielleicht würde sie dann klarer sehen, was sie gegen seine Schikanen tun könnte. Sie wälzte diese Frage schon seit ein paar Wochen. Zu Beginn der Therapie waren ihr die Übergriffe gar nicht aufgefallen, aber irgendwann hatte er angefangen, sie zu duzen. Dann folgten die Sprüche: *Kein anderer Therapeut würde dich behandeln, bla bla.* Professionell klang anders. Nur wie konnte ein Ausweg aussehen? Sich beschweren? Bei wem? Sie hatte gelesen, dass Machtmissbrauch in der Therapie häufiger vorkam, als man dachte. Hohe Dunkelziffer. Das Problem war, dass man als Patient nicht wusste, wie man damit umzugehen hatte. Ferretti begründete all seine Entscheidungen mit psychologischem Fachwissen und irgendwelchen Wirkungsweisen. Was es da alles gab! *Übertragungsliebe* war das Abgefahrenste, über das sie einen Artikel gelesen hatte ... wenn die Patienten plötzlich eine Liebe für den Therapeuten entwickelten und eine sexuelle Beziehung eingehen wollten, weil sie eine alte Liebe auf ihn übertrugen. Ferretti konnte *alles* behaupten, und sie hatte nichts gegen ihn in der Hand. Er dagegen ihre Karriere. An seinem Wort hing ihre Diensttauglichkeit. Und Ferretti war gewieft. Er hinterließ keine Beweise; er schrieb ihr keine belastenden Mails oder Nachrichten, er belästigte sie nur mündlich, unter vier Augen.

Sie hatte schon daran gedacht, sich zu verkabeln und ein Gespräch aufzuzeichnen, nur war das als Beweis nicht verwendbar. Und sie würde sich damit das nächste Ei legen: Ferretti war strenggenommen ein Kollege. Dass sie ihn abhörte ... undenkbar. Damit riskierte sie ebenfalls ihre Karriere, und das gerade jetzt. Brandner ging in zwei Wochen in Pension, damit wurde seine Stelle als Kriminalhauptkommissar vakant. Bisher hatte er noch nicht mit ihr über seine Nachfolge gesprochen, aber ihr Team wurde angesichts der Arbeitsberge im Dezernat nicht aufgelöst und somit war die Wahrscheinlichkeit hoch, dass sie seinen Posten erben, und Gregor ihren bekommen würde. Kriminalhauptkommissarin Cahide Pfeiffer und Kriminaloberkommissar Gregor Schanzer. Goldmann und Brandner 2.0.

Nein, beschweren war keine Option. Außerdem kam dann irgendein Bekannter von Ferretti daher und bescheinigte ihr noch kriminelle Energie oder Ähnliches. Cahide musste sich eingestehen, dass sie in der Patsche saß. Andererseits ... Ferretti konnte die Therapie nicht ewig strecken. Wenn sie ihm jetzt mit einem Treffen im öffentlichen Raum entgegenkam, war die Sache vielleicht nach den vierzig Sitzungen gelaufen. Vielleicht ...

Nein, Cahide!, raunte ihr eine Stimme ins Ohr. *Der verlängert den Mist! Der treibt das Spiel, so lange er kann. Der reizt das aus.* Aber wie lang konnte er die Sitzungen ausdehnen? Irgendwann drehte doch entweder die Beihilfe oder die Krankenkasse den Geldhahn zu. Die Beihilfe oder die Kasse. Das war eine Idee! Dort könnte sie anrufen und nachfragen, wie lang das gehen konnte.

Brandners Stimme drang zu ihr durch und sie drehte sich zu ihm. »Entschuldigung. Was haben Sie gesagt?«

»Ich fragte: Ob bei Ihnen alles in Ordnung ist, Cahide. Sie wirken in letzter Zeit etwas angeschlagen.«

Klar!, wollte sie antworten, *alles klar*, aber sie brachte die Worte nicht raus. Stattdessen spürte sie Tränen aufsteigen und sah schnell wieder hinaus auf die Straße. »Nur eine schwierige Phase«, hörte sie sich sagen.

Zwei Wohnblocks zogen vorbei – mittlerweile waren die Villen von modernen Mehrfamilienhäusern abgelöst worden –, und Walter sagte: »Wenn es noch Auswirkungen der Geiselnahme sind, machen Sie sich nicht verrückt. Solche Ereignisse brauchen Zeit, um verarbeitet zu werden. Wir Polizisten sind im Schnitt drei traumatischen Erlebnissen pro Woche ausgesetzt, ein Normalbürger etwa drei in seinem ganzen Leben. Sie können noch so tough sein, Cahide, manche Erlebnisse gehen einem nah. Und Sie wissen: Wenn Sie über etwas reden wollen, jederzeit.«

Ohne ihn anzusehen, nickte sie. »Das weiß ich sehr zu schätzen, Herr Brandner. Danke dafür.«

Er winkte ab. »Dafür nicht. Dafür habe ich als Vorgesetzter da zu sein!«

So wie Ferretti für seine Patientinnen ...

Cahide schniefte und entsperrte ihr Handy. »Ich glaub, ich nutze die Zeit noch, um über die Metzgerei Kaul zu recherchieren. Waren Sie bei denen schon Kunde?«

Aus dem Augenwinkel sah sie, wie er sie noch einen Moment lang mit sorgenvoller Miene musterte, bevor er sich wieder dem Verkehr widmete. »Mit Sicherheit, aber mehr kann ich nicht beisteuern. Eine Metzgerei ist für mich 'ne Metzgerei. Schmecken muss es halt.« Er lächelte dünn und zeigte mit dem Finger auf die nächste Kreuzung. »Ich glaube aber, Ihre Recherche können Sie vertagen. Da geht der Ahornweg ab.«

Der Dienstwagen glitt über die Kreuzung und tauchte in eine von Ahornbäumen gesäumte Straße ein. Der Ersteindruck mit dem schattengesprenkelten Fußweg samt Grünstreifen auf der rechten Seite war nett, auf den zweiten Blick allerdings registrierte Cahide die Wohnanlagen dahinter. Sie stammten allesamt aus den Achtzigern, überdimensionierte Schuhschachteln aus grauem Beton. Um Farbe ins Spiel zu bringen, waren die Fensterrahmen sonnengelb lackiert worden; ein Ton, der mittlerweile eher zur Farbe eines Toilettenrands geronnen war. Auf den Balkonen zur Südseite hin war geradeso Platz für einen Zweimanntisch und einen Grill. Ein Sonnenschirm reichte aus, um eine Balkonnische zu beschatten.

Brandner steuerte den Wagen auf einen Parkplatz der Wohnanlage. Für einen Moment beobachtete er das Gebäude und die Mülleimerzeile direkt neben dem Eingang, und dachte vermutlich dasselbe wie Cahide. *Wohnraum für finanziell Schwache.* Dann stieg er aus. Cahide folgte ihm.

Die Klingelanlage wies drei Reihen zu je zwölf Klingelschildchen auf. In der Mitte fanden sie die Aufschrift KAUL. Brandner klingelte lange, und ein zweites Mal. »Wie erwartet.« Er seufzte, trat zur Eingangstür aus Glas und urinsteingelbem Metall und spähte in den dunklen Flur dahinter. »Wir fahren weiter«, entschied er. »Früher wäre ich jetzt vielleicht eingestiegen, aber mit Sander im Nacken ...« Er grinste schief und trottete zurück zum Wagen.

»Sander?« Cahide war verwirrt. »Der ist doch im Urlaub.«

»War.« Brandner öffnete die Wagentür. »Rochell hat ihn wegen Doria angefordert. Da macht sich ein Fallanalytiker in der Soko nicht schlecht.« Er stieg ein.

Cahide stieß die Luft aus. »Der behindert uns doch eher mit seinem Dienst nach Vorschrift. Was, wenn wir in Kauls Wohnung jetzt Hinweise auf eine Entführung gefunden hätten?«

»Haben wir aber nicht und werden wir nur dann, wenn Richter Schaller eine Durchsuchung genehmigt, und das tut er nicht, bevor nicht mindestens eine Lösegeldforderung eingeht oder wir belastendes Material über Kaul finden.« Walter startete den Wagen und manövrierte ihn rückwärts aus der Parklücke. »Das müssen Sie sich für Ihre weitere Karriere merken, Cahide. Eine Soko ist immer eine Menagerie. Zu viele Zuständigkeitsbereiche, von denen zu viele zu vielen Versagern unterstehen. Lernen Sie schnell, einzuschätzen, mit wem Sie arbeiten können und mit wem nicht, sonst werden Sie zum Clown. Aber wem sag ich das? Sie machen das schon ausgezeichnet.« Er lächelte und gab Gas.

Cahide hatte sich doch noch zu einer Recherche über die Metzgerei Kaul durchgerungen, las auf ihrem Smartphone mittlerweile den zweiten Artikel und trug die interessanten Stellen vor: »Hier gibt es einen Bericht von 2016, Monate nach der Schließung der Metzgerei, in dem Dietmar Kaul schwere Vorwürfe gegen den Kreis erhebt. Die Lebensmittelüberwachung hätte ihn in die Knie gezwungen. O-Ton: ›Dieser Behörde konnten wir gar nichts recht machen. Ständig wurden neue Mängel erhoben, irgendetwas anderes moniert. Reine Schikane, urteilt der 49-Jährige.‹ Krass. Hier ist die Rede von siebenundachtzig Mängeln. Von Schönheitsfehlern wie nicht gestrichenen Heizungen bis zu groben Verstößen gegen vorgeschriebene Hygienemaßnahmen. Das ist ja spannend! In seiner Personalakte stand, dass er wegen gesundheitlicher Probleme umschulte, aber gut ... über Bürokratie kann man schon mal krank werden.« Sie las weiter und schüttelte den Kopf. »Das ist echt irre. Der Vorwurf: ›Auf dem Fußboden lag ein kleines, rohes Stück Fleisch. Am Konzept zur Einhaltung der Produktionshygiene mangelt es.‹ Kauls Antwort: ›Es kommt immer mal vor, dass kleine Fleischstückchen auf den Boden fallen. Wo gehobelt wird, fallen Späne. Reste werden umgehend entsorgt.‹ Oder hier, Vorwurf: ›Der Abfallbehälter wies keine Abdeckung auf.‹ Kauls Antwort: ›Der Abfallbehälter hatte einen Deckel, der offen stand.‹ Das ist doch lächerlich, oder?«

Brandner seufzte. »Die Beamtenwitze kommen nicht von ungefähr.«

Cahide navigierte zu einem weiteren Artikel, den die Suchmaschine ausgespuckt hatte. »Hier ist noch ein Zeitungsbericht, von 2015. Da betrieb Kaul die Metzgerei noch. Überschrift: *Sinn oder Schikane – EU-Vorschriften bedrohen Traditionsmetzgerei.* Kaul beschwert sich hier ... über ... immer weiter steigende Betriebskosten und hohe Investitionen durch EU-Auflagen. O-Ton: ›Wir mussten unseren Betrieb wegen Hygienevorschriften umbauen und seitdem immer genau dokumentieren, wann wir zum Beispiel mit welchem Putzmittel welche Maschine gereinigt haben. Auch unsere guten Messer von meinem Opa mit Holzgriff – alle noch einwandfrei – mussten wir komplett durch Messer mit Kunststoffgriff ersetzen. Alles an sich richtig, aber für einen kleinen Betrieb wie unseren bedeutet es fünfzehn Stunden pro Woche Mehraufwand für Verwaltung und Dokumentation.‹« Cahide sah auf. »Fünfzehn Stunden *pro Woche?* Für eine Metzgerei?«

Walter zuckte mit den Schultern. »Ist doch bei uns nichts anderes. In den Achtzigern schrieb ich eine kurze Stellungnahme, heute einen mehrseitigen Bericht nach Checkliste. Wen wundert's da, dass Kleinbetriebe pleite gehen? Ein alter Schulfreund von mir ist gelernter Bäckermeister und gab seinen Laden auch vor knapp zehn Jahren auf. Gleiches Problem: Zu viele EU-Verordnungen bezüglich Hygiene. Er hätte so viel umbauen müssen, dass er nur noch für die Bank gearbeitet hätte. Mit den ganzen Vorschriften entwickelt sich das alles in die gleiche Richtung: Nur noch Großbetriebe können sie erfüllen. Kleinbetriebe haben keine Chance mehr. Dazu kommen die ganzen Aufbackstuben in den Supermärkten. Das Gleiche trifft auf die Metzgereien zu; in fast jedem Supermarkt gibt es eine Fleischtheke und dazu noch das abgepackte Zeug aus der Kühlung. Steht im Artikel auch etwas von Schulden? Schulden wären in Verbindung mit einer Entführung ein Motiv.«

»Nein. Nichts. Da war nur die Rede von großer

Enttäuschung. In dem anderen Artikel hieß es – Moment – Zitat: ›Als ich den Laden zugesperrt habe, hat meine Mutter geweint.‹ Und: ›Mein Beruf hat mir immer Spaß gemacht und mich mit Stolz erfüllt. Heute allerdings ... ich rate jedem jungen Menschen davon ab, Metzger zu werden und einen Betrieb zu gründen.‹«

Brandner schürzte die Lippen. »Enttäuschung ist ziemlich dünn als Motiv, dazu kommen die zwei Jahre Zeitabstand. Aber interessant ist, dass damals die Mutter noch lebte. Vielleicht auch der Vater? Beide wären eine Befragung wert, genauso wie die geschiedene Ehefrau. Dann hätten wir zusammen mit einem Finanzcheck ein umfassendes Bild von Dietmar Kaul. Aber mit seiner Vorgeschichte ... Warum sollte ein Metzgermeister, der zum Busfahrer umgeschult hat und offenbar gute Arbeit leistet, den Bus seines Arbeitgebers entführen, um die Familie Doria zu erpressen? Das passt doch hinten und vorne nicht zusammen.«

»Genauso wenig wie die Entführung an sich«, meinte Cahide. »Warum einen Bus entführen, wenn man nur an eine Person ranwill? Die Täter mussten ja das Umfeld kennen, woher sonst die Info mit der Busfahrt? Außer natürlich, diese Kiara Lina hat ihre Freizeitaktivitäten in die Sozialen Medien gestellt. Aber unabhängig davon: Wenn ich von so einer Reise weiß, dann entführe ich doch die Tochter in Zürich bei der Demo und nicht den ganzen Bus auf der Rückfahrt. Oder ich greife an einem Rastplatz zu, wenn die Leute aussteigen, sich 'nen Kaffee holen und aufs Klo gehen. Dann wäre der Personenschützer auch gleich ausgeschaltet.«

»Da passt so einiges nicht zusammen.«

»Außer der konträre Zusammenhang zwischen Metzgermeister und veganer Demonstration.«

»Aber passt der wirklich?« Ein Seitenblick von Brandner. »Was bringt einem Metzgermeister die Kaperung und Entführung von dreißig Aktivisten, die gegen das Schlachten sind?«

»Rache vielleicht? Er könnte sie als Schuldige sehen, wegen denen er seinen Job verloren hat. Hart finde ich das schon. Da verlierst du deinen Job, den du geliebt hast, und darfst dann absolute Metzgereigegner zur Demo nach Zürich kutschieren. Vielleicht hat das eine Kurzschlussreaktion ausgelöst. Stellen Sie sich das vor: Sie fahren nachts auf der Autobahn zurück und dreißig Leute hinter ihnen skandieren plötzlich irgendwelche Hassparolen gegen Metzger.«

»Okay ... Punkt für Sie, Cahide. Aber welche Kurzschlussreaktion sollte das sein? Was macht er mit denen? Logisch wäre, dass er den Bus verunfallt, an 'nen Baum setzt, von 'ner Brücke steuert, oder ähnliches. Aber der Bus ist verschwunden. Der wurde in irgendeiner Weise manipuliert. Das passt nicht zur Kurzschlussreaktion. Und was soll er mit den Leuten jetzt tun? Sie bedrohen? Sie einsperren? Sie bestrafen?«

Ja, warum nicht? Cahide dachte an Ferretti und konnte eine durch Hass motivierte Tat durchaus nachvollziehen.

Walter musste in ihrem Gesicht sehen, dass sie das in Erwägung zog, und vielleicht fragte er deswegen: »Steht da in einem der Artikel die Adresse der ehemaligen Metzgerei?«

»Ja, hier. Deisenfang einundvierzig. Warum?«

Walter überlegte, dann nickte er. »Ist fast kein Umweg raus zur Haltestelle. Paar Minuten. Wissen Sie was, wir fahren da auch noch gleich vorbei.«

Cahide sperrte den Handybildschirm. »Sie glauben, die Metzgerei könnte als Versteck für die Entführten dienen?«

»Warum nicht? Altes Fabrikgebäude mit diversen Räumen, vermutlich nach hinten raus oder in einen Innenhof, damit die Nachbarn nicht vom Schlachtlärm gestört wurden. Wir prüfen es einfach. Die paar Minuten Umweg bringen uns nicht um, und dann können wir das schon mal ausschließen. Sicher ist sicher. Momentan können wir uns eines nämlich nicht leisten: Fehler.«

Ja, Fehler ... Cahide blickte auf ihr Handy, dann entsperrte sie es wieder.

Die Straße Deisenfang galt einst als wichtiger Knotenpunkt der Südstadt. Zwei Buslinien kreuzten sich hier, weswegen sich zahlreiche Geschäfte entlang der Straße mit den beiden Haltestellen angesiedelt hatten; die Bäckerei Lutz, Metzgerei Kaul, ein Tabakwarenladen, ein Schuhgeschäft, ein Schlüsseldienst, eine Dönerbude und ein Ärztehaus. Mit dem Bau der S-Bahnlinie, die nur siebenhundert Meter nördlicher verlief, war die wichtigere Buslinie weggefallen und der Knotenpunkt hatte sich verschoben. Nur noch der Tabakwarenladen hatte geöffnet, und anstelle des Schlüsseldienstes gab es eine neu eröffnete Saftbar. Der Kundenstopper pries frisch gepresste Säfte und Smoothies aus regionalem Anbau an.

Dreißig Meter weiter hielt Brandner direkt vor der ehemaligen Metzgerei auf einem der drei Parkplätze. Die Leuchtreklame – schwungvolle Lettern in sattem Grün – hing noch über dem Schaufenster. Es war nach der Schließung mit Zeitungspapier von innen verhangen worden, doch die meisten Seiten waren herabgefallen und weggeräumt worden. Einzig drei vergilbte Doppelseiten klebten noch an der Scheibe.

Zu Cahides Überraschung stand rückwärts eingeparkt auf einem der anderen Parkplätze ein kleines Kühlfahrzeug mit Hamburger Kennzeichen. Die Beschriftung war entfernt worden, doch die Folie hatte auf dem weißen Lack Spuren hinterlassen. Sie las: METZGEREI BITZINGER.

»Scheinbar hat jemand den Laden gekauft«, sagte sie beim Aussteigen.

Brandner nickte nur, sperrte den Wagen ab und trat an das Schaufenster. Die Auslagen und Regale waren leer. Keine Würste oder Schinken hingen an den Haken. Einzig die schwarzen Tafeln an der hinteren Wand waren mit Kreide beschriftet. *Heute im Angebot: Saumagen, Putengeschnetzeltes und Bürgermeisterstück vom Rind.*

»Sieht aber nicht nach einer Neueröffnung aus.« Er drückte die Nase gegen die Scheibe und schattete die Augen ab. Dann ging er zur Eingangstür, zwei Stufen hoch, und versuchte sein Glück. Die Tür schwang nach innen auf. Irgendwo bimmelte ein Glöckchen. Mit gefurchter Stirn trat Brandner ein und hielt seiner Kollegin die Tür auf.

Im Inneren roch es nach alt und Fleisch. Cahide konnte den Geruch kaum beschreiben; es war wie eine Erinnerung an Kneipen, in denen früher geraucht worden war. Der Rauch hatte sich überall festgesetzt, und trotz Klimaanlage und Lüftung hing der Gestank auch Jahre später noch überall. So war es hier mit dem Geruch nach Fleisch.

»Hallo?«, rief Brandner. »Jemand da?«

Hinter einer Schwingtür ertönten schwere Schritte. Ein Schemen wurde sichtbar, dann erschien der dazugehörige Besitzer – ein Bär von einem Mann mit grauem, krausem Bart, gelockter Mähne und einer Tribal-Tätowierung am Hals. Eine weiße Schürze spannte sich über seinen fassartigen Bauch. Seine Arme waren von drahtigem, dunklem Haar bedeckt. »Moin,« grüßte er nicht unfreundlich. »Kann ich helfen?«

»Ich denke.« Brandner zückte seinen Dienstausweis sowie Cahide ihren. »Und Sie sind?«

»Der Kai.«

Brandner hätte beinahe gelacht. »Der Kai. Und wie noch?«

»Bitzinger.«

»Und was machen Sie hier?«

Kai Bitzinger hob feuchte, hoffentlich gewaschene Arme, doch getrocknete Blutränder auf der Haut waren trotzdem zu sehen. »Arbeiten. Und Sie? Was wollen Sie hier?«

»Uns nach Dietmar Kaul umsehen.«

»Dem Vorbesitzer? Dann müssen Sie den Bus nehmen. Der Dietmar fährt mittlerweile. Arbeitet nicht mehr hier.«

»Das wissen wir«, mischte sich Cahide ein. Das Blut auf Bitzingers Armen verursachte ihr einen leichten Schwindel. Sie meinte sogar Pistolenknallen zu hören, dazu das monotone Rauschen ihrer Waschmaschine. »Sagen Sie, wann haben Sie den Laden gekauft?«

»Vor drei Monaten. Zusammen mit meiner Schwester.«

»Und was verschlägt zwei Hamburger nach Bayern?«

Er zuckte mit den mächtigen Fleischerschultern. »Die Luft. Die Berge. Die Seen. Wir brauchten mal was Neues.«

»Wann haben Sie Herrn Kaul das letzte Mal gesehen?«, wollte Brandner wissen.

»Beim Notartermin. Notariat Siegler, wenn Sie es genau wissen wollen. Aber warum fragen Sie? Ist was mit Dietmar?«

»Er ist verschwunden.«

Das bescherte dem Kai eine gefurchte Stirn. »Und damit kommen Sie zu uns?«

»Zu seiner ehemaligen Wirkstätte. Sagen Sie, dürfen wir uns umsehen?«

Kai musterte Brandner aus blaugrauen Augen. Cahide fand, dass sie perfekt zu einem Metzger passten. »Haben Sie einen Durchsuchungsbefehl?«

»Beschluss«, berichtigte Brandner. »Das heißt Durchsuchungsbeschluss, und nein, haben wir nicht. Deswegen fragen wir ja nett.« Er schob ein freundliches Lächeln hinterher.

Der Kai musterte sie noch einen langen Moment, dann nickte er. »Von mir aus. Eigentlich dürften wir das zwar aus Hygienegründen nicht, aber für die Polizei machen wir eine Ausnahme. Wie wir gehört haben, sind die Behörden hier recht *eigen*.« Er zwinkerte, bevor er fortfuhr: »Momentan arbeiten wir an einer Neuentwicklung. Die Basis für die Neueröffnung.« Schon trat er durch die Schwingtür.

Brandner suchte Cahides Blick, sagte aber nichts, dann folgten sie ihm in eine Küche. Ein einziges deckenhohes Gerät summte in einer Ecke, sonst lag die Küche still und unberührt da. Sie war sauber.

Kai hatte sie bereits durchquert und trat durch eine weitere Tür. Dahinter brannte kaltes Neonlicht.

Als sie eintraten, sah eine Frau von einer Maschine auf. Die Verwandtschaft zu Kai war nicht zu leugnen; ebenfalls Locken, allerdings nicht so grau wie die ihres Bruders, und die gleiche grobschlächtige Figur, nur zwei Nummern kleiner. Sie befüllte gerade Därme mit rotgrauem Wurstbrät. Auch sie grüßte mit: »Moin!«

Kai sagte: »Hier findet die Warmfleischverarbeitung statt.« Er zeigte auf ein gewaltiges Küchenbrett aus weißem Plastik, auf dem drei Bratenstück große Fleischbrocken lagen. »Und das gerade war die Küche. Ansonsten gibt es nur noch die Kühlkammer und ein Lager.« Er öffnete ihnen eine schwere Edelstahltür. Kondensat puffte ihnen entgegen, und Cahide erhaschte einen Blick auf eine Box voller eingeschweißter Würste, ansonsten war die Kammer leer.

»Wollen Sie das Lager auch sehen?«

»Gern.«

Kai führte sie in den hinteren Teil des Raums, von dem neben einer normalen Zimmertür eine weitere

Schwingtür abging. Er öffnete eine Hälfte. Dahinter lag ein Raum voller Regale. Einige Gewürzdosen standen darin, dazu eine grüne Gemüsekiste voller buntem Paprika und gelben und grünen Zucchini.

»Und wo gehts dahin?« Cahide zeigte auf die normale Tür.

»Sie nehmen es aber ganz genau, was?« Kai trottete herüber und hielt ihnen auch die Tür auf. »Das ist der Pausenraum mit Toilette. Zufrieden?«

»Schon«, sagte Brandner nach einem kurzen Blick in ein karges Zimmer mit Eckbank und Stühlen, das durch ein Fenster zum Hinterhof spärlich erhellt wurde. Zurück im Arbeitsbereich besah er sich die Arbeit der Frau, die gekonnt mit dem Daumen immer gleichlange Würste herstellte, besser als jede Maschine. »Was wird das Spannendes?«

»Curryknacker mit Grillgemüse.«

»Wir arbeiten parallel auch an einer vegetarischen Variante«, sagte Kai stolz. »Die sind jetzt mit Fleisch, aber wir haben eine Rezeptur entwickelt, die ohne auskommt. Ich sag Ihnen, Sie werden keinen Unterschied feststellen.«

»Das glaub ich Ihnen. Und das wird die Basis Ihrer Neueröffnung?«

»Bingo. Wir haben sogar schon einen Vertrag über zweitausendfünfhundert Paar mit Senetal.«

Senetal war eine lokale Supermarktkette, die viel Wert auf regionale Produkte legte. Cahide ging dort regelmäßig einkaufen; das Gemüse- und Obstsortiment war ausgezeichnet.

Brandner nickte anerkennend. »Na, da drauf bin ich gespannt.«

»Dürfen Sie auch sein. Das wird einschlagen wie eine Bombe.«

Etwas erregte Cahides Aufmerksamkeit. Zwischen zwei Regalen stand ein brusthohes Stativ. Darauf war eine moderne Spiegelreflexkamera befestigt. Sie wirkte wie ein Fremdkörper in der altbackenen Metzgerei. »Und wofür ist die?«

Kai zeigte gelbe Zähne. »Das gehört zu unserem neuen Konzept. Wir machen einen Vlog.«

»Einen was?«, fragte Brandner.

»Einen Video-Blog«, erklärte Kais Schwester und stoppte die Darmbefüllungsmaschine. »Über die Wurstproduktion und die Ersatzprodukte. Die Leute haben ja keine Ahnung mehr. Manche Kinder glauben, dass das Fleisch in den Plastikverpackungen wächst. Die meisten wissen gar nicht, dass dafür ein Tier sterben muss. Wir wollen wieder mehr Klarheit und Bewusstsein schaffen. Ist Teil unserer Marketingstrategie. Wissen Sie, die Großbetriebe lassen ja keine Leute mehr rein, wie soll da Vertrauen und Transparenz entstehen?«

»Ist schon was online?«, fragte Cahide.

»Nein. Wir sind ja noch am Anfang.«

Walter nickte, als hätte er genug gehört und gesehen. »Gut. Dann wärs das.« Er zückte eine Visitenkarte und legte sie auf die Arbeitsplatte. »Sollte sich Herr Kaul bei Ihnen melden, rufen Sie mich bitte an. Ansonsten wünsche ich Ihnen viel Erfolg mit dem Neustart.«

»Danke! Den werden wir sicherlich haben. Sie finden raus?«

»Ich denke schon.«

Als sich die Eingangstür hinter ihnen schloss, war für einen kurzen Moment wieder das Bimmeln der Glocke zu hören, dann folgte Stille. Zwei Autos rauschten auf der Straße an ihnen vorbei.

Brandner sagte: »Das war jetzt wohl im wahrsten Sinne des Wortes ein Metzgersgang.«

Er wollte zum Auto, als Cahide ihn zurückhielt und zur Saftbar deutete. »Wollen Sie was Frisches? Mir wäre jetzt irgendwie danach.«

Er studierte das Schild und zuckte mit den Schultern. »Warum nicht.«

»Gut, dann lad ich Sie heute mal ein, wenns recht ist. Irgendwelche Allergien? Abneigungen gegen bestimmte Obstsorten?«

Brandner lächelte. »Nee. Und ist mir recht. Suchen Sie was aus.«

Als Cahide mit zwei frischgepressten Säften (Apfel, Karotte, Fenchel und ein Schuss Olivenöl) zurück zum Auto lief, stand Kai Bitzinger regungslos hinter der Glastür im Verkaufsraum und sah zu ihr heraus. Ein kalter Schauer lief ihr bei seinem Blick den Rücken hinab. Bitzinger war kein Mann, dem sie nachts begegnen wollte, und sie begegnete den meisten Männern nachts mit Gleichgültigkeit. Aber er hatte etwas ungemein *Hässliches* an sich, das sie nicht benennen konnte, und das war nicht seine blutverschmierte Metzgersschürze.

9

Kiara starrte hinaus in die Dunkelheit. Ein einziges Auto war ihnen bisher entgegengekommen, und trotz des wütenden Bulligen hatten fast alle um Hilfe geschrien, aber wer sollte sie schon in der Millisekunde des Aneinandervorbeifahrens hören?

Kurz darauf hatten sie ein Waldstück passiert, dann war es wieder hinaus zwischen endlose Felder gegangen. Zumindest stellte sich Kiara sie endlos vor, mehr als zwei Meter in die Dunkelheit konnte sie ja nicht sehen. Der Himmel war wolkenverhangen. Weder Mond noch Sterne wiesen ihnen den Weg.

Kiara schätzte die Uhrzeit auf halb drei. Also waren sie eine gute Stunde unterwegs. Vielleicht auch weniger, vielleicht auch mehr. Langsam musste sie auf die Toilette. Sie hätte nicht die Flasche leeren sollen. Scheiße, ey, wie dumm war das gewesen.

Ähnliches fragten sich wohl viele der Geiseln. Warum hatten sie die Fahrt angetreten, warum ausgerechnet zu der Demo, warum dieses Busunternehmen? Man spürte es. Seit Minuten herrschte diese seltsame Stille, auch wenn das Radio des Busfahrers immer noch lief. Kiara hörte das Gedudel nicht, war nur bei ihren Gedanken. Sie hatte überlegt, eine Botschaft an die Scheibe zu malen, nur womit? An ihren Rucksack samt Schreibzeug und Lippenbalsam kam sie nicht mehr ran. Sie könnte sich in den Finger beißen und mit Blut schreiben ... nur was? Und wer sollte das in der Dunkelheit lesen? Alles Käse, aber es war schon irgendwie interessant, auf welche Ideen das Gehirn in einer Notsituation alles kam.

Sie hatte nochmals versucht, Blickkontakt mit dem Holzfällersteaktyp aufzunehmen, aber entweder ignorierte oder bemerkte er sie nicht.

Der Bus wurde langsamer. Kiara versuchte, über die Sitzlehnen und dunklen Köpfe hinweg etwas zu erkennen. Sie bogen auf eine schmale Straße ein. Durch die Seitenscheibe erspähte sie eine abbrechende Asphaltkante, dahinter losen Schotter und hohes Gras.

Ein Schlag ließ den Bus erzittern. Es folgte ein sanftes Schaukeln. Und noch mal. Es schien nicht die beste Straße zu sein, und so rumpelten sie vielleicht ein oder zwei Minuten weiter, bis sie ein offen stehendes Tor aus Maschendrahtzaun passierten. Kiara sah das Blitzen von Stacheldraht, dann wieder nur Dunkelheit.

Aus der schälten sich die Umrisse von kantigen Gebäuden. Eine Fabrik vielleicht, oder eine verlassene Militärbasis, Kiara konnte keine Details erkennen, egal wie sehr sie sich anstrengte.

Der Bullige sagte etwas zum Busfahrer. Das Fahrlicht ging aus. Mit Standlicht rollten sie vorwärts, bogen nach rechts ab, passierten rostige Stahlfässer und glitten in eine enge finstere Gasse. In eine sehr enge Gasse. Die Hauswände zu beiden Seiten des Busses waren so nah, dass sie von der spärlichen Nachtbeleuchtung im Inneren angestrahlt wurden. Grober Putz, grau und fleckig.

Der Bus hielt.

Der Bullige sagte: »Noch ein Stück.«

Es ruckelte, sie rollten einen halben Meter, Stillstand.

»Gut.« Der Bullige fuhr herum und rief, die Maschinenpistole in der Hand: »Es läuft jetzt wie folgt: Nacheinander werdet ihr hinausgebracht. Wir fangen vorne an! Und keine Faxen, sonst ...« Er wedelte vielsagend mit dem Gewehr und deutete auf eine Frau in der zweiten Reihe. »Du zuerst.«

»Aber –«

»*Los jetzt! Aufstehen und zu mir kommen!*«

Während die Frau zögernd gehorchte, klappte die Falttür vorn auf. Kiara konnte von ihrem Platz nicht erkennen, was dahinter lag, aber ihr Herz pochte wie wild. Was wohl auf sie wartete?

Der Bullige winkte die Frau näher zu sich, packte sie schließlich und zerrte sie grob zu sich heran, wobei er ihr einen Arm auf den Rücken drehte. »Anderen Arm auch!«, knurrte er. Sie wimmerte, und dann hörte Kiara das charakteristische Ratschen eines Kabelbinders.

Daraufhin verschwand der Kerl mit der Frau durch die Tür im irgendwo, um Sekunden später zurückzukehren und zu bellen: »Nächste!«

Das Prozedere wiederholte sich, bis eine hagere Aktivistin an der Reihe war, die energisch den Kopf schüttelte. »Fick dich!«, schnauzte sie den Entführer an. »Ich lass mich nicht fesseln. Von niemandem.«

Trotz der Distanz zwischen Kiara und dem Bulligen sah sie, wie seine Augen Zorn versprühten. »Schnauze!«, wütete er. »Und jetzt her mit dir!«

Sie rührte sich keinen Millimeter, blieb im Mittelgang und schüttelte den Kopf. »Du kannst mich mal!«

Zwei fahle Sonnen erblühten kurz hintereinander, und die Explosionen der Maschinenpistole waren so laut, dass Kiara vor Schreck aufschrie. Wie alle anderen auch. Nur die Hagere nicht. Sie taumelte einen Schritt rückwärts und brach dann zusammen.

Die Schreie wurden schriller, kamen Surround: von hinten und von vorn.

»RUHE!«, brüllte der Bullige darüber hinweg. »Wenn ihr nicht gleich still seid, knall ich euch alle ab! Und wenn sich noch einer widersetzt, erwartet ihn dasselbe Schicksal! Du!« Er deutete auf den Nächsten. »Zu mir!«

Ab da ging es reibungslos, zumindest brüllte die Maschinenpistole kein zweites Mal. Kiara war wie in einem Tunnel, gefangen im Schreck der Schüsse, und tauchte erst daraus hervor, als der Bullige auf sie deutete: »Jetzt du!«

Kiara erhob sich wie ferngesteuert und schwebte nach vorn. Vor der Hageren blieb sie stehen. Ihr Kinn zitterte. *Nicht hinsehen! Nicht hinsehen!* Und doch tat sie es, blickte in dieses schmale Frauengesicht mit den leblos zu ihr aufstarrenden Augen.

»WEITER!«

Irgendwie stieg Kiara mit einem großen Schritt über

die Tote hinweg. Beim Auftreten schmatzte der Teppich des Gangs unter ihrer Sohle. Blutsatt.

Nicht denken! Nicht denken!, und schon stand sie vor dem Mörder, zitterte, nässte sich beinahe ein, wandte ihm den Rücken zu und hielt die Handgelenke brav zusammen.

Es ratschte laut, als sich der Kabelbinder zusammenzog und in ihre Haut schnitt.

Erst als er sie auf die Tür zuschob, registrierte sie, dass dahinter eine andere Tür lag, eine graue Stahltür in der Steinwand mit gewaltigem Riegel. Im Inneren herrschte Zwielicht. Blanker Betonboden und graue Fliesen. Gestank drang heraus; Mäuse-Urin und Staub. Aber auch etwas anderes: etwas Erdiges, Eisernes.

Allein der Geruch bereitete Kiara Übelkeit, und trotzdem stolperte sie durch die Stahltür in den Raum dahinter, als der Mann es von ihr verlangte.

10

Mittwoch, 23. Mai – 15.59 Uhr

Die Haltestelle Dennenroth lag außerhalb der Stadt-
umfahrung, nur drei Minuten von der Autobahnabfahrt 27
entfernt. Man hörte den Verkehr als stetes Rauschen
im Norden. Ansonsten gab es hier nichts Interessantes
für Walter. Die Haltestelle war nur ein Schild an einem
Metallpfosten in einer Haltebucht für Busse. Keine
Sitzgelegenheiten. Keine Überdachung. Umgeben war
die Haltestelle von einigen Bürogebäuden, das Höchste
zählte sieben Stockwerke.

»Warum sind die eigentlich mitten in der Nacht hier
rausgefahren?« Cahide besah sich den Pfosten und den
Grünstreifen dahinter. Ihre Finger strichen durchs nicht
gemähte Gras.

»Wegen der Parkmöglichkeiten. Am ZOB ist das doch
immer bescheiden, hier draußen hingegen ... ein Teil der
Aktivisten ist von hier zugestiegen.«

»Stimmt.« Cahide besah sich die Straßenlaternen und
Verkehrszeichen. »Gibts Verkehrskameras in der Nähe?«

»Keine Ahnung«, gestand Walter. »Die Autobahnabfahrt ist überwacht, aber hier ... Ich ruf mal Gregor an. Vielleicht können die uns aus der Verkehrszentrale eine Umgebungskarte mit allen Kameras schicken.«

Gregor nahm nach dem zweiten Klingeln ab. »Ja, Chef?«

»Gibts Neuigkeiten?«

»Nicht wirklich.« Ein Zähneknirschen. »Wir konnten die Fahrt des Busses bis zur Abfahrt siebenundzwanzig nachvollziehen. Das deckt sich mit dem Tracking der FFB. Aber danach: nichts. Nada. Null Komma null. Der Bus scheint sich in Luft aufgelöst zu haben.«

»Was er kaum getan hat.« Walter sah sich nochmals um. »Können Sie uns eine Umgebungskarte mit allen Verkehrskameras samt Aufnahmerichtung erstellen? Sagen wir Radius fünf Kilometer. Oder gleich zehn. Irgendwohin muss der Bus ja gefahren sein.«

»Augenblick.« Gregor redete mit jemanden, dann: »Stellen wir Ihnen zusammen. Dauert ein paar Minuten. Ich schick es Ihnen gleich per E-Mail.«

»Und bitte auch an Cahide. Wir sind gerade vor Ort und sehen uns um. Vielleicht teilen wir uns auf.«

»Alles klar, Chef. Gibts bei Ihnen was Neues?«

»Nein. Nichts. Das gleiche Nada.«

»Schade. Dann machen wir weiter. Ach halt! Wir haben uns das Tracking der FFB angeschaut. Es gab kurz vor der Haltestelle Dennenroth einen kurzen Stopp, keine Minute. Circa vierhundert Meter vorher.«

»Wo genau?«

»Direkt an der Straße. Ich schick die Geoposition gleich durch.«

»Alles klar. Danke!« Walter steckte das Handy zurück in die Gürtelhalterung und lief zu Cahide, die die Fahrbahnrinne abging.

»Auch hier gibt es nichts«, sagte sie. »Keine auffälligen Spuren.«

»Gregor meinte, der Bus hätte kurz gehalten. Etwa vierhundert Meter in diese Richtung.«

Cahide sah Richtung Autobahn, dann in die andere Richtung, wo die Straße einhundert Meter entfernt in einem Kreisverkehr mündete. Eine laue Brise spielte mit ihrem Haar. »Die müssen aber danach hier entlang gefahren sein.«

Das sah Walter genauso. »Nur können sie dann zurück- oder in jede x-beliebige Richtung abgebogen sein. Wir brauchen die Übersicht der Verkehrskameras.«

»Und dann können wir versuchen, eine Fahrroute ohne Kameras zu finden?« Sie blies die Wangen auf. »Eine Sisyphusarbeit.«

Walter zuckte mit den Achseln. »Bessere Idee?«

»Nicht wirklich.«

Ihre beiden Handys meldeten sich zeitgleich. Die Geoposition.

»Gut. Dann schauen wir uns die Stelle mal an, wo sie hielten.« Gemeinsam liefen sie zurück. Im Nirgendwo blieben sie stehen, blickten sich um.

»Auch nichts«, stellte Cahide fest. »Warum haben die hier gehalten? Wegen des liegengebliebenen Wagens vielleicht, den Kauls Kollege gesehen hat? Um den oder die Gestrandeten an Bord zu nehmen?«

»Oder die Entführer?«

»Das könnte bedeuten, dass der Busfahrer mit drinsteckt.«

»Oder der Bus wurde hier aufgehalten. Straßensperre.
Bus kapern. Weiter. Profis schaffen das in einer Minute.«

»Also KTU?«

»Ja. Die sollen hier mal alle Spuren sichern.
Sicherheitshalber.«

Während Cahide mit den Kollegen der kriminaltech-
nischen Untersuchung telefonierte, klingelte Walters
Handy ein zweites Mal. Es war die angeforderte Karte.
Walter versuchte die Grafik zu öffnen, während Cahide
das Gespräch beendete und die Karte ihrerseits auf ihrem
Handy öffnete. Nach kurzer Betrachtung kam ihr Blick
hoch. »Das glaub ich jetzt nicht?«

»Was denn?« Walter steckte sein Handy genervt
weg und nahm ihres, studierte ebenfalls die Grafik.
»Halleluja!«, entwich es ihm. »Das sind aber eine ganze
Menge Kameras.«

»Das mein ich auch. Da muss jemand ganz genau gewusst haben, wo die hängen, um einen Bus verschwinden zu lassen.«

Walter blickte noch lange auf den Kartenausschnitt,
in dem kleine Dreieckchen mit Punkt die installierten
Kameras mit Aufnahmerichtung symbolisierten. »Wir
können das eigentlich nur ausdrucken und mit Stift und
Papier alle möglichen Varianten einzeichnen. Oder jede
einzelne abfahren.«

»Abfahren«, echote Cahide. »Das ist das Stichwort.
Das müssen die Täter auch gemacht haben. Woher sollen
sie sonst wissen, wie sie fahren müssen?«

Walter verzog das Gesicht. »Klingt nach einer zweiten Sisyphusarbeit. Darüber wird sich Gregor riesig freuen. Dann darf er mit seinem Team auch noch die zurückliegenden Daten aus der Umgebung sichten, ob auffällige Fahrzeuge unterwegs waren. Wobei das bei Berufspendlern hier raus sicher schwierig wird. Die meisten werden täglich die gleiche Route fahren.«

»Also doch jede Route abfahren?«

»Ich befürchte es, Cahide. Ich befürchte es.«

Walter wollte zurück zum Wagen, doch Cahide blieb stehen, studierte nochmals die Karte.

»Irgendein Gedanke?«

»Jein. Nehmen wir mal an, jemand will wirklich die Doria-Tochter entführen und denkt sich diesen Wahnsinn mit dem Bus aus. Dann könnte doch auch ein Hacking der Verkehrsüberwachung stattgefunden haben.«

»Sie meinen, jemand hat das Videomaterial manipuliert?«

»Oder Kameras deaktiviert, verstellt, was weiß ich. Es wäre zumindest eine Überprüfung wert, denn wie sonst soll das gehen?« Sie deutete auf die Karte mit den vielen Dreiecken. »Ungesehen da durch? Das glaub ich fast nicht.«

»Aber möglich wäre es.« Walter sah mindestens zwei oder drei Routen, komplexe Routen zwar, aber mögliche. »Und es gibt nichts auf dieser Welt, was es nicht –«

Sein Handy schrillte schon wieder. Mit klopfendem Herzen klippte er es abermals vom Gürtelhalter. Er erwartete Rochell, die Kollegen aus München oder den Doria-Anwalt mit der Nachricht, dass eine

Lösegeldforderung eingegangen war, doch ein ganz anderer Name stand auf dem Display.

»Augenblick, Cahide!« Er entfernte sich ein paar Schritte und nahm ab. »Leonore! Das ist ja eine Überraschung. Wie gehts dir?«

Seine ehemalige Partnerin Leonore Goldmann, vor einem halben Jahr wegen Multipler Sklerose aus dem Polizeidienst ausgeschieden, grinste sicherlich am anderen Ende der Leitung. »Wie immer gut, Walter. Unkraut vergeht nicht. Du sag, können wir uns treffen?« In ihrer Stimme schwang Dringlichkeit mit.

»Gern, aber heute kam ein Fall rein, der mich möglicherweise die nächsten Tage in Atem hält.«

»Der verschwundene Bus?«

Walters Mund ging auf. »Woher weißt du das schon wieder?«

»Du weißt doch: Ich hab beste Kontakte zur Polizei. Nein, Spaß beiseite. Ich arbeite auch daran.«

»*Du?*«

»Ja, ich. Neuer Fall. Also: Wann und wo?«

Walter sah auf seine Armbanduhr. »16.45 Uhr. Bar Helvetia.« Und schon trabte er zu seinem Wagen und rief nach Cahide.

11

Mittwoch, 23. Mai – 16.45 Uhr

»Bringen Sie bitte zwei Kaffees, beide schwarz und ohne Zucker. Dazu zwei kleine Wasser, eines still, eines mit Sprudel.« Leonore lächelte der Bedienung zu, während sie sich vor der Bar Helvetia an einen freien Tisch für zwei setzte. Kurz hatte sie überlegt, nach innen zu gehen, weil dort nichts los war und sie völlig ungestört reden konnten, aber es wäre eine Schande, sich bei dem Sommerwetter in die Kneipe zu setzen. Die Plätze im weinroten Schatten der gestreiften Markise waren viel besser. Es ging eine laue Brise, die Blätter einer nahe stehenden Kastanie rauschten, und ein paar prächtig blühende Blumenstöcke verströmten den Duft des Sommers. Vor zwei Stunden war Leonore noch im Stadtpark gewesen, um sich eine Pause am Teich zu gönnen, als der Anruf ihres Auftraggebers eingetroffen war.

Sie murmelte: »Tscherniak, Tscherniak, Tscherniak«, schüttelte den Kopf, zückte ihr Notizbuch samt Kugelschreiber und legte beides schon einmal bereit. Der

Aufdruck auf dem Stift verkündete in goldenen Lettern: DETEKTEI GOLDMANN.

Leonore musste lächeln. Der Kugelschreiber war ein Geschenk ihres Freundes Michael. Der Verrückte kam regelmäßig mit Aufmerksamkeiten daher; manchmal fand sie frische Blumen auf dem Esstisch oder Zettelchen mit einem *Ich liebe dich* am Badezimmerspiegel. Den edlen Kugelschreiber hatte er ihr zur Eröffnung der Detektei geschenkt. Bei der Erinnerung an den Tag der Gewerbeanmeldung überkam sie eine Welle der Melancholie, und ihr Blick trübte sich. Da war sie wieder, diese bittersüße Stimmung aus Wehmut über das Ausscheiden aus dem Polizeidienst und gleichzeitiger Freude, dass sie dem Ermitteln und der Kriminalistik treu bleiben konnte. Und wie sie beidem treu blieb! Und sie hatte in wenigen Monaten viel erreicht: die Detektei etabliert, spannende Kunden an Land gezogen und wahnsinnig aufregende Fälle gelöst. Der neue allerdings ...

Wieder murmelte sie »Tscherniak« und blickte auf, als sie eine Wagentür zuschlagen hörte.

Walter tauchte aus dem Schatten der Kastanie und setzte sich in dem Moment an den Tisch, als die Bedienung die Getränke brachte.

»Das nenn ich Timing.« Er lächelte, umarmte sie und strich sich eine ergraute Haarsträhne aus der Stirn. Seufzend lehnte er sich zurück und krempelte die Hemdsärmel über die Ellbogen. »Gut siehst du aus! Und auch die Haare. Wachsen so langsam nach.«

Leonore lachte. »So kurz war der Allgäuer Zwangshaarschnitt auch wieder nicht.«

»Na ja, im Vergleich zu vorher schon.« Er zog sich Kaffee samt Sprudelwasser heran. Dabei kniff er überrascht die Augen zusammen und musterte ihre Tasche auf dem Boden und das Ding daneben. »Ein Motorradhelm samt Retrobrille? Seit wann fährst du Motorrad?«

»Vespa, Walter. Das ist etwas ganz anderes als Motorrad fahren. Das ist *Bella Italia* auf zwei Rädern.« Sie grinste. »Du wirst es nicht glauben, aber Michael hatte eine in der Garage stehen. Seit Jahren unbenutzt. Völlig verstaubt. Die dort vorne im Schatten.«

Sein Blick folgte ihrem Fingerzeig. »Die ferrarirote? Das ist aber mal ein Schmuckstück!« Er schnalzte mit der Zunge.

»Nicht wahr? Ich hab sie herrichten lassen und nutz die jetzt bei gutem Wetter. Das ist viel entspannter als Autofahren, das sag ich dir. Du bist damit so wendig und kommst überall durch. Kein Stau mehr. Keine Warterei.«

Walter brummte. »So was bräuchte ich auch. Gerade wieder gestanden. Aber das soll keine Entschuldigung für meine Verspätung sein. Ich musste Cahide noch am Präsidium absetzen.«

»Brennt's?«

»Lichterloh. Aber jetzt zu dir: Du bist auch an dem verschwundenen Bus dran. Wie das, bitte?«

»Lange Geschichte.« Leonore musterte kurz das Notizbuch. »Ich weiß auch gar nicht, wo ich anfangen soll. Magst du mir nicht erst zusammenfassen, was bei euch los ist?«

»Von mir aus.« Und Walter erzählte, was sie bisher in Erfahrung gebracht hatten.

Daraufhin schwiegen sie beide, und Leonore nippte an ihrem Kaffee, um die Neuigkeiten zu ordnen. »Okay«, sagte sie schließlich. »Das gefällt mir nicht. Gar nicht.«

Walter musterte sie. »Warum nur hab ich genau diese Worte erwartet? Also: Schieß los!«

Leonore atmete tief durch. »Also dran bin ich an Juri Tscherniak.«

»Tscherniak? Der Name sagt mir was.«

»Wäre schlimm, wenn nicht! Juri Tscherniak war der Hebeisen-Entführer.«

Walter riss es beinahe von seinem Stuhl. »Nein! Nicht dein Ernst!«

»Doch. Vor knapp sechs Jahren entführte Tscherniak Peter Hebeisen, den Sohn von Manfred Hebeisen.«

»Dem Systemgastromillionär. War damals groß in den Medien. Die Kollegen konnten Schlimmeres verhindern und den Täter fassen.«

»Genau, und Peter Hebeisen kam mit dem Schrecken davon. Juri war damals vierunddreißig und rückte für fünf Jahre ein. Seit sieben Monaten ist er wieder auf freiem Fuß.«

Walter verzog das Gesicht. »Mir gefällt ganz und gar nicht, wohin sich die Geschichte entwickelt.«

»Es wird dir gleich noch weniger gefallen. Ich bin nämlich im Auftrag der Doria-Gruppe an Tscherniak dran.«

Walter blickte hoch zur Markise und stöhnte.

»Genau das«, sagte Leonore grimmig. »Vor etwa vier Wochen bewarb sich Tscherniak mit einer erstklassigen Scheinidentität bei der Familie Doria auf eine vakante Stelle als Personenschützer. So ist der Fall auf meinem Schreibtisch gelandet. Die Sicherheitsabteilung der Doria-Gruppe lässt Bewerber von externen Detekteien im Bewerbungsverfahren überprüfen. Man fragte mich an, weil man sich von meinem Background als ehemalige Kriminalkommissarin eine bessere Arbeit erhoffte als von den Wirtschaftsdetekteien.«

»Eine erstklassige Wahl.«

»Danke für die Blumen. Und tatsächlich enttäuschte ich die Doria-Gruppe nicht. Mir kam der Lebenslauf, nein, die ganze Bewerbung, für einen Personenschützer zu konzipiert vor. Zu gestylt. Da kratzte es mich sofort an meiner Polizistinnenehre. Ich bohrte tiefer und kam auf Tscherniak.«

»Ich will gar nicht wissen, wie du auf ihn gekommen bist.«

»Ja, lieber nicht.« Leonore lächelte für einen Augenblick. »Auf jeden Fall präsentierte ich der Chefin der Sicherheitsabteilung meine Ergebnisse. Daraufhin entschied man bei Doria, Tscherniak trotzdem einzustellen und die Show mitzuspielen. Man setzte ihn unter gesonderte Beobachtung, und ich wurde weiterhin für Observationen und Recherchen gebucht.«

Walter nippte am Kaffee, um die Informationen zu durchdenken, dann schüttelte er den Kopf. »Weswegen? Was macht das für einen Sinn, einen verurteilten Entführer als Personenschützer zu engagieren?«

»Das habe ich auch gefragt. Bei Doria vermutet man, dass etwas Größeres dahintersteckt, möglicherweise sogar etwas ins Rutschen kommt. Die Scheinidentität war so erstklassig gefälscht, dass die Fälschung wahrscheinlich nicht aufgefallen wäre, wenn nicht gerade der Freund der Detektivin gewisse Untersuchungsmöglichkeiten hätte. Da waren Profis am Werk, Walter. Das kann Tscherniak unmöglich selbst gemacht haben. Der war lange Jahre Kleinkrimineller; Türsteher, Kurier, Lkw-Fahrer, Drogendealer, Zuhälter, aber kein Fälscher.«

»Er handelt also mit Unterstützung. Oder im Auftrag.«

»Das vermutet man bei Doria. Da das Unternehmen wegen der Sparte Defence in kriminellen Kreisen Begehrlichkeiten weckt, will Doria an die Hintermänner ran, um entsprechende Maßnahmen einleiten zu können. Ich hörte, dass Hans-Peter Doria einen Staatsanwalt im Bekanntenkreis hat, mit dem er jeden zweiten Sonntag vor dem Frühstück zum Golfen geht ... Um aber aktiv zu werden, brauchen sie was Handfestes. Du kennst das. Nur ein Verdacht bringt gar nichts. Und über Tscherniak will man was Konkretes kriegen.«

»Ein Spiel mit dem Feuer.«

»Davor habe ich auch gewarnt, aber die Chefin vom Sicherheitspersonal ist beratungsresistent. Eine ganz von sich Überzeugte. Eisler heißt die.« Sie beugte sich näher zu Walter heran. »Und da liegt vielleicht auch der Hund begraben.«

»Je mehr du redest, desto unschöner wird es ...«

Leonore nickte. »Gestern Nacht reiste die Doria-Tochter von einer Demo in Zürich zurück. Mit an Bord: Tscherniak.«

»*Nein!* Tscherniak *ist* Remo Luger?«

»Gut kombiniert, Watson.«

»Heilige Scheiße!«

»Das kann man wohl sagen. Ich hätte Tscherniak ab dem Busbahnhof observieren sollen, während die Eisler Kiara in ihre Obhut genommen hätte. Außerdem war da noch ein Kollege mit in Zürich, der Kiara phasenweise begleitete, nur wurde dem der Wagen abgeschleppt, kurz bevor der Bus abfuhr. Er wäre ihm mit dem Pkw gefolgt, als Back-up. So allerdings war Tscherniak der Einzige in Kiaras Nähe. Wirklich Sorgen machte man sich deswegen bei Doria nicht, es war ja eine öffentliche Busreise. Nur kam der Bus halt nicht an. Schließlich schickte mich eine aufgebrachte Eisler nach einigen Telefonaten nach Hause. Ihre Order: Ich solle die Füße still halten, bis sie weitere Anweisungen für mich hätte. Sie würde erst mal die Polizei informieren. Das war heute Nacht am ZOB.«

»Ihr Vorgehen hat dich stutzig gemacht?«

»Klar! Ich nutzte gleich den Vormittag, um über sie zu recherchieren, fand aber nichts. Dann machte ich Pause und bekam vorhin einen Anruf von ihr. Eine Soko unter der Leitung eines Herrn Brandner wäre initiiert worden. Die Kriminalpolizei würde ab sofort übernehmen. Mein Engagement läge damit auf Eis.«

»Sie hat dich suspendiert und nach mir ausgefragt?«

»Letzteres ganz beiläufig. Ob ich den Kollegen Brandner kennen würde. Ob der was könne.«

Walter lächelte ohne Freude. »Ich hoffe, du hast mich nicht allzu sehr zerrissen.«

»Ich konnte schlecht verschweigen, dass wir ein Team waren. Sie muss nur einmal googeln, was sie sicher machen wird. Auf jeden Fall gefiel ihr das nicht besonders. Sag, wann hat jemand von Doria die Polizei informiert?«

»Am späten Vormittag, soviel ich weiß.«

»Also nicht mehr in der Nacht ... Ich frage mich, warum.«

»Du glaubst, dass diese Eisler mit drinsteckt.« Es war keine Frage von Walter. »Würde ins Bild passen; die späte Meldung bei der Polizei, Tscherniaks Anstellung trotz kriminellem Hintergrund, jemand wie die Eisler selbst, die nah dran ist an den Dorias und Informationen aus erster Hand hat, dazu deine Suspendierung. Nicht gut, gar nicht gut. Aber warum sollte so ein Team so einen Aufwand treiben? Cahide und ich hatten vorhin ähnliche Überlegungen und fanden keine Antwort, wofür man so viele Geiseln bräuchte. Allein die Logistik! Die ganzen Leute – pardon – fressen, scheißen und saufen. Das passt doch nicht!«

»Vielleicht als Druckmittel? Einem Tscherniak, respektive einer Eisler, ist doch klar, dass jemand wie Hans-Peter Doria sofort die Polizei einschalten wird, egal was die Entführer verlangen. Mit Geiseln jedoch kann man gut seine Ernsthaftigkeit untermauern. Alle paar Stunden eine Tote oder ein Toter ...«

Leonore ließ die Worte stehen und trank von ihrem Kaffee. Zwei Amarettini lagen auf der Untertasse. Sie schnappte sich eines und warf es sich in den Mund. Es war kross und nicht allzu süß, genau richtig. Nachdem sie es mit einem weiteren Schluck Kaffee hinuntergespült hatte, fragte sie: »Wie machen wir jetzt weiter?«

» *Wir?* «

»Ich bin zwar *suspendiert*, aber was ich in meiner Freizeit mache, ist doch meine Sache.«

Walter konnte nur den Kopf schütteln. »Du bist einfach 'ne verrückte Nudel, Leonore. Aber eine zuverlässige Nudel, und Ermittlerinnen kann ich immer gebrauchen. Magst du Cahide unterstützen? Die ist wieder rausgefahren zur Haltestelle Dennenroth, wo der Bus verschwand. Sie versucht, anhand einer Verkehrsüberwachungskarte eine mögliche Fahrroute des Busses nachzuvollziehen.«

»Klingt nach Fleißarbeit.«

»Wofür es Bienchen gibt. Willst du oder nicht?«

Leonore lächelte. »Was stellst du für dumme Fragen, Walter.« Sie leerte den Rest ihres Kaffees, schnippte sich das zweite Amarettini in den Mund und winkte der Bedienung.

12

Cahide lehnte hinter der Bushaltestelle Dennenroth im Schatten eines Bürogebäudes an einem Baum. Ihren Wagen hatte sie auf dem Sammelparkplatz abgestellt. Ein Anruf bei der FFB hatte Brandners Überlegung bestätigt: Ein Teil der Reisenden nach Zürich war hier zugestiegen, der Rest am Zentralen Omnibusbahnhof. Cahide hatte daraufhin mit dem Handy alle parkenden Wagen samt Nummernschilder fotografiert und die Bilder an das Team im Dezernat weitergeleitet, damit die Eintragungen der Reisenden bei der Zulassungsstelle ebenfalls überprüft werden konnten.

Dann hatte Brandner sie angerufen und ihr gesagt, dass niemand anderes als Leonore Goldmann zu ihr stoßen würde, um Cahide beim Abfahren der möglichen Routen zu unterstützen. Der alte Herr Brandner und seine große Liebe. Wo er sie nur immer wieder ausgrub ... Es wunderte Cahide, dass Leonore mit Doktor Freytag, dem Leiter des rechtsmedizinischen Instituts, zusammen war und nicht mit Brandner. Für sie sah das verdammt nach Freundschaft plus aus. Zumindest von seiner Seite.

Leonore Goldmann.

Ihre Vorgängerin war schon ein Phänomen. Die Blonde hatte während ihrer Dienstzeit bereits einen erstklassigen Ruf im Dezernat genossen, aber seit sie mit ihrer Detektei einen Wahnsinnsfall nach dem anderen löste, war sie zu einer Legende geworden.

Und jetzt darf ich mit ihr nach dem verschwundenen Bus suchen. Ob das gutging? Sie hatten nur einen einzigen Fall zusammen bearbeitet, bevor Leonore aus dem Dienst ausgeschieden war. Cahide war damals als ihre Nachfolgerin ins Team gekommen; es hätte eine Art Übergabe geben sollen, aber die hatte nie stattgefunden. Leonore Goldmann hatte sie wegen ihrer Nachfolge gehasst. Cahide war darüber hinweg. Wem wäre es in einer solchen Situation nicht ähnlich gegangen? Den eigenen Ersatz unterstützen ...

Das Röhren eines Rollers ließ sie aufblicken und verdutzt die Augen zusammenkneifen. *Ist das ... nein! Nicht wirklich!*

Und doch: Leonore Goldmann brauste auf einer knallroten Vespa heran. Ihr schulterlanges Haar flatterte unter dem Retrohelm hervor. Über ihren Augen ruhte eine stylische Fliegerbrille. In der Bushaltestelle brachte sie die Vespa zum Stehen, nahm Helm und Brille ab und winkte.

Cahide löste sich aus dem Schatten und lief zu ihrer ehemaligen Chefin. Sie war von der Vespa so perplex, dass sie nur sagen konnte: »Das Dienstfahrzeug hätte ich auch gern.«

Leonore lachte. »Das hat Walter auch gesagt. Tja. Irgendeinen Vorteil muss die Frühpensionierung ja haben.« Sie wurde ernst. »Hallo, Cahide.«

»Frau Goldmann.«

Sie reichten sich förmlich die Hände, und Leonore schmunzelte. »Ist schon eine Weile her, nicht?«

»Kann man wohl sagen.«

»Ein halbes Jahr. Die Zeit rennt.« Die Blonde seufzte. »Wie geht es Ihnen? Sie sehen ein bisschen müde aus.«

Cahide zuckte mit keiner Wimper, aber innerlich stöhnte sie. Sah man ihr das Elend so deutlich an? Sie hatte immer gedacht, sich gut unter Kontrolle zu haben und sich nichts anmerken zu lassen, aber Leonore war heute schon die Dritte, die das feststellte. »Ist das Wetter«, log sie. »Bin kein Fan von Hitze.«

»Ich eigentlich auch nicht.« Leonore zuckte mit den Achseln. »Ist sogar negativ für die MS, aber momentan fühle ich mich großartig. Sieht man, oder?« Sie klopfte lachend auf den Lenker der Vespa.

Cahide fand es aufgesetzt. Ja, Frau Goldmann sah relativ erholt aus, aber da war eine gehörige Portion Melancholie unter der Fassade der Lebensfreude. Für so etwas hatte Cahide erstklassige Antennen.

Sie zwang sich zu einem Lächeln. »Wollen wir dann?«

»Gleich.« Leonore stieg ab und holte aus der ebenfalls rot lackierten Top Box eine Trinkflasche in gebürsteter Metalloptik. Daraus trank sie ein paar tiefe Schlucke. Dann seufzte sie. »Gibt es irgendwelche Neuigkeiten?«

»Keine, die Herr Brandner nicht wüsste.« *Und damit Sie.*

Leonore musterte sie durchdringend. »Falls Sie glauben, ich wäre immer noch böse auf Sie, dann –«

»Irre ich mich.« Cahide lächelte, wenn auch nur andeutungsweise. »Ich weiß, dass Sie mir nicht mehr böse sind, und es vermutlich auch nie waren. Es ging dabei nie um mich.«

»Ja, das stimmt. Walter kann froh sein, dass Sie mich ersetzen. Sie haben einen ausgezeichneten Blick für Details und Menschen. Das ist für eine Kriminalerin die halbe Miete.« Sie griff nach ihrem Helm und hielt ihn ihr hin.

Cahide musterte ihn irritiert. »Was soll das werden?«

»Na, Sie wollten doch los! Und da die Zeit drängt, schlage ich vor, dass wir die Vespa nehmen. Damit sind wir schneller, wendiger und können viel besser nach Spuren Ausschau halten als aus einem Wagen heraus. Außerdem tut der Fahrtwind gut. Also: Steigen Sie auf!«

»Und Sie? Sie haben nur einen Helm.«

Ein Schmunzeln. »Sie werden mir jetzt schon kein Verwarngeld rausschreiben, oder?« Leonore drückte ihr einfach den Helm in die Hand.

Wären sowieso nur fünfzehn Euro ... Cahide schwang sich hinter Leonore auf die Vespa. Wohl war ihr nicht bei der Vorstellung, die Blonde jetzt für eine Fahrt unbestimmter Dauer zu umarmen, aber Leonores Argumente waren rational nicht zu entkräften, also umfasste Cahide Leonores Taille mit einem Arm, zückte mit dem anderen die Verkehrskamerakarte und deutete Richtung Kreisverkehr. Der Motor röhrte und sie summten vorwärts.

Wie erwartet war es eine Sisyphusarbeit: Sieben Abzweigungen hatten sie bisher probiert und an jeder noch so unscheinbaren Abzweigung gehalten, die ein Bus nehmen konnte, bis sie wieder an funktionierenden Verkehrskameras vorbeikamen und gezwungen waren, umzudrehen. Flurbereinigungswege, die ein Bus nehmen könnte, ließen die Varianten explodieren.

Die jetzige Route war bisher die vielversprechendste. Es war unter der Autobahn hindurch gegangen und dann nach Norden Richtung Stadt. Die Landstraße führte durch Felder und ein Waldstück, bevor sie auf eine Umgehungsstraße stoßen würde, die laut der Grafik ebenfalls nicht mit Kameras bestückt war. Cahide schätzte die Wahrscheinlichkeit für diese Route mittlerweile auf mindestens siebzig Prozent.

Aber mit Wahrscheinlichkeiten konnte sie nicht punkten. Sie brauchte Fakten, im besten Fall den Bus samt aller Insassen. Und alle wohlauf.

Seit Leonore sie vorhin bei einer kurzen Pause an einer der Abzweigungen über ihre eigenen Ermittlungen aufgeklärt hatte, hatte sich Cahide alles nochmals durch den Kopf gehen lassen. Eine Gruppe veganer Aktivisten auf dem Rückweg von einer Demo für das Tierwohl, ein ehemaliger Metzgermeister als Busfahrer, der Aufwand, um den Bus verschwinden zu lassen, das Abschalten von Funk und GPS, die Störung internetfähiger Geräte, die Kenntnis über die Verkehrskameras. Das sah verdammt nach einer umfassenden Planung aus. Der ehemalige Entführer Juri Tscherniak passte gut ins Bild. Das klang ganz nach einer irrwitzigen

Aktion eines erfahrenen Kriminellen mit entsprechendem Support.

Nur, mit welchem Ziel? Warum entführst du dreißig Personen? Und wer hilft dir? Jemand muss mit dir an Bord sein. Der Fahrer? Jemand musste den Bus präpariert haben, das GPS aufgestöbert und Störsender installiert. Wenn nur ein Handy durchkam, platzte der Plan, eine perfekte Störsenderquelle war unumgänglich ... am besten in Dualkombination: mit Kabelanschluss an der Lichtmaschine des Busses und mit Akkus. Dafür braucht man Know-how. Wobei ... das konnte man alles im Internet nachlesen. Aber irgendwann musste man es machen. Nachts in der Halle der FFB? Wenn der Bus tagsüber mal zur Pause in der Stadt parkte?

Ersteres war eine Überprüfung wert. War bei der FFB in den letzten Wochen eingebrochen worden? War ein Mitarbeiter aufgefallen?

Cahide notierte es sich in Gedanken, als Leonore zum x-ten Mal nach rechts deutete und etwas rief, das im Brummen der Vespa unterging, aber Cahide sah auch so den nächsten Flurbereinigungsweg. Dort hielten sie an, und beide stiegen ab. Routiniert kontrollierte Cahide den Boden nach etwaigen Reifenspuren, aber es hatten sich nur die groben Profile eines Traktors in die Erde gestampft. Diese Abdrücke hätte ein Bus zerstört, wäre er hier in den letzten Stunden entlanggefahren.

Sie schüttelte den Kopf. »Auch nichts.«

»Dann weiter?«

»Gleich.« Cahide sah den Flurbereinigungsweg entlang, der sich zwischen grellgelben Rapsfeldern verlor.

Linksseitig schloss sich das Waldstück an. Die Bäume wirkten wie eine Risslinie in einem Hochglanzmagazin: oben strahlendes Azur, unten gelbes Blütenmeer.

»Irgendein Gedanke?«

»Nur einer, der mich seit Stunden umtreibt. Ich frage mich, wie es in der Praxis funktionieren soll, dreißig Menschen zusammen mit einem Bus zu entführen? Wie hält man die Leute in Schach? Wie hindert man sie an einem Fluchtversuch? Nehmen Sie die jetzige Route – bei dem Rumgegurke ist doch jedem Fahrgast klar, dass was nicht stimmt. Also ich hätte mit dem Nothammer die Scheibe eingeschlagen und wäre rausgesprungen. So schnell kann der Bus hier gar nicht fahren. Zeit ist also aus Sicht der Entführer ein wichtiger Faktor. Denn je länger der Bus auf der Straße ist, umso höher die Wahrscheinlichkeit, dass es Zeugen geben wird. Und auch bezüglich des Hackings der Verkehrsüberwachung: Bei zu vielen Kameras würde das auffallen. Also: Irgendwohin muss man die Leute und den Bus bringen, und das meiner Meinung nach in kurzer Zeit bei kürzestem Weg. Wurden die Leute umgeladen in kleinere Transporter? Dann bräuchte man mehrere Fahrzeuge ... auch auffällig. Oder wurden sie gefesselt? Wurden sie zu Fuß irgendwohin gebracht? Und wo hat man den Bus deponiert?« Sie blickte zu ihrer ehemaligen Kollegin. »Bei der Komplexität *muss* doch den Tätern ein Fehler unterlaufen sein.«

»Mit Sicherheit. Und wir werden ihn finden. Aber so komplex ist das gar nicht, wie Sie sich das vorstellen. Die Täter brauchen nur mit Waffengewalt drohen;

Sie glauben nicht, wie das die allermeisten Personen einschüchtert. Die wenigsten können heutzutage mit Gewaltkonfrontation umgehen.«

Das mochte stimmen, Cahide hatte es am eigenen Leib erlebt, und doch befriedigte sie die Antwort nicht. »Was ist mit Betäubungsgas?«, überlegte sie laut. »Kartusche im Rucksack, den zwischen den Füßen, runterbeugen, Gasmaske raus, aufsetzen, Kartusche aufdrehen, paar Minuten warten und die Ohnmächtigen verladen.«

»Netter Gedanke, aber nicht umsetzbar.«

»Wieso nicht? Man hört doch regelmäßig von Überfällen mit Gas auf Camper. Werden nachts auf Autobahnrastplätzen betäubt und ausgeraubt.«

»Sie campen nicht, oder?«

»Sie etwa?«

»Nein, aber Freunde. Die kamen auch mal mit der Story daher. Keiner dieser Fälle ist bewiesen, also dass Gas wirklich im Einsatz war. Wahrscheinlich haben die Camper einfach viel zu tief und fest geschlafen, müde von der langen Fahrt. Außerdem müsste man das Fahrzeug hermetisch abriegeln, übertragen auf unseren Bus. Dann würde man die Gaseinleitung hören, ein lautes Zischen. Außerdem wäre einiges an Gas nötig, je nach Größe des Fahrzeugs mehrere Kilogramm. Und zuletzt kommt ein simples Dosierungsproblem dazu. Wie viel wiegen Sie?«

»Siebenundfünfzig.«

»Ich fast siebzig. Gregor vermutlich neunzig Kilo. Wären wir drei an Bord des Busses, wäre ich vielleicht perfekt betäubt, Sie schon tot und Gregor würde vermutlich noch wach sein. Wenn jetzt ein Kleinkind an

Bord wäre ...« Leonores Augen weiteten sich. »Ist eines an Bord?«

Cahide zuckte mit den Schultern. »Keine Ahnung, da müssten wir die Kollegen im Dezernat fragen.«

»Mein Gott, das wäre ja noch furchtbarer. Ist ja schon für Erwachsene eine Ausnahmesituation.« Sie zückte ihr Handy und rief Walter an.

»Noch nichts«, sagte sie, nachdem er abgehoben hatte, »aber eine Frage: Sind Kinder an Bord?«

Während sie auf eine Antwort wartete, biss sie sich auf die Unterlippe, dann stieß sie erleichtert die Luft. »Alles klar, Walter. Danke! Ja. Das wäre hart gewesen. Gut. Wir suchen weiter. Ciao!«

Ein kurzer Blick zu Cahide und ein Kopfschütteln. »Keine Kinder laut Passagierliste.«

»Na immerhin.«

Für einen Moment schwiegen sie beide. Ein Windstoß ließ die Rapsfelder wanken. Irgendwo zirpten Käfer.

»Fahren wir weiter?«

»Jo.« *Jede Minute zählt, auch bei Erwachsenen.* Cahide kickte im Gehen einen Schotterstein davon. Ein Staubwölkchen stieg auf und legte sich wieder.

Sie waren bis zum Waldstück gekommen, als ein Weg auf der Gegenfahrbahn abzweigte und die nächste Gelegenheit bot, den Bus von der Straße zu bringen. Leonore steuerte die Vespa in den Schatten der Bäume. Da der Weg noch gut zwanzig Meter weit geteert war, rollte sie langsam vorwärts, um auf dem anschließenden, mit Tannennadeln übersäten Forstweg zu halten.

Cahide stieg ab, löste den Helm und schüttelte ihr schweißnasses Haar aus. Der Schatten tat gut. So langsam brannte ihr Gesicht von der Sonne. Sie nutzte zwar Tagescreme mit Lichtschutzfaktor, aber der war zu niedrig für Stunden in der Maisonne.

Leonore besah sich derweil den Waldboden. »Puh!«, stieß sie aus. »Mit den Nadeln sieht man keine Spuren.«

»Wollen wir ein paar Meter gehen?« Cahide war nach Bewegung. Das breitbeinige Sitzen hinter Frau Goldmann verspannte ihr Gesäß samt Adduktoren und Abduktoren. Vielleicht hatte sie auch einfach zu wenig Sport. Und zu wenig Sex.

Leonore nickte, und gemeinsam liefen sie waldeinwärts. Wären sie nicht wegen dreißig verschwundenen Personen hier, hätte es ein schöner Waldspaziergang werden können. Die Sonne schickte Lichtspeere durch die Baumwipfel, das Moos und die Heidelbeersträucher leuchteten saftig grün, die Luft war angenehm lau und von Insektensummen erfüllt.

Cahide nahm das alles zwar wahr, hatte aber keinen Sinn dafür. Sie fragte, während sie tiefer in den Wald eindrangen: »Was wissen Sie noch über diesen Tscherniak?«

Leonore sah vom Waldboden auf. »Wollen Sie Fakten oder meine Meinung?«

»Beides.«

Ein Lächeln. »Dann erst mal meine Meinung: Also ich traue ihm die Aktion definitiv zu. Tscherniak trägt viel kriminelle Energie in sich. Allerdings ist er kein Trottel. Ich glaube, er hätte es weit gebracht, wenn er seine Energie nicht in kriminelle Geschäfte gesteckt hätte. So aber ... mit vierzehn stand er das erste Mal vor Gericht, weil er versucht hatte, eine Fünfzehnjährige auszurauben. Wegen Diebstahls und Unterschlagung wurde er zu einer Jugendstrafe verurteilt. Danach wurde es erst mal ruhig um ihn, er absolvierte eine Kochlehre. Relativ erfolgreich, aber dann driftete er wieder ab. Er hatte mal kurzzeitig Kontakt zu Król Security, einer dubiosen Sicherheitsfirma, die beim LKA auf einer Beobachtungsliste steht. Dann folgten eben diverse kriminelle Jobs im Milieu, was ich vorhin schon erzählt habe. Zuletzt die Hebeisen-Entführung.«

»Und nach seiner Entlassung war er brav?«

»Scheinbar. Ich fand keine Auffälligkeiten. Er fing sogar wieder als Koch an, gliederte sich ziemlich fix ein.«

»Wo?«

»Im Gasthaus Zur Schwalbe, in der Nordstadt. Ich sprach mit dem Besitzer, und der sagte mir, dass Tscherniak ein zuverlässiger Mitarbeiter sei, über den er sich nicht beklagen kann. Immer pünktlich, reinlich, geradeheraus. Und dann hat Tscherniak noch vor Ablauf seiner Probezeit von heute auf morgen gekündigt. Ohne Angabe von Gründen. Sein Chef bedauerte das sehr, und das Gespräch fand ich absolut glaubhaft.«

»Komisch, oder?«

»Na ja, irgendwas wird ihn zu diesem Schritt bewegt haben. Vielleicht die Aktion mit dem Bus. Die Kündigung war nur ein paar Tage vor seiner Bewerbung bei Doria. Ideen kommen nun mal von heute auf morgen. Oder es gab einen Anruf seiner Komplizen. Wer weiß, was da passiert ist.«

Cahide fragte: »Haben Sie mit Leuten von der JVA über ihn gesprochen?«

»Nee. Da komm ich als private Ermittlerin nicht mehr ran.«

»Okay. Dann sollten wir das tun.« Möglicherweise hatte Tscherniak in fünf Jahren Knast Verbindung mit diversen Gruppierungen geschlossen. Cahide vermerkte sich das auf ihrer mentalen Liste neben der Einbruchsüberprüfung bei der FFB und einem Anruf bei der Beihilfe, respektive Krankenkasse, wegen der Psychotherapie.

Letzterer Punkt versetzte ihr wieder aus dem Nichts heraus einen Hieb. Ferretti, das Schwein. Sie spürte seine Berührung an ihrem Hals. *»Ein Käfer.«* Sein dreckiges, verlogenes Grinsen.

Ruhig, Cahide, ruhig! Konzentriere dich auf deine Arbeit! Die hat Vorrang, dann Ferretti. Er läuft dir nicht weg, im Gegenteil.

»Ja, er läuft mir nicht weg ...«

»Cahide?«

Sie fuhr herum. »Ja?« Und dann wieder bei sich und beschämt über den kurzen Aussetzer: »Entschuldigung. Ich war kurz woanders.«

Leonores musternder Blick brannte auf ihrer Wange. »Wirklich alles in Ordnung?«

»Ja. Passt schon.« *Nein, passt nicht, und sie sieht es ganz genau. Scheiße! Warum hast du nicht aufgepasst, Cahide!* Sie hätte sich ohrfeigen können, einmal links und einmal rechts, und fragte sich dann: *Warum eigentlich?* Leonore Goldmann war integer, keine Kollegin mehr, betrieb eine eigene Detektei. Ob Cahide mit ihrer Hilfe Ferretti ... *Nein! Sie wird sofort mit Walter darüber sprechen, und der muss dann zu Rochell und ... Nein. Unmöglich.*

Leonore musterte sie immer noch, dann wandte sie sich wieder dem Waldboden zu und blieb wie angewurzelt stehen. »Sehen Sie das?!«

Der breite Weg wandelte sich vor ihnen zu zwei Fahrrinnen mit dazwischenliegender Grasnarbe. Die rechte Fahrrinne war tiefer als die linke und mit Matsch gefüllt. Darin prangten die Reifenspuren eines schwereren Gefährts.

»Lkw oder Bus?«, fragte Cahide.

»Hoffentlich Bus!« Leonore trabte schon zurück zur Vespa, während Cahide mit ihrem Handy mehrere Fotos von den Abdrücken anfertigte. Ein Maßband hatte sie leider nicht einstecken, also legte sie ihren Wohnungsschlüssel für einen Größenvergleich daneben.

Sie steckte ihn gerade wieder ein, als Leonores Vespa neben ihr zum Stehen kam und Tannennadeln durch die Luft wirbelten. Mit einer eleganten Bewegung schwang sich Cahide hinter ihre ehemalige Kollegin und stülpte den Helm über. Dann gab Leonore auch schon Gas, und Ferretti war wieder vergessen.

13

Mittwoch, 23. Mai – 18.47 Uhr

Die Vespa röhrte und schoss über den Forstweg. Leonore spürte die Erschütterungen des unebenen Untergrunds und die Vibrationen des Motors von den Händen bis hoch in die Schultern, und obwohl der Fund der Fahrspur ihr eine gehörige Portion Adrenalin in den Adern bescherte, war sie für einen Moment ganz bei sich – oder vielleicht gerade deswegen. Das Gefühl in den Armen. Das Kribbeln durch die Vibration. Der Fahrtwind im Gesicht. Am liebsten hätte sie vor Freude gejauchzt. Vor ihrem Ausscheiden aus dem Polizeidienst hatte nach einem MS-Schub ihr Feingefühl in den Fingern stark gelitten. Sie spürte auch heute noch kaum sanfte Berührungen, und es würde höchstwahrscheinlich nicht mehr besser werden – eher schlechter. Aber bei stärkeren Reizen war es wie früher, und das machte sie glücklich. Überglücklich. Vielleicht war das der Grund, weshalb sie immer weniger Rücksicht auf sich nahm: Je schneller, lauter, härter sie ihr Leben führte, desto mehr spürte sie es. *Ich. Spüre. Es!*

Eine Wurzel schüttelte die Vespa ordentlich durch und Leonore wechselte ziemlich abrupt von der linken Spurrinne in die rechte, um einer weiten Matschpfütze auszuweichen. Auch hier waren die Reifenspuren deutlich zu sehen.

Als sie wieder aufblickte, lichtete sich der Wald und spuckte die beiden Frauen ins gleißende Sonnenlicht. Der Waldweg ging in einen schmalen Wiesenstreifen über. Die Sonne glitzerte dahinter in türkisfarbenem Wasser. Ein Baggersee lag inmitten des Waldstücks.

Ein wenig unsanft brachte Leonore die Vespa zum Stehen. Cahide schwang sich sofort herunter und nahm den Helm ab. Ihr braunes Haar war zerzaust von der wilden Fahrt.

Ein Blickkontakt, und die beiden teilten sich wortlos auf. Cahide besah sich die Spuren und das Ende des Forstwegs, und Leonore lief zum Ufer. Sie hätten ein Spitzenteam abgegeben, da war sie sich sicher.

Als sie die Uferböschung erreichte, entwich ihr ein spitzer Schrei. Und dann: »*Cahide!*«

Sofort war die Kollegin an ihrer Seite. Schweigend blickten sie auf die heruntergebrochene Grasnarbe und die aufgewühlte Erde vor ihren Füßen. Die Reifenspuren verschwanden im See.

Leonore versuchte zu begreifen, was das bedeutete, als Cahide etwas weiter links von ihnen auf einen Schemen unter Wasser zeigte. »Sehen Sie das?«

Leonore sah es: Ein rechteckiger Schemen, vielleicht einen Meter unter der Wasseroberfläche. Das Heck des Reisebusses.

»Das gibts doch nicht!« Leonore zückte ihr Handy. »Ich ruf Walter an. Wir brauchen volles Programm! Taucher, KTU, vielleicht einen Hubschrauber, falls Leute geflüchtet – *Cahide!* Was wird das?«

Die junge Polizistin hatte das Schulterholster samt Pistole abgelegt und zog sich das Shirt über den Kopf. Es landete achtlos im Gras. »Ich tauch runter.«

»*Wie bitte?*«

»Ich tauch runter! Schau mir das aus der Nähe an! Rufen Sie derweil die Kollegen!« Ihre Sneaker flogen davon, ihre Jeans glitt zu Boden.

Leonore konnte Cahide nur entgeistert anstarren, die durchtrainierten Oberschenkel, den wohlgeformten Hintern mit schlichtem schwarzem Tanga und den überaus definierten Rücken. Eine lange Narbe zierte ihn entlang der Wirbelsäule, kreuzte den BH-Verschluss. Mit Kleidung sah Cahide so zierlich aus, sportlich ja, aber ohne – die war gestählt. Und schon watete die junge Kollegin in den See.

»Cahide! Lassen Sie das! Das machen Profis!«

Cahide schritt tiefer ins Wasser. Ihr Hintern verschwand im glitzernden Türkis. »Ich war jahrelang bei der DLRG«, rief sie. »Stadtmeisterin in der Jugend. Ich geh runter.« Dann atmete sie hörbar aus und tauchte bis zum Hals unter. Mit Kraulzügen glitt sie Richtung Bus.

Genau so eine dumme Nudel wie ich! Leonore begriff zum ersten Mal, wie sich Walter mit seinen Partnerinnen fühlen musste, schickte ein Stoßgebet zum Himmel, dass nichts passierte, und rief ihn an. Dass Cahide im Wasser war, behielt sie für sich.

Cahide kraulte auf den rechteckigen Schemen zu. Bei jedem Zug spritzte es ein wenig; die Wassertropfen glitzerten wie Diamanten in der Sonne, aber Cahide hatte nur Augen für die verschwommene Form unter Wasser. Was erwartete sie? Und warum tat sie das gerade überhaupt? Welchen Sinn hatte –

Ruhe!

Zwei weitere Züge und sie war am Heck, trat dort auf der Stelle und versuchte, etwas durch das trübe Wasser zu erkennen. Sie schätzte die Tiefe bis zum Bus auf maximal eineinhalb Meter. Also runter. Sie atmete zweimal tief durch, dann ein drittes Mal nicht ganz so tief, wie sie es bei der DLRG gelernt hatte, und glitt kopfüber hinunter.

Sie sah so gut wie gar nichts. Nur Schemen. *Scheiße.*

Trotzdem tauchte sie bis zum Heck, berührte erst die Außenhülle, dann das Glas der Heckscheibe und dann den abgerundeten Rand des Dachs. Der Bus ruhte etwa in einem Winkel von fünfundvierzig Grad, zeigte mit der Front in die Tiefe.

Cahide tauchte weiter an der Seite entlang, vielleicht fünf oder sieben Meter bis zur hinteren Tür. Sie spürte die Dichtgummis, das Glas. Verschlossen.

Dann tauchte sie mit dem Gedanken auf, dass sie unbedingt eine Taucherbrille brauchte.

Leonore stand am Ufer, verfolgte sichtlich angespannt, wie sie durch die Wasseroberfläche stieß. »Und?«, rief sie herüber.

»Sauber versenkt.« Cahide schwamm mit ein paar kräftigen Zügen zurück. »Sagen Sie, eine Schwimmbrille haben Sie nicht zufällig dabei?«

»Nicht wirklich.«

Der Untergrund war schlammig unter ihren Füßen, als sie ans Ufer stieg. »Kann ich mir dann Ihre Motorradbrille borgen?«

Leonore kniff die Augen zusammen. »Sie wollen nochmals runter?«

»Ja. Ich seh so nichts.«

»Wollen wir nicht lieber auf die Fachleute warten? Walter ist informiert. Er organisiert alles. Auch Taucher.«

»Die mindestens eine Stunde brauchen, bis sie hier sind, und das auch nicht viel besser können als ich. Brille?«

Leonore hielt Cahides Blick noch einen Moment lang stand, dann seufzte sie und ging zur Vespa, um die Retrobrille vom Helm zu streifen. Die runden Sichtfenster waren von schwarzem Leder eingefasst. Wenn Cahide das Zugband am Hinterkopf richtig festzog, könnte es gehen. Zumindest für ein paar Blicke. Ihre ehemalige Kollegin zögerte, ihr die Brille zu überreichen. »Ich weiß nicht«, sagte sie. »Ich hab ein schlechtes Gefühl, Cahide.«

»Brauchen Sie nicht. Ich hatte früher viermal pro Woche Schwimmtraining. Jeweils zwei bis drei Kilometer. Dazu Tauchtraining. In meinen besten Zeiten schaffte ich mehr als fünfzig Meter.« Cahide lächelte ohne Freude und nahm sich die Brille einfach, setzte sie auf, justierte, zog am Halteband, bis sich die Brille straff an ihr Gesicht schmiegte.

»Geht das?«, fragte Leonore immer noch skeptisch.

»Ich denk schon. Will nur sehen, ob jemand drin ist.«

Die beiden Frauen musterten sich, bis Leonore nickte, als wäre sie immer noch die Chefin. »Also gut. Schauen Sie nach.«

Was ich so oder so getan hätte ...

Zum zweiten Mal stieg Cahide in den Baggersee. Ihr erster Besuch hatte den Untergrund aufgewühlt, das Wasser mit Schlieren aus Schlamm durchzogen, aber am Bus war es nicht ganz so trüb. Dort holte sie abermals zweimal tief und ein drittes Mal ein bisschen weniger Luft und tauchte unter. Mit einer Hand presste sie dabei die Brille gegen ihr Gesicht.

Sofort lief ihr Wasser in die Brille, aber sie füllte sich ganz langsam. So konnte sie einen Blick auf den Bus erhaschen. Leider war die Heckscheibe mit Werbereklame der FFB beklebt. Wir bringen Sie sicher an Ihr Ziel. *Ha ha.*

Mit kräftigen Zügen glitt sie bis zur Flanke des Busses. Die Brille füllte sich immer weiter, aber noch ging es. Schwieriger war das Manövrieren mit nur einer Hand. Cahide zog sich an einer Vertiefung der Dachkante tiefer zur Seitenscheibenreihe. Ein kurzer Blick: Auch der Bus war mit Wasser gefüllt, aber nicht vollständig; im Heck hatte sich auf etwa eineinhalb Metern Höhe Luft gesammelt. Die Rückenlehnen stachen wie dunkle Gerippe aus dem Wasser, die sich im Schatten verloren. Nur ein paar Sonnenstrahlen drangen von der Seite herein und erhellten ein kleines Dreieck. Darin sah Cahide einen Rucksack, zwei Coladosen, zusammengeknülltes Papier, vermutlich eine Jacke, Stoff und ein blasses Frauengesicht.

Vor Schreck öffnete sie den Mund, und silbrige Blasen stiegen auf. Sie musste für einen Moment den Druck auf die Brille gelockert haben, denn die lief endgültig voll.

Cahide fluchte und trat kräftig mit den Beinen, um aufzutauchen. Es dauerte eine gefühlte Ewigkeit, bis sie die eineinhalb Meter zur Oberfläche zurückgelegt hatte. Mit klopfendem Herzen stieß sie durch, atmete hart ein, bekam etwas Wasser in den Rachen, hustete und spuckte.

»Alles okay?«, wehte vom Ufer herüber.

»Nee«, stieß Cahide hervor und bekam sich wieder in den Griff. »Da ist 'ne Frau unten!«

»*Was?*«

»Im Bus. In 'ner Luftblase. Hat sich gesammelt!« Cahide schüttelte die Motorradbrille aus, schluckte. »Ich geh noch mal runter!«

»*Aber —!*«

»Vielleicht lebt sie noch!« Cahide saugte die Luft tief in ihre Lungen, und noch einmal, die Brille vor die Augen drücken und runter. Das Türkis umfing sie. Sand und Pflanzenpartikel schwebten vorbei. Dann die Dachkante vor ihr, wieder der Griff, ein Zug und weiter, weiter, weiter, bis zur Hecktür. Das obere Ende berührte innen den eingeschlossenen Luftbereich. Dort schwamm ein Schuh.

Es war klar, was sie zu tun hatte. *Tür öffnen.* Nur wie? Einen Griff gab es nicht. Cahide rüttelte mit der freien Hand an der Gumminut. Nichts geschah. Dann sah sie die Notentsperrung, einen rotgelben, kreisrunden Griff mit aufgedruckten Symbolen: *gegen den Uhrzeigersinn drehen und Tür öffnen.*

Also gut! Sie drehte den Griff, spürte etwas knacken. Die Entriegelung. *Jetzt nur noch die Tür öffnen. Nur wie, ohne Griff?*

Wieder war die Brille fast vollgelaufen, aber Cahide zwängte trotzdem die Finger zwischen die Gummilippen der beiden Türflügel und zog. *Bullshit! Die Türen schwingen doch nicht nach außen auf. Die klappen innen zur Seite wie ein Faltblatt. Also entlang der Außenhaut schieben oder ziehen.*

Cahide zog.

Cahide schob.

Nichts geschah.

Mehr Druck, mehr Kraft. Ihr fiel ein Werbeslogan einer Boulderhalle ein, in der sie einige Zeit trainiert hatte: *Schweiß ist Schwäche, die den Körper verlässt.* Also mehr Kraft. Hebelwirkung. *Nutz die Beine!* Die Beine, die kräftigsten Gliedmaßen des Körpers.

Also Brille loslassen, war sowieso vollgelaufen, den Vorderfuß zwischen die Gummilippe zwängen, tiefer, ja, dann beide Händen dazu, Körperspannung und schieben und ziehen gleichzeitig.

Das Knarren klang unter Wasser seltsam dumpf, als sich die Tür zur Hälfte öffnete. Womit Cahide nicht gerechnet hatte, war der abrupte Sog ins Innere. Da eine große Luftblase im oberen Eck entwich, strömte Wasser nach innen – und nahm sie mit sich.

Beinahe hätte sie wieder vor Überraschung den Mund zu einem Schrei geöffnet, verkniff es sich jedoch im letzten Augenblick. Dann war der Sog vorbei, Cahide im Bus, zumindest vermutete sie das, denn sie sah wieder nur trübe Schlieren und den helleren Fleck von den Sonnenstrahlen.

Sie traf ihre Entscheidung, als sie das Geländer des hinteren Einstiegs ertastete und zog sich vollends rein. Zwei Stufen, nein drei, dann nach links. Stoff von Sitzen. Ein Haltegriff an der Kopfstütze.

Ihre Lunge brannte. Ein wenig ging es noch, also weiter, weiter, Sitzreihe um Sitzreihe weiter. Etwas schwamm über ihr, patschte gegen sie. Egal. Weiter. *Erst Luft, Luft, Luft...*

Cahide stieß schwer keuchend durch die Oberfläche. Im ersten Moment sah sie nichts, bis sie sich die mit Wasser gefüllte Brille auf die Stirn schob. Coladosen schwappten ihr gegen die Brüste.

Die Luftkammer war verdammt klein. Es stank nach Algen und Benzin.

Panik versuchte sie zu übermannen, aber Cahide dachte an Ferretti, spürte Wut und nahm daraus Kraft. Sie hatte ja nicht vor, hier lange zu bleiben. Die Frau retten und raus.

Nur wo war die Frau hin?

Im seltsam grünlichen Halbschatten entdeckte sie weiteren Unrat, der auf dem Wasser trieb; einzelne Zigaretten, eine Fahrkarte, eine Jacke. Die Frau entdeckte sie schließlich zwischen zwei Sitzreihen. Mit dem Kopf nach oben war sie dorthin getrieben.

»Hallo! Hören Sie mich?« *Nein. Wie auch? Die ist ohnmächtig. Oder tot, oder tot, oder tot...*

Cahide schob sich näher heran. Sie stieß sich das Knie, fluchte, und erreichte endlich die Beine der Frau. Unter der Jeans ertastete sie spindeldürre Waden. Sie waren so kühl wie das Wasser. *Nicht gut, gar nicht gut.*

Cahide zog die Frau zu sich heran und blickt in ein kalkweißes, abgehärmtes Gesicht einer Mittvierzigerin.

»Hallo?« Cahide patschte ihr gegen die Wange, doch der Kopf wackelte nur herum. Am Hals suchte sie Puls und fand keinen. *Was nichts heißen muss, Cahide. Der kann so schwach sein, dass du ihn nicht fühlst.*

Es spielte keine Rolle. Sie musste raus aus dem Bus, zusammen mit der Frau. Cahide besah sich die Ohnmächtige nochmals, die einen weiten Kapuzenpulli trug, dann sah sie das Blut. Es war überall, färbte das Wasser um die Frau in dunklen Schlieren, fasste nach Cahides nackter Haut.

Ihr entwich ein spitzer Schrei. Ein Knarren lief durch den Bus, dann war es wieder still. Nur ihre harten Atemzüge erfüllten die Luftkammer. »Ruhig!«, keuchte sie. »Da ist kein Blut! Das bildest du dir nur ein. Auf dem Pulli ist kein Blut!« Obwohl Cahide vor Panik zurückweichen wollte, zwang sie sich vorwärts, auf die Frau zu. *Der Pulli ist einfach nur nass.* »Nass, Cahide! Mehr nicht.«

Trotz ihres Widerwillens fasste sie zu und zog die Frau an sich. Eigentlich müsste sie einen Kopfschleppgriff anwenden, der Mund und Nase der Bewusstlosen über Wasser hielt, doch sie mussten tauchen, also packte sie die Leblose in einer Art Achselschleppgriff, schob sich mit ihr in den Mittelgang, stieß sich abermals das Knie, ignorierte etwas, das gegen ihre Knöchel stieß, und sank tiefer. Als nur noch ihre beiden Köpfe über Wasser waren, atmete sie mehr als dreimal durch. Vielleicht wegen dem irrwitzigen Klopfen ihres Herzens. *Blut, Blut, überall Blut ...*

»Fick dich!«, hörte sie sich selbst sagen. »Da ist kein Blut. Und jetzt tauch! Es sind nur zwei oder drei Meter bis oben!« Sie atmete nochmals ein und tauchte mit ihrer Last unter.

Sofort lief ihr die Brille voll, aber es war egal. Es waren vier oder fünf Sitzreihen gewesen, dann rechts raus. Aufsteigen würden sie schon von selbst.

Allerdings erzitterte das Fahrzeug, noch bevor Cahide die drei Stufen zur Hintertür ertastete, und es knarrte so laut, dass sie den Schall spürte. Sie erstarrte. *Wie tief ist eigentlich der See?* Sie hatte keine Ahnung, hörte nur das Pochen ihres Herzens im Ohr.

Nichts geschah. Alles war wieder ruhig. *Also weiter. Raus endlich!*

Als sie das Geländer erreichte, knarrte es ein weiteres Mal und noch lauter als zuvor. Diesmal verharrte sie nicht mehr, sondern stürzte dem verschwommenen Spalt der halb offen stehenden Tür entgegen. Unter Wasser wirkten ihre Bewegungen unglaublich langsam, wie in Zeitlupe. Der Bus schien davon nicht betroffen zu sein; begleitet von einem dritten Knarren verlor er seinen Halt auf dem schlammigen Untergrund und glitt mit einem Ruck weiter in die Tiefe.

Cahide und die Ohnmächtige riss er mit sich.

14

Versenkt, versenkt, man hat den Bus versenkt.

Walter eilte die Treppenstufen zur Eingangshalle des Polizeipräsidiums hinab. Dort war es um diese Uhrzeit still; nur die Sohlen seiner Lederschuhe quietschten auf dem Fußboden, und einzig eine Kollegin saß hinter der Glasscheibe des Empfangs. Sie grüßte mit einem Nicken und der grimmigen Gewissheit, dass Walter mal wieder zu einem Tatort aufbrach. *Wohin auch sonst.* Es stellte sich nur die Frage, ob sie Tote finden würden oder nicht. Und wenn ja, wie viele?

Versenkt, versenkt, man hat den Bus versenkt.

Während Walter die Eingangstür aufstieß und beinahe von der abendsommerlichen Hitze erschlagen wurde, dachte er an das Gespräch mit Cahide. Ob es doch eine Kurzschlussreaktion des Fahrers gewesen war? Versenken schlug in die gleiche Kerbe wie den Bus gegen einen Baum setzen oder von einer Brücke steuern. Aber der ehemalige Baggersee, aus dem eine hiesige Firma jahrelang tonnenweise feinsten Quarzsand geholt hatte, lag zu weit abseits der Straße, überhaupt zu weit von der Haltestelle Dennenroth entfernt. Dorthin steuerte niemand einen Bus in einer Kurzschlussreaktion. Warum also versenken?

Es blieb eigentlich nur eine schlüssige Erklärung: Man wollte den Bus verschwinden lassen. *Samt Insassen?*

Versenkt, versenkt, man hat den Bus versenkt.

Wie war das abgelaufen? Walter stellte sich vor, er wäre der Busfahrer. Er saß auf dem sündhaft weichen und gegen Stöße bestens gedämpften Fahrersitz aus Leder. Umklammerte das Lenkrad. Die Fingerknöchel stachen weiß aus der Haut hervor.

Links und rechts rauschten dunkle Bäume vorbei. Äste von Büschen klatschten gegen die Front und schmirgelten die Seiten des Busses. Die Insassen schrien, kreischten, polterten. Jemand versuchte, mit dem Nothammer die Scheibe einzuschlagen ... Nein. Die hatte er vorher entfernt, die Nothämmer, nicht die Scheiben.

Dann ein bleiches Blitzen. Mondlicht auf sanft gekräuseltem Wasser. Der Wald öffnete sich, sie rumpelten über Stock und Stein, direkt auf das Ufer zu, dann ein harter Schlag, als die Vorderachse über die Kante schoss. Es hob ihn hart aus dem Sitz, dann knallte der Bus von schräg oben auf die Wasseroberfläche. Gischt spritzte silbrig glitzernd gegen die Scheibe und nahm ihm die Sicht. Die Regensensoren aktivierten die Scheibenwischer, die jaulten von links nach rechts nach links nach rechts.

Der Bus schoss wegen des ersten Newtonschen Gesetzes weiter, sackte vorn tiefer ab, wurde dann vom Wasserwiderstand gebremst und glitt wie ein eckiger

Torpedo nach unten. Es knarrte und knackte. Durch die geschlossenen Fenster und Türen kam nicht sofort Wasser herein, doch es drückte sich an Ritzen und Dichtgummis herein.

Die Insassen schrien noch lauter, flüchteten ins Heck, kämpften miteinander. Manche weinten. Andere beteten. Jemand versuchte, mit einer Trinkflasche eine Seitenscheibe einzuschlagen. Der feste Glasboden donnerte mehrmals gegen die Scheibe, bis sie laut knackte, zu einem Spinnennetz wurde und wie eine Beule nach innen sackte. Dann implodierte sie vom Wasserdruck. Wie ein Schwall Tinte schoss das Seewasser ins Innere und flutete den Bus, drückte die Insassen unter Wasser und wirbelte sie wie Spielbälle im Sturm durcheinander.

Zuletzt sah Walter in seiner Vorstellung wie ein Taucher den Bus aus der Außenperspektive. Er glitt wie ein tonnenschwerer Brocken tiefer, die Fenster noch erhellt von der Notbeleuchtung, die Gesichter der Insassen bleiche Ovale mit aufgerissenen Mündern. Die Beleuchtung flackerte und erlosch, und einzig der dunkle Kasten rutschte lautlos tiefer und tiefer und tiefer. Aus dem Heck stiegen Wolken silbriger Luftblasen auf. Sie trugen die Todesschreie der Insassen an die Oberfläche, doch hören würde sie niemand, denn physikalisch »ist das völliger Blödsinn!«

Versenkt, versenkt, man hat den Bus versenkt.

Walter schüttelte die grausige Vorstellung ab und stellte fest, dass er den Wagen in die hinterste Reihe auf dem Parkplatz des Präsidiums gestellt hatte. In den Schatten.

Während er die untere Zufahrtsstraße entlanglief,

juckte ihn trotzdem etwas in den Fingern, ausgelöst von seiner Vorstellung. *Weiße Fingerknöchel.* Das war es. Wie versenkte man einen Bus im See, ohne am Steuer zu sitzen, denn das würde höchstwahrscheinlich den eigenen Tod bedeuten? Oder war ein Suizid eingeplant? Walter glaubte es nicht. Wahrscheinlicher war, dass man die Insassen vorher aussteigen ließ und dann mit fixiertem Lenkrad und Gaspedal den Bus versenkte.

Fragen über Fragen, und die würden sich Leonore und Cahide ebenfalls stellen. Vermutlich standen sie gerade am Ufer des Baggersees und folgten ähnlichen Gedankengängen. Die Vorstellung gefiel ihm nicht. Ganz und gar nicht. Er kannte Leonores Draufgängertum und Cahides Personalakte; Jugendmeisterin im Schwimmen auf einhundert Meter. Jahrelanges Engagement bei der DLRG. Tauchausbildung.

Bei dem Gedanken, was die beiden möglicherweise gerade taten, wurde ihm flau im Magen.

Versenkt, versenkt, man hat den Bus versenkt.

Er begann zu joggen.

Als er die hinterste Parkreihe erreichte, bog vom oberen Ende des Parkplatzes ein silberner Kombi ein und schoss auf ihn zu. Der Fahrer brachte den Wagen keine drei Meter vor Walter mit quietschenden Reifen zum Stehen. Die Tür flog auf. Clemens Sander sprang heraus.

Clemens Sander in dunkler Jeans und mit schwarzem Gürtel.

Clemens Sander im feinkarierten, kurzärmligen Hemd.

Clemens Sander mit seinem Kranz kurzer blonder Haare und den hinterfotzigen Augen.

Mit seiner schmierigen Stimme fragte Sander: »Brauchen Sie Unterstützung oder die Kollegen hier?«

»Mir scheißegal!« Walter ließ die Blinker seines Wagens fiepen und umrundete das Heck. »Der Bus wurde gefunden! Entscheiden Sie sich! Jetzt!« Er riss die Fahrertür auf und schwang sich ins Innere.

Versenkt, versenkt, man hat den Bus versenkt.

Leonore und Cahide und der Bus im See. Nein, die Konstellation gefiel ihm überhaupt nicht.

15

Der Bus riss sie in die Tiefe. Von irgendwoher wirbelte Dreck herein, sprudelte Cahide ins Gesicht. Sie schmeckte Schlamm und Algen, obwohl sie die Lippen fest aufeinanderpresste. Sie sah nichts mehr; es war völlig dunkel um sie herum.

Eines wusste sie dennoch: Es ging immer noch tiefer. Nur wie weit? Wie tief war dieser verschissene Baggersee? Zehn Meter? Zwanzig? Dreißig?

Mit dem linken Arm hielt sie die Ohnmächtige umklammert und mit der rechten Hand hatte sie Halt an einer Stange gefunden. Nur was für eine Stange? War das der Handlauf zur Tür?

Denk nach, Cahide! Denk nach! Du wolltest rechts raus, als es abwärts ging. Dann hat es dich gegen die Wand geknallt und dann?

Vertrau auf deine Sinne! Fühle, wenn du nichts siehst.

Der Sprudel kam eindeutig von links. Er musste durch die offene Tür hereinkommen, wo sonst! Also nach links!

128

Cahide schob sich irgendwie weiter, während ihr Wasser in die Nase drang und schleimige Finger nach ihren Füßen griffen. Dann wurde sie plötzlich von einem Sog gepackt. Sie verlor den Halt, ließ unfreiwillig die Ohnmächtige los und wirbelte irgendwohin. Sie drehte sich einmal um die Achse wie ein Kreisel, dann bekam sie einen harten Schlag gegen die linke Schulter, der sie in die andere Richtung schleuderte.

Ihr entwich kostbare Luft. Noch schlimmer war das Wasser in Mund und Nase.

Nein! Nein! Nein!

Dann wurde es seltsam ruhig. Auch der Sog hörte auf, ein Sprudel prickelnder Luftblasen, dann Stille.

Ich bin draußen, wurde ihr klar, und sofort folgte: *Du musst nach oben! Und zwar schnell!*

Nur, wo war oben? Alles war dunkel, alles braun und duster. *Die Brille!* Sie hatte noch Leonores Brille auf. Sie riss sie herunter, ließ sie los. Der Dreck brannte in ihren Augen, aber sie sah jetzt einen Lichtschimmer schräg über sich, endlos weit entfernt zwischen wabernder Dunkelheit. Panisch wollte sie losschwimmen, doch der Gedanke, dass sie möglicherweise in die falsche Richtung schwamm – und somit in den sicheren Tod – lähmte sie.

Cahide! Konzentrier dich! Jetzt! Zweihundert Prozent! Dort ist Licht und in der entgegengesetzten Richtung? Ein Blick. Dunkelheit. *Okay, es kann nur da nach oben gehen.*

Sie schwamm los, ein, zwei, drei Schwimmzüge. Das Licht kam nur minimal näher.

Panik überkam sie, und die Schwimmzüge wurden hektisch, fahrig, ineffizient.

Ferretti!

Abermals zwang sich Cahide, an das Arschloch zu denken, ihre Wut zu kanalisieren und daraus Kraft zu schöpfen. Diesmal gelang es nicht. In ihrem Hirn war nur: *Du wirst sterben. Im Baggersee. In BH und Tanga.*

Irrwitzigerweise vertrieb der Gedanke den Wahnsinn. Sie würde nicht in Unterwäsche verrecken. Sie würde sich nicht so von Kollegen aus dem See bergen lassen.

Es folgte ein kräftiger Schwimmzug. Und noch einer. Und noch einer.

Tatsächlich rückte das Licht näher, war aber immer noch ewig weit entfernt.

Etwas glitt über ihr vorbei, ein dunkler, langer Schatten.

Ein Hecht! Cahide hätte beinahe laut gelacht. Ein Drei-Meter-Hecht. Die gab es in den Baggerseen, warum hatte sie daran nicht gedacht? Aber vielleicht würde er sie retten wie ein Delphin. Vielleicht konnte sie wie eine Nixe auf seinem Rücken an die Oberfläche reiten.

Es war der Sauerstoffmangel. Eindeutig. Wie ihre Lungen brannten! Sie verreckte gerade.

Nicht in BH und Tanga! Und nicht, ohne Ferretti in den Arsch getreten zu haben.

FERRETTI.

Sie beschwor sein Gesicht unter dem lockigen Haar und fragte sich im gleichen pochenden Herzschlag, warum sie eigentlich so blöd war und ihren letzten Gedanken an den Sack verschwendete? Warum nicht an etwas Schönes?

Die Ränder an ihrem Blickfeld waberten. Alles ver-
schluckende Schwärze stürzte auf sie ein. Von allen
Seiten.

Es war die Ohnmacht, die an ihre Tür klopfte.

Tock, tock. Hier bin ich!

Cahide öffnete nicht. Stattdessen öffnete sie noch eine
letzte Schublade ihres Geistes und holte die schönste
Erinnerung ihres Lebens hervor. Dann ging sie zur Tür.

16

»Ja Himmelherrschaftszeiten!«, fluchte Leonore lautstark einen von Walters Lieblingsflüchen. Gebannt beobachtete sie das schlammige Wasser. Hier und da platzten
aufgestiegene Luftblasen. Vor Sekunden war an genau
der Stelle noch ein riesiger Schwall nach oben gekommen, wie in einem Whirlpool auf Maximalleistung.

»Scheiße!« Cahide war zu lange unten. Viel zu lange.

Die flachen Wellen, die vom Blubbern ausgelöst worden waren, glätteten sich. Es folgte ein seltsamer Moment
der Stille, in dem Leonore gefangen war.

Dann drang endlich zu ihr durch, dass sie handeln
musste. Sie riss sich die Sommerbluse über den Kopf und
schlüpfte aus Schuhen und Jeans. Ihr Blick hing dabei
ungebrochen an der Wasseroberfläche.

Nichts, keine Cahide.

Also rein ins aufgewühlte Wasser. Es reichte ihr bis
zu den Oberschenkeln, aber sie erkannte vor sich immer
noch nichts. *Weiter, weiter, weiter!* Interessanterweise
spürte sie beim Hinauswaten Schlamm und Steinchen

zwischen den Zehen viel intensiver als sonst mit ihren Fingern. Allerdings spürte sie auch, wie ihr linkes Bein kribbelte. Das tat es seit etlichen Wochen und hatte sie schon bei ihrem Fall im Allgäu beeinträchtigt und frustriert. Aber es ging. Musste! *Weiter!*

Immer noch fehlte von Cahide jede Spur. Auch die rechteckige Form des Busses war nicht mehr zu erkennen. Nur schlammige Untiefen.

Leonore reichte das Wasser bis zum Brustbein. Sie holte einmal tief Luft, stieß sich ab und schwamm hinaus, wo sie in etwa den Schatten des Busses bei ihrer Ankunft gesehen hatten.

Als sie die Stelle erreichte, war die Sicht keineswegs besser. Sie sah nicht mal ihre Beine, nur die Hände, die wie bleiche Spinnen durchs Wasser glitten. Dafür spürte sie eine Art Erschütterung unter Wasser. Luftblasen stiegen wieder auf, kitzelten sie an Füßen, Knien und Oberschenkeln. Kurz darauf erreichte ein Schwall kalten Wassers ihre Beine, strich ihr bis zum Bauch. Es war richtig kalt. Eiskalt.

»Cahide!« Leonore holte tief Luft und tauchte unter.

Ihre Sicht war noch viel schlechter als erwartet. Sie sah Schlammiggrün und Schlammigbraun, außerdem brannte das dreckige Wasser in ihren Augen. Japsend kam sie wieder an die Oberfläche. Sie fluchte. Wie sollte sie in der Brühe jemanden finden? Sie hatte keine Zeit zu suchen. Wie lange war Cahide schon unter Wasser? Eine Minute? Zwei? Wie lange konnte die junge Kollegin die Luft anhalten? Vielleicht eine Minute mit ihrer Vorgeschichte bei der DLRG. Und schon drei Minuten ohne Sauerstoff konnten das Gehirn irreversibel schädigen. Leonore lief die Zeit davon.

Abermals holte sie tief Luft und tauchte unter. Diesmal änderte sie die Taktik, versuchte erst gar nicht, etwas zu erkennen, sondern einfach lotrecht in die Tiefe zu tauchen.

Beinschlag, Armzug, Beinschlag, Armzug.

Nach fünf Zügen hörte sie auf, schwebte in der trüben Finsternis. Über ihr war das Tageslicht zu erkennen. Das schlammige Braun war graduell heller. Zu ihren Füßen wurde es dunkler. Dort waberten die Schatten. *Eine Bewegung?*

Leonore vollführte zwei weitere Schwimmzüge, spürte aber, wie ihre Lunge langsam protestierte. Sie hatte halt null Training, was Tauchen anging.

Ihre archaischen Instinkte zwangen sie umzukehren. Fast hektisch paddelte sie nach oben, durchstieß die Wasseroberfläche, spuckte, keuchte, fluchte.

»Reiß ... dich ... zusammen, Leonore! Tiefer! Auf gehts!« Zwei harte Atemzüge und abwärts.

Schwimmzug, Schwimmzug, Schwimmzug, Schwimmzug, Schwimmzug, nicht innehalten, Schwimmzug, Schwimmzug, Schwimmzug.

Ein Gedanke durchfuhr sie, als sie immer weiter in die Dunkelheit vordrang: Wie sich wohl Walter fühlen würde, wenn er sie und Cahide tot aus dem Baggersee barg? Und Michael erst!

Der Gedanke gab ihr Kraft. Sie vollführte zwei weitere Schwimmzüge und erinnerte sich vage an den Schwimmunterricht vor dreieinhalb Jahrzehnten. Der

Lehrer, ein Schinder vor dem Herrn, hatte damals gesagt: »Wenn der Zwang kommt, einzuatmen, dann schluckt, ohne das Maul aufzumachen!« Leonore schluckte und ließ ein wenig Luft ab.

Tatsächlich ließen der Druck und das Brennen in ihren Lungen nach. Und sie sah etwas!

Es war nur ein Schatten, aber der besaß die vage Form einer menschlichen Gestalt. Oder doch nicht?

Egal! Leonore schwamm näher heran. Tatsächlich tauchte Cahide aus der Dunkelheit auf. Ihr Haar umwölkte wie Seetang ihr blasses Gesicht. Sie bewegte sich nicht.

Leonore bekam die junge Kollegin zu packen. Handelte instinktiv. Umfasste sie mit einem Arm. Und dann aufwärts, Beinschlag, Beinschlag, Beinschlag, Beinschlag. Schmerzen im linken Bein, egal. Beinschlag, Beinschlag, Beinschlag.

Über ihr wurde es heller und heller. Irgendwo zuckten Blitze.

In meiner Vorstellung? Leonore schwamm einfach, funktionierte.

Zusammen stießen sie durch die Oberfläche. Leonore keuchte lautstark, Cahide rührte sich nicht.

»Cahide!«

Keine Reaktion.

»Scheiße!«

Leonore packte Cahide von hinten. Sie hatte früher oft genug Baywatch gesehen. Die Rettungsschwimmer von Malibu. David Hasselhoff in seiner Paraderolle. Sie wusste grob, wie man jemanden rettete. Und so schleppte sie

Cahide ans Ufer und achtete darauf, dass ihr Kopf nicht unter Wasser glitt.

Endlich spürte sie Schlamm unter ihren Zehen, watete hinaus, zerrte Cahide auf den schmalen Sandstreifen.

»Cahide!«

Immer noch keine Reaktion.

Leonore fluchte und tastete nach Cahides Puls am Hals. Sie spürte nichts, bekam eine Hitzewallung, tastete umher und doch – da war Puls!

Sie beugte sich über die Ohnmächtige, hörte an Mund und Nase. Keine Atmung. »Scheiße!« Sie erinnerte sich, dass man keine Zeit verschwenden sollte, Wasser aus den Lungen des Badeopfers zu bekommen. Es ging ums Gehirn.

Also Mund-zu-Mund-Beatmung mit überstrecktem Kopf.

Leonore wischte sich einmal über das Gesicht, beugte sich abermals hinab und wollte ihre Lippen auf Cahides pressen, als sie einen zitternden Luftzug spürte. Und noch einen. Cahide atmete!

»Ja! Komm schon! Kämpfe!«

Sie rollte Cahide auf die Seite, positionierte sie in stabiler Seitenlage. Mehr konnte sie nicht tun. Nur warten, bis die Rettungskräfte eintrafen. Wo blieben die überhaupt, verdammter Mist!

Leonore sah sich nach ihrer Hose um, in der ihr Handy steckte. Würde Walter auch einen Rettungswagen ordern? Vielleicht sollte sie –

Cahide spuckte neben ihr geräuschvoll. Ein harter Atemzug.

»Cahide!« Leonore beugte sich wieder zu der Brünetten hinab, umfasste sie an den Schultern. Die Kollegin spuckte abermals einen Schwall Wasser hervor. Und noch einen. Sie blinzelte. Verzerrte das Gesicht vor Schmerz. Dann spuckte sie nochmals und rollte sich selbst auf den Rücken.

Ihr Atem beruhigte sich. Sie hob sogar eine Hand und strich sich damit Haare aus dem Gesicht. Atmete ganz bewusst tief ein und sagte beim Ausatmen: »Danke.«

Das war der Moment, in dem Leonore klar wurde, dass Cahide über den Berg war. Mit der Erkenntnis flutete das Adrenalin der Rettungsaktion ihr Bewusstsein. Zitternd und nach Atem ringend sank auch Leonore auf den Rücken, blickte hoch zum wolkenlosen Himmel. Zwischen zwei Atemzügen presste sie hervor: »Gern ... geschehen. Aber bitte: Machen. Sie. Das. Nie. Wieder!«

Cahide antwortete nichts, atmete einfach nur tief ein und aus. Ein und aus.

»Ich weiß schon, wie sich das aus meinem Mund anhört!« Leonore spukte klebrigen Speichel aus. Sie hatte Sand zwischen den Zähnen. »Aber auf den zweiten Blick ist da ein gewaltiger Unterschied, ob ich solche Aktionen mache oder Sie!«

Cahide antwortete immer noch nicht, aber sie hörte zu. Da war sich Leonore sicher.

»Ich hab MS, bin über vierzig, hab mich bewusst gegen Kinder entschieden und keine Familie mehr. Wenn mir was passiert, trage alleine ich die Verantwortung und es trifft nur ganz wenige Personen. Eigentlich nur Michael und Walter. Und das Risiko kann ich eingehen, für mich persönlich! Sie aber, Sie sind Anfang dreißig, topfit, können eine Familie gründen, Kinder kriegen. Sie haben das ganze Leben noch vor sich!« Sie wandte den Kopf Cahide zu. »Oder ist da irgendwas?«

Cahide blickte nur zum Himmel auf, der sich im Osten langsam dunkler färbte.

»Sie sind doch sonst so bedacht. Ein Kopfmensch. Warum haben Sie das getan? Cahide? *Warum?*«

Leonore wusste wegen ihrer Multiplen-Sklerose-Erkrankung, wie leicht es war, augenscheinlich dumme Entscheidungen zu treffen, was aber nichts mit Dummheit zu tun hatte, sondern damit, bewusst ein Risiko einzugehen. Aber das tat man nicht, wenn man etwas zu verlieren hatte.

Cahide sagte immer noch nichts. Dafür setzte sie sich langsam auf, spuckte aus, wischte sich Dreck vom Kinn und blickte auf den Baggersee hinaus, wo immer noch vereinzelt Luftblasen aufstiegen.

Leonore spürte, dass da was war, aber auch, dass sie nicht zu der jungen Frau durchdrang. »Cahide«, versuchte sie es ein letztes Mal. »Wenn da was ist ... Ich bin keine Kollegin, und Sie wissen, dass ich schweigen kann.«

Cahide strich sich die Haare zu einem Pferdeschwanz zusammen, und für einen Moment sah es so aus, als würde sie etwas erwidern, doch dann sagte sie nur kühl: »Nein, Frau Goldmann, da ist nichts. Es war nur ein dummer Aussetzer.«

Leonore wollte nochmals nachhaken, doch Cahide sah zu ihr herüber und in ihren dunklen Augen war eindeutig zu lesen: *Lassen Sie es!* Und ein ganz lautes: *Bitte!*

Leonore nickte nur, dann stand Cahide auf, wankte ein wenig, und fragte: »Sie haben nicht zufällig ein Handtuch dabei?«

»Ein Handtuch? Doch, ganz zufällig schon.«

»Gut. Dann sollten wir uns abtrocknen und anziehen, bevor die Kollegen uns begaffen.« Cahide machte sich zur Vespa auf, als es hinter ihnen nochmals laut blubberte.

Ein menschlicher Körper stieg an die Oberfläche. Es war eine Frau. Sie trug Jeans und einen schwarzen Kapuzenpulli. Sie trieb auf dem Wasser mit dem Gesicht nach unten.

17

Walter war nicht der Erste, der am Baggersee eintraf, und obwohl er schon von Weitem Leonore und Cahide entdeckte, beschleunigte er den Wagen nochmals, brachte ihn ziemlich hart zum Stehen und sprang so hektisch heraus, dass er sich den Kopf am Dachholm stieß. Zum Glück war Sander im Dezernat geblieben. Walter verzog nur kurz das Gesicht und rieb sich die Stelle mit dem Handballen, und schon war er bei den Kolleginnen.

Beide hatten nasses Haar und bei beiden hinterließen die Büstenhalter feuchte Dreiecke auf den Shirts. Bei Leonore zeichnete sich sogar der Slip als feuchte Form auf der hellen Jeans ab.

Dann bemerkte Walter die leblose Frau am Ufer. Zwei Kollegen von der Streife und ein Sanitäter waren bei ihr, aber dem Gesichtsausdruck des Sanis nach kam jede Hilfe zu spät.

Walters Blick heftete sich wieder auf seine beiden Kolleginnen. Cahide sah starr geradeaus, irgendwie schuldbewusst. Das Wasser tropfte aus ihren im Nacken zu einem losen Dutt geknoteten Haaren. Leonore hingegen taxierte ihn mit klaren Augen.

»Man hat den Bus gesehen.« Sie deutete aufs Wasser. »Dann hat es stark geblubbert und die Tote kam hoch. Wir haben sie rausgeholt. Leider war nichts mehr zu machen.«

Walter sah wieder zur Leiche, dann auf den See, der ruhig dalag, und zuletzt wieder zu Leonore. »Und wo ist der Bus hin?«

»Abgesackt«, sagte Cahide. »Ich wollte –«

»Sie wollte rausschwimmen und nachsehen.« Leonore zeigte ein schiefes Lächeln. »Ich konnte sie überzeugen, dass es zu gefährlich ist.«

Walter sah zwischen ihnen hin und her. Er spürte die steile Stirnfalte zwischen seinen Augenbrauen. Dann stieß er ein lächerliches Geräusch aus und sagte: »Abgesackt, ja?« Er konnte es sich bildlich vorstellen: Leonore und Cahide im Wasser, wie sie zum versenkten Bus rausschwammen, um runterzutauchen und nachzusehen. Er wollte sich gar nicht ausmalen, was hier wirklich passiert war. Motorengeräusche ließen ihn zum Wald blicken.

Eine schwarze Limousine glitt heran, parkte direkt neben Leonores feuerroter Vespa. Doktor Michael Freytag stieg aus. Der Leiter des rechtsmedizinischen Instituts trug wie immer ein blütenweißes Hemd und eine schwarze Anzughose. Das passende Sakko hing auf einer Halterung an der Rückseite des Fahrersitzes. Im Gegensatz zu Walter stieg er ohne Hast aus, richtete sich sogar noch den Krawattenknoten, bevor er zu ihnen kam. Trotz des ruhigen Gangs war ihm anzusehen, dass er sich um seine Lebensgefährtin gesorgt hatte. Michael bewahrte aber Kontenance, berührte Leonore nur sacht am Ellbogen und fragte leise: »Alles in Ordnung?«

Sie nickte. »Alles gut.«

Sein Blick glitt erst über die an den Brüsten feuchte Bluse, dann zur Hose, bevor er sich mit einem undeutbaren Ausdruck auf Walter konzentrierte. »Dann mach ich mal meine Arbeit, was?«

Walter sah dem Rechtsmediziner hinterher, der zum Ufer trottete, dann suchte er nochmals Leonores Blick, und Cahides, und folgte kopfschüttelnd.

Nachdem Michael kurz mit dem Sanitäter gesprochen hatte, sank er in die Hocke und streifte sich lilafarbene Nitrilhandschuhe über. Walter gesellte sich zu ihm und sah zu, wie Michael der Toten das linke Augenlid öffnete, Pupille und Augapfel betrachtete, dann ihren Unterkiefer nach unten schob und ihr in den Mund spähte. Schließlich musterte er sie mit schief gelegtem Kopf, bis seine Finger eine Stelle des Pullovers auf Brusthöhe untersuchten.

Walter beugte sich näher heran, und Michael lupfte den Stoff vorsichtig, zog ihn mit den Daumen auseinander. Ein zerfranstes Loch in der Größe eines Centstücks war zu sehen.

Die beiden Männer tauschten einen langen Blick, bevor Michael den Pullover vorsichtig nach oben schob. Die Frau trug ein schwarzes Shirt darunter. Auch das zierte ein Loch. Als er auch das Shirt anhob, kam ein flacher Bauch zum Vorschein, ein extrem flacher Bauch.

Ungesund flach nach Walters Geschmack; die Rippen zeichneten sich deutlich ab.

»Eine Schussverletzung«, stellte Michael fest. »Einschuss. Siehst du die schwarzen Gewebsteile, die in die Wunde ragen? Und hier ... Textilfasereinschleppungen, fast wie im Lehrbuch. Einen Abstreifring kann ich nicht erkennen, aber bei ein paar Stunden im Wasser ...« Michael zog Shirt und Pulli noch weiter hoch, und seine Stirn legte sich in Falten, genauso wie Walters.

Ein zweites Einschussloch verunstaltete die Haut unterhalb des Schlüsselbeins.

Wieder ein Blick der beiden Männer, dann schob Michael vorsichtig seine Hand unter die Tote und drehte sie zur Seite, um den Rücken zu inspizieren. Diesmal schob er gleich die Kleidung in die Höhe. Auf Brusthöhe war ebenfalls eine Schussverletzung zu sehen, vermutlich »das Ausschussloch.« Michael zeigte mit dem Finger auf die Wundränder. »Eindeutig größer als auf der Brust, siehst du? Und nur eines.« Ein Lächeln huschte über seine Lippen. »Du scheinst Glück zu haben, Walter. Da kann ich dir vermutlich ein Projektil liefern.«

Walter wusste nicht so recht, ob er sich darüber freuen sollte oder nicht. Zumindest hatten sie den Bus. Aber auch eine Leiche. Wer war die Frau? Und warum war sie erschossen worden? Und wo steckten die anderen Fahrgäste?

»Kannst du sagen, ob es ein Nahschuss war?«, wollte er wissen.

»Eine Hinrichtung? Eher nicht. Dann würden wir eine Schmauchhöhle anhand der Subkutis erkennen, oder gleich eine Stanzmarke.« Michael drehte die Frau zurück auf den Rücken, betrachtete nochmals die beiden Einschusslöcher auf dem Pullover. »Ich seh auch keine Pulvereinsprengungen oder Gewebeverbrennungen, aber das kann ich erst im Labor endgültig sagen. Ich tippe trotzdem auf eine Schussdistanz über einem Meter. Genaueres, sobald ich sie auf dem Tisch hatte. Genauso wie eine Eingrenzung des Todeszeitpunkts.«

»Irgendwann nach halb zwei heute Nacht. Da verschwand der Bus.« Walter zwang sich zur Andeutung eines Lächelns, dann fragte er leise, was ihn eigentlich interessierte: »Weißt du, was hier passiert ist?«

»Das herauszufinden ist dein Job, oder?«

»Nein, ich mein mit Leonore und Cahide.«

Michael sah kurz zu den beiden und hob dann die Schultern. »Leonore hat vorhin am Telefon nichts gesagt, wenn du das meinst.«

Ja, das hatte er gemeint. »Okay. Danke.« Und dann: »Wie kannst du nur so ruhig bleiben?«

Michael hob eine Augenbraue. »Wer sagt, dass ich das bin?«

»Ja, wer sagt das ...« Walter klopfte seinem Freund kameradschaftlich auf die Schulter, bevor er die Tote nach Wertgegenständen wie Geldbörse oder Handy abtastete, aber die Taschen der Frau waren leer.

Schließlich trottete er zu Leonore und Cahide zurück. »Die Frau wurde erschossen«, fasste er zusammen. »Möglicherweise eine Dublette. Zwei Schuss in die Brust. Identität unbekannt.«

Leonore bekam große Augen. »Eine Ermordung?«

»Keine Ahnung.« Er blickte auf den Baggersee. Ganz ruhig lag das Gewässer vor ihnen. »Ich bin gespannt, was die Taucher zutage befördern. Und wie wir den Bus da raus bekommen.« Er rieb sich die müden Augen. »Ich vermute, das dauert hier noch einige Stunden. Ich schlage vor, dass ihr beide mal nach Hause fahrt. Euch duscht. Frisch macht. Etwas zu Abend esst. Ihr stinkt nach See ...«

»Wann willst du uns wiedersehen?«

»Um zweiundzwanzig Uhr im Präsidium. Ich versuche bis dahin, den Anwalt der Dorias wieder aufzutreiben. Es sind einige Dinge zu klären.«

»Tscherniak.«

»Unter anderem.« Walter sah sich um. »Wo ist eigentlich Ihr Wagen, Cahide?«

»Dennenroth.«

»Dennenroth? Wieso ... nein! Ihr seid mit der roten Hummel unterwegs?«

»Klar.« Leonore grinste schief. »Glaubst du, wir hätten sonst die Spur gefunden? Kannste vergessen mit dem Wagen.« Sie wandte sich an Cahide. »Kommen Sie! Ich fahr Sie zurück.«

Cahide nickte nur und folgte der Blonden.

Walter sah den beiden hinterher. Er wusste, dass irgendetwas vorgefallen war, aber wahrscheinlich war es besser, wenn er es nicht genau wusste. Und dass Leonore ohne Helm aufstieg, wusste er auch nicht. Nein, er wusste gar nichts. Besser so. Mit einem Ruck wandte er sich ab.

Auf dem See landete eine Ente.

Ihr Quaken ging im Aufröhren der Vespa unter.

18

Während die Vespa über die Landstraße Richtung Dennenroth glitt, kämpfte Leonore mit ihrem schlechten Gewissen. Es war nicht richtig, Walter die hirnrissige Tauchaktion zu verschweigen. Als Chef hatte er zu wissen, was seine Schützlinge taten. Andererseits spürte sie Cahides Unsicherheit in ihrem Rücken. Leonore konnte es nicht benennen, es fühlte sich wie eine Schwäche an, die Cahide gut zu verbergen versuchte. Vielleicht gelang das gegenüber Walter und anderen Kollegen, aber nicht ihr gegenüber. Leonore kannte diese Schwäche, oder besser gesagt, dieses Nach-außen-hin-stark-sein-Müssen. Der Job bei der Kriminalpolizei war immer noch männerdominiert. Da war es für Frauen so gut wie unmöglich, Schwäche zu zeigen, denn das bestätigte ja nur die Kerle in ihrer Weltanschauung.

Was Cahide wohl auf dem Herzen lag? Welche Schwäche versuchte sie zu verbergen?

Leonore hätte gern geholfen, wusste aber, dass eine weitere Nachfrage – zumindest jetzt – eher das

Gegenteil bewirken würde. Cahide würde nur noch mehr mauern. Entweder sie sprach von sich aus mit ihr, oder eben nicht.

Der Parkplatz bei der Bushaltestelle kam in Sicht. Leonore steuerte die Vespa direkt hinter Cahides Kleinwagen. Die schwang sich sofort vom Sitz, nahm den Helm ab und reichte ihn Leonore.

Die beiden Frauen sahen sich darüber hinweg an.

»Danke nochmals.« Cahide mühte sich zu einem Lächeln, dann hängte sie den Helm an den Lenker, huschte zur Beifahrertür, öffnete sie, hantierte am Handschuhfach herum und kam zurück. In der Hand hielt sie einen Fünfziger.

Leonore betrachtete das Geld mit gefurchter Stirn. »Nein, Cahide. Leben retten ist umsonst.«

»Aber die Brille ...«

»Die Brille?« Leonore überlegte einen Moment, griff dann nach dem Geld und schloss Cahides Finger darum. »Scheißen wir auf die Brille. Die war sowieso nicht mein Fall. Ich kauf mir 'ne neue, 'ne schickere. Das ist die perfekte Gelegenheit. Immer positiv denken. Und Sie ... Sie kaufen sich was Nettes von dem Geld. Gönnen Sie sich was nach dem Schock.«

Cahide nickte zaghaft, ballte die linke Hand um den Schein. Nochmals musterten sich die beiden ungleichen Frauen.

»Cahide.«

»Frau Goldmann.«

Sie reichten sich förmlich die Hände, und Leonore meinte: »Bis später dann.«

»Ja, bis später.« Cahide wich ihrem Blick aus, wandte sich ab und stieg in ihr Auto. Die Fahrertür fiel ins Schloss.

Leonore nahm den Helm vom Lenker, musterte durch die Heckscheibe die Silhouette der ehemaligen Kollegin und setzte ihn dann auf. Irgendwie wusste sie, dass sich Cahide nichts von den fünfzig Euro gönnen würde.

Cahide saß hinterm Steuer und hörte die Vespa in der Ferne verklingen. Erst als es ganz still war, öffnete sie die linke Faust. Der zerknitterte Fünfziger lag darin.

Eine geschlagene Minute starrte sie auf das Geld, um es dann mit einem Ruck irgendwohin zu werfen, die Hände zu Fäusten zu ballen und gegen das Lenkrad zu dreschen. Dabei brüllte sie all ihre Wut und ihren Ärger über sich und die Welt hinaus.

Schließlich sank ihre Stirn gegen das Lenkrad.

Schweißperlen krochen ihr die Schläfe entlang, am Auge vorbei bis zur Nasenspitze. »Du dumme Tussi!«, stöhnte sie in den Fußraum. »Du dumme Tussi!« Für einen Moment schloss sie die Augen, sah aber nur das Gesicht der Toten. Und überall Blut.

Diesmal schockte es sie nicht. Es war im Bus wirklich da gewesen. *Dublette*, hatte Brandner gesagt. *Zwei Schuss in die Brust.* Das Blut war da gewesen! Sie hatte es sich nicht eingebildet. *Ich habe es mir nicht eingebildet!*

Sie atmete tief durch, kramte ihren Wagenschlüssel hervor und pfriemelte ihn ins Schloss. Sie hatte noch knapp zwei Stunden, bis sie im Dezernat sein sollte. Das würde knapp werden. Heimfahren, duschen, essen,

Haare föhnen, umziehen, ins Präsidium fahren. Sie musste los.

Allerdings schaffte sie es nicht, den Schlüssel zu drehen, denn ihre Finger zitterten so stark, dass die daranhängenden Wohnungsschlüssel laut klimperten. Dann quälte sich ein Schluchzer über ihre Lippen, und noch einer und noch einer.

Es würde eine ganze Weile dauern, bis der Motor endlich zum Leben erwachte, und der Kleinwagen aus der Parklücke glitt.

19

Mittwoch, 23. Mai – 22.08 Uhr

Walter kam zu spät in seine eigene Besprechung, aber als
leitender Beamter der Sonderkommission konnte er sich
das leisten. Weitaus unangenehmer war ihm sein Geruch;
er stank nach Schweiß, als hätte er zwei Tage lang den
Garten umgegraben und danach noch ein Dutzend
Fische ausgenommen, und das alles, ohne seine Kleidung
zu wechseln. Doch ändern konnte er es auf die Schnelle
nicht – er trug schon seine Ersatzgarnitur aus dem Büro
– und so betrat er den Konferenzraum gehüllt in körpe-
reigenes Deo und mit acht Minuten Verspätung.

Alle anderen waren schon da: Louis sprach mit dem
Anwalt der Familie Doria, während Leonore, Cahide und
Gregor nebeneinander am Tisch saßen. Leonore tauschte
sich angeregt mit Gregor aus, den sie besonders mochte und als jungen Kollegen protegiert hatte. Cahide hatte die Arme verschränkt, starrte auf ein paar Ausdrucke
auf dem Tisch und schwieg. Sie sah aus wie aus dem Ei
gepellt, aber die Müdigkeit in ihrem Gesicht entging
Walter nicht. Selbst durch den Abdeckstift schimmerten

die Augenringe. Dann war da noch Clemens Sander in seiner dunklen Jeans und dem feinkarierten Hemd, der mit Eduard Holzer, dem Pressesprecher, diskutierte. Und zuletzt bemerkte Walter ein ihm unbekanntes Duo: eine schlanke Brünette in perfekt sitzendem, schwarzen Hosenanzug und strengem Blick, sowie einen grobschlächtigen Kerl, ebenfalls in schwarzem Anzug. Er sah nach Personenschützer aus, und sie wie dessen Vorgesetzte. Das war sicher diese Eisler.

»Entschuldigt die Verspätung«, grüßte Walter ohne Umschweife und ohne sich vorzustellen, schloss hinter sich die Tür und nickte in die Runde, »aber ich komme direkt vom Fundort des Busses. Würden Sie sich alle bitte setzen?« Er sank selbst auf einen Stuhl.

»Hat man Kiara gefunden?« Junker machte keine Anstalten, sich zu setzen. Er war gespannt wie ein Drahtseil kurz vorm Zerreißen.

»Nein, hat man nicht. Man hat auch keine weitere Leiche gefunden, wobei die Suche noch nicht abgeschlossen ist. Wegen der schlechten Lichtverhältnisse pausieren die Taucher jetzt. Gleich bei Sonnenaufgang gehts weiter.« Sein Blick heftete sich auf Leonore und Cahide. »Dafür haben die Kollegen den Bus gefunden. Er war bis auf den Grund abgesackt. Ruht da jetzt in *dreiundzwanzig* Metern Tiefe. Die hintere Tür stand offen, deshalb konnten die Taucher eindringen und den Innenraum inspizieren. Sie fanden dort keine Toten. Wir können also davon ausgehen, dass es keine weiteren Leichen im Umfeld des Fundorts gibt. Die wären wie die Tote ... aufgetaucht.«

Junker sank auf seinen Stuhl, wischte sich Schweiß von der Stirn. »Immerhin etwas.«

»Wie man es nimmt.« *Eine Tote bleibt eine Tote.* Walter betrachtete für einen Moment seinen Daumennagel, bevor er fortfuhr: »Morgen wird ein Team versuchen, den Bus mit einem Spezialkran zu bergen. Möglicherweise kann uns dann die KTU wertvolle Hinweise auf das Geschehen liefern. Was die Taucher bereits entdeckt haben: Eine Fixierung des Lenkrads und des Gaspedals. Ich habe Fotos von einer Unterwasserkamera gesehen. Das war keine provisorische Fixierung, sondern durchdacht. Vermutlich wurde der Bus versenkt, um ihn verschwinden zu lassen. Es ist nur diesen beiden aufmerksamen Ermittlerinnen zu verdanken, dass wir ihn überhaupt entdeckt haben. Eine Kurzschlussreaktion des Fahrers können wir somit ausschließen. Hier wird ein größerer Plan verfolgt.«

»Nur welcher?«, fragte Louis in den Raum.

Junker antwortete: »Eine Lösegeldforderung ist immer noch nicht eingegangen. Ich sag's Ihnen: Wir sitzen wie auf Kohlen! Wo ist Kiara? Und wo sind die anderen Insassen? Wissen Sie schon, wer die Tote ist?«

Walter schüttelte den Kopf. »Hatte keine Dokumente bei sich. Die Taucher haben auch nichts gefunden. Zwei Kolleginnen sind noch an der Identifizierung anhand der Passagierliste dran. Ich hoffe, bis morgen früh zu wissen, wer sie ist. Sicher ist allerdings, dass sie mit zwei Schüssen in die Brust getötet wurde. Vermutliche Schussdistanz: zwei Meter. Ich habe auf dem Herweg noch mit Michael telefoniert, dem Leiter des rechtsmedizinischen Instituts, der die Tote auf dem Tisch hat. Auf die Schnelle konnte er mir sagen, dass sie definitiv nicht ertrunken ist, sondern den Schussverletzungen erlag. Außerdem konnte er ein Projektil sicherstellen, das im Knochen stecken geblieben war. Kaliber neun mal neunzehn Parabellum. Das Projektil ist bereits auf dem Weg in die kriminaltechnische Untersuchung. Hoffentlich kommen wir über einen Abgleich mit der Datenbank an Infos über die Waffe und den möglichen Besitzer ran. Das ist definitiv eine heiße Spur!«

»Wie lange wird die Untersuchung dauern?«, wollte Junker wissen.

»Das hängt von den anderen Abteilungen ab«, gab Louis die Antwort. »Ich versichere Ihnen, dass alle mit Hochdruck an der Aufklärung des Falls arbeiten.«

Junkers Blick richtete sich auf Walter. Der begriff die unausgesprochene Frage.

»Ergebnisse gibt es nicht vor morgen Nachmittag. Wenn überhaupt.«

Zum Glück war Junker nicht völlig weltfremd und nickte. »Gibt es sonst eine Spur von Kiara?«

»Nicht wirklich.« Gregor. Er räusperte sich, und noch einmal. »Wir haben bisher etwa achtzig Prozent des Videomaterials der Verkehrskameras gesichtet, aber der Bus bleibt ab der Haltestelle Dennenroth verschwunden. Nachdem wir vom Fund erfuhren, haben wir uns auf die Region um den Baggersee konzentriert, aber auch da: Fehlanzeige. Da wusste jemand ganz genau, wie er fahren musste.«

»Und ein Hacking der Verkehrsüberwachung?«

»Ist unwahrscheinlich.« Wieder Louis. »Ich habe die Kolleginnen und Kollegen der Abteilung Cybercrime kontaktiert. Ein Fachmann untersucht bereits die Server der Verkehrsüberwachung. Die ersten Tests waren negativ.«

»Also eine minutiös geplante Route.« Walter suchte Cahides Blick, den er nicht fand. »Habt ihr – außer dem Bus – noch etwas gefunden?«

Cahide wusste trotzdem, dass sie gemeint war, schüttelte den Kopf, straffte sich und schob die Ausdrucke in die Mitte des Tischs. »Ich habe die Route von der Haltestelle bis zum Baggersee für Sie visualisiert. Wenn man von dort weiterfährt, gelangt man zur Staatsstraße 7273. Ab der gibt es leider zu viele Optionen für eine nicht überwachte Weiterfahrt.«

Der Gedankenansatz war Walter neu. »Sie glauben, der Bus wurde erst woanders hingefahren, bevor man ihn versenkt hat?«

»Davon gehe ich aus. Auffällige Spuren am Baggersee gab es keine, und die hätten dreißig Personen hinterlassen müssen, wenn sie dort ausgestiegen wären. Ich halte es also für ziemlich wahrscheinlich, dass man die Insassen entweder auf der Strecke bis dorthin, oder eben danach, umgeladen hat. Dann hätte man nur den leeren Bus zurückgefahren. Leider geben meine Bilder von den Spuren keinen Aufschluss darüber, und danach wurden die Abdrücke von den Einsatzfahrzeugen zerstört. Zu der Überlegung passt zumindest die Tote – womöglich ging beim Umsteigen etwas schief und die Entführer schossen, um ihren Standpunkt klar zu machen. Oder um eine Aufmüpfige zu bändigen.«

Walter nickte anerkennend. Ja, das passte tatsächlich.

Eduard hob die Hand und sagte: »Die Meldung, dass ein Bus der FFB mit Aktivisten verschwunden ist, war vorhin in den Zwanzig-Uhr-Nachrichten. Ich würde daher vorschlagen, dass wir jetzt an die Öffentlichkeit gehen und die Bevölkerung um Hilfe bitten. Schwerpunkt Radio. Die Strecke von Dennenroth bis zum Baggersee beträgt doch ein paar Kilometer, da könnte nachts jemand den Bus gesehen haben. Ich würde konkret nach Zeugen suchen. Spätestens morgen früh weiß sowieso jeder, dass dort der Bus gefunden wurde, insofern legen wir uns damit kein Ei.«

Louis nickte. »Halte ich auch für den richtigen nächsten Schritt.« Ein Blick zu Junker. »Irgendwelche Bedenken?«

»Nein. Überhaupt nicht. Solange Kiaras Verschwinden unter Verschluss bleibt, sind wir zufrieden.«

»Okay.« Eduard erhob sich. »Dann leite ich das in die Wege. Wenn was ist, Louis, ...«

»Weiß ich, wie ich dich erreiche.«

Die Tür fiel hinter Eduard ins Schloss. Die Anwesenden schwiegen. Für Walter war mit dem Gehen des tratschenden Pressesprechers der richtige Moment gekommen, um ein paar Köpfe zu waschen. Das konnte man zum Glück recht gut, wenn man nur noch zwei Wochen bis zur Pensionierung hatte. Und so wandte er sich als Erstes an die Chefin des Sicherheitspersonals.

»Frau Eisler, nicht wahr?«

Die Brünette mit dem strengen Gesicht taxierte ihn. »Ja?«

Walter hielt den Blickkontakt. »Leiterin des Sicherheitspersonals bei Doria ... Sagen Sie, wann hatten Sie vor, uns darüber zu informieren, dass der ehemalige Hebeisen-Entführer Juri Tscherniak alias Remo Luger an Bord ist? Und das in Ihrem Auftrag?«

Stille.

Dann ein gezischtes »*Wie bitte?*« Junker.

Frau Eisler blieb gelassen. »Das ist eine lange Geschichte, Herr Junker.« Sie fixierte Leonore. »Eine Geschichte, die eigentlich nicht zur Sprache hätte kommen sollen.«

»Weil Sie Mist gebaut haben?«, fragte Walter. »Würden Sie uns erklären, warum Sie uns nicht gleich informiert haben? Schon bei der Bewerbung von Tscherniak wäre das sinnvoll gewesen.«

Ein Schnauben. »Und was hätten Sie gemacht? Ihn verhört, und damit wäre unser Vorteil für die Tonne gewesen. So konnten wir ihn ohne sein Wissen einsetzen.«

»*Wozu?*« Wieder Junker. Sein Erstaunen wich Ärger. Eine Ader schwoll an seiner Stirn.

»Ach, tun Sie nicht so! Sie wissen ganz genau, dass Doria Defence regelmäßig in den Fokus verschiedener, verbrecherischer Gruppierungen rückt. Mit Tscherniak hofften wir, endlich an eine ranzukommen, um sie dann mit aller Kraft des Gesetzes zerschlagen zu können. Wir wollen zeigen, dass man mit uns nicht spielt!«

Stille. Dann ein ganz leises »Weiß Hans-Peter davon?«

»Jein.«

Junker schloss die Augen. »Was weiß er? Oder besser: Was nicht?«

Eisler verschränkte die Arme vor der Brust. »Ich informierte ihn über Lugers Bewerbung und dessen Scheinidentität, und ich riet ihm, Luger ein- und unter Beobachtung zustellen, aus genau den erwähnten Gründen.«

»Haben Sie erwähnt, wer Luger wirklich ist und wo Sie ihn einsetzen wollten?«

Nach kurzem Zögern: »Nein. Herr Doria hätte in diesem Fall vermutlich nicht zugestimmt.«

Wieder Stille. Dann Junker gefährlich leise: »Raus, Frau Eisler! *Raus!* Sie sind mit sofortiger Wirkung suspendiert und in keinerlei Ermittlungen mehr involviert.«

Frau Eisler rührte sich nicht. Nur ein sanftes Zittern ging durch ihre gestrafften Schultern. »Dazu haben Sie keine Befugnis, Herr Junker.«

»Oh doch, die habe ich!« Er bückte sich nach seiner Aktentasche und holte eine Mappe aus milchigem Plastik hervor. Aus der zog er ein Dokument und klatschte es auf den Tisch. Walter sah einen Dreizeiler und mehrere geschwungene Unterschriften in Tintenblau. »Ich bin von Hans-Peter Doria bevollmächtigt, in allen Belangen zu entscheiden!«, polterte er weiter. »Und Sie sind hiermit arbeitslos, Frau Eisler! Fristlos gekündigt! Mit sofortiger Wirkung!« Er wandte sich ab und knurrte: »Und jetzt gehen Sie mir aus den Augen, bevor ich mich vergesse!«

Diesmal kam Frau Eisler seinem Wunsch nach. Sie nahm ihr Sakko vom Stuhl, streifte es sich über und verließ erhobenen Hauptes den Konferenzraum. Ihre Absätze klackerten, bis die Tür hinter ihr einen Tick zu laut ins Schloss fiel.

Walter spürte Leonores Blick. Sie musterte ihn mit einer stummen Frage in den Augen: *War das klug?* Er ignorierte sie, atmete tief durch und wandte sich an den Personenschützer, der den Abgang seiner Chefin mit gesenktem Haupt ertragen hatte. »Übernehmen Sie die Vertretung von Frau Eisler?«

Der Kerl beeilte sich, den Kopf zu schütteln. »Nee, nee, ich bin nur ausführende Kraft.«

»Warum sind Sie dann hier?«

»Weil ich mit Kiara und Remo, also Tscherniak, in Zürich war.«

»Ah ... Sie sind dann Thomas Schad. Dem der Wagen abgeschleppt wurde.«

Der Kerl biss sich auf die Unterlippen. »Es war nicht meine Schuld! Der Wagen wurde umgeparkt.«

Das ließ Walter aufhorchen. »Umgeparkt? Wie dürfen wir das verstehen?«

Schad rieb sich über das kratzige Kinn. »So wie ich es gesagt habe. Es war so: Ich war Remos Back-up für Zürich, also mehr Tscherniaks Aufpasser, von dem er nichts wusste. Ich hab den Reisebus mit dem Pkw begleitet und war immer in Kiaras und seiner Nähe. Eigentlich lief es blendend, selbst auf der Demo. Da war zwar extrem viel Gedränge, aber das war auch wieder gut für mich. Kiara kannte mich ja, insofern wollte ich nicht auffliegen und konnte in der Menge gut unsichtbar werden. Nur leider auch Kiara. Die war nämlich plötzlich zusammen mit ihrer Freundin verschwunden ...«

Hektisch sah ich mich um. Wo waren sie hin?

Ich spürte meinen Puls in die Höhe schnellen. Plötzlich war das Gedränge nicht mehr Segen, sondern Fluch. Die Demonstranten versperrten mir den Weg, nahmen mir mit ihren Plakaten und Transparenten die Sicht, rempelten mich an, pfiffen in einer ohrenbetäubenden Lautstärke mit ihren Trillerpfeifen.

Auch von Remo fehlte plötzlich jede Spur.

Unsanft schob ich mich durch die Leute, erst in die Richtung, wo ich Kiara zuvor noch gesehen hatte, dann Richtung Straßenrand. Ich hoffte, von außerhalb einen besseren Blick zu haben, vielleicht sogar irgendwo raufklettern zu können, um von oben die Menge zu überblicken. Ich checkte meine Uhr. Kurz vor sechs. Die Mädchen waren vielleicht zwei Minuten verschwunden, weit konnten sie nicht sein.

Endlich erreichte ich das Ende der Demo und stieg auf eine Straßenabsperrung aus Beton. Ich suchte nach Kiaras weißem Hoodie und Remos Camouflage-Parka. Tatsächlich entdeckte ich den weißen Hoodie. Auf dem Gehsteig in etwa fünfzig Metern Entfernung. Kiara schlenderte mit ihrer Freundin davon.

Ich bekreuzigte mich und folgte den beiden. Von Remo allerdings fehlte jede Spur. Hatte er Kiara auch im Gedränge verloren? Irrte er noch durch die Demonstranten? Egal. Hauptsache ich war an Kiara dran.

In angemessenem Abstand folgte ich den Freundinnen. Sie machten sich Richtung Busbahnhof auf und verschwanden schließlich in der Europaallee-Passage. Entweder wollten sie noch shoppen oder etwas essen.

Eher Letzteres. Von einem früheren Besuch von Kiara in Zürich wusste ich, dass es dort ein ausgezeichnetes Restaurant für Veganer gab. Wahrscheinlich wollte sie vor der Abfahrt noch zu Abend essen.

Und tatsächlich suchten sie sich einen Tisch für zwei im Frisch und Veg und bestellten sich etwas. Ich konnte sie durch die Glasfront sehen, was perfekt war. Also zog ich mich zurück, sodass ich nicht auffiel, und wartete. Nach ein paar Minuten spürte ich jemanden in meiner Nähe. Es war so ein Gefühl, beobachtet zu werden. Eher angestarrt zu werden.

Ich sah mich um und erschrak bis ins Mark. Tscherniak stand keinen halben Meter hinter mir.

»Remo!«, entfuhr es mir. »Was zum Teufel tust du hier?«

Er kam noch näher heran, geschmeidig wie ein Panther im Parka. »Das könnte ich dich fragen, Schad.« Seine Nasenspitze war nur Zentimeter von meiner entfernt. »Aber was wäre ich für ein mieser Personenschützer, wenn mir nicht auffiele, dass wir observiert werden.«

Ich schluckte, denn etwas funkelte in seinen dunklen Augen, aber dann lächelte er, klopfte mir auf die Schulter und ging schnurstraks zum Restaurant. Ich sah durch die Scheibe, wie er sich zwei Tische neben Kiara niederließ und der Bedienung winkte.

»Und was hat das mit Ihrem umgeparkten Wagen zu tun?«, fragte Junker.

Thomas Schad erhob sich, holte sein Smartphone aus der linken Hosentasche und legte es auf den Tisch. Dann holte er einen schlanken Schlüsselbund aus der rechten Tasche hervor, sowie einen Wagenschlüssel. Beides wanderte rechts neben das Handy.

Junker begutachtete das Arrangement. »Und weiter?«

»Na, ich trage mein Handy immer links und meine Schlüssel immer rechts. *Immer!* Doch nachdem ich Kiara und Tscherniak in den Bus steigen hatte sehen und mein Auto holen wollte, um ihnen zu folgen, war es weg. Ein SUV mit Züricher Kennzeichen stand auf meinem Parkplatz! Und dann sah ich, wie mein Audi abgeschleppt wurde. *Der Abschleppdienst fuhr noch an mir vorbei!* Das konnte nicht sein! Ich griff nach meinem Handy und zog stattdessen meinen Wagenschlüssel raus. Verstehen Sie? Der Schlüssel war *links*, nicht *rechts!*«

Ein freudloses Lächeln huschte Leonore über das Gesicht. »Das sieht ganz nach Tscherniak aus.«

Junker furchte die Stirn. »Sie meinen, er hat dem Kollegen den Schlüssel entwendet, den Wagen umgeparkt und dann ihm den Schlüssel wieder untergejubelt?«

»Ganz genau. Für jemanden wie Tscherniak im Gedränge der Demo kein Problem. Nur danach wars schwieriger, deswegen vermutlich auch die Konfrontation. Er hat Ihnen den Schlüssel in die Hosentasche geschoben. In die falsche, aber das Risiko ist er wohl eingegangen. Tscherniak ist Rechtshänder, da passt ihre linke Tasche ausgezeichnet. Und wahrscheinlich hat er sogar noch den Abschleppdienst angerufen, um sicherzugehen, dass Sie den Bus nicht verfolgen.«

»Was die Theorie einer von langer Hand geplanten Aktion bestärkt.« Walter rieb sich kurz die Schläfen. »Das passt auf jeden Fall ins Bild.«

Gregor meldete sich zu Wort. »Ist das nicht zu eindimensional gedacht? Ich meine, es gibt immer noch keine Lösegeldforderung. Und Sie können sich den Schlüssel auch aus Versehen in die linke Tasche gesteckt und sich im Parkplatz geirrt haben. Kommt vor.«

»Hab ich nicht!«

»Sagen Sie. Nichts für ungut, aber vielleicht hat Tscherniak einfach die beiden aus den Augen verloren und dann wiedergefunden. Wir interpretieren jetzt sehr viel in diese Aktion, weil sie in unsere Vorstellung eines kriminellen Tscherniak passt.«

»Schon klar, Gregor, aber es passt einfach *zu gut*«, erwiderte Walter. »Und was soll er in circa einer halben Stunde Abwesenheit sonst gemacht haben?«

»Was weiß ich. Kacken vielleicht.«

»Das ist jetzt –«

»Unpassend, ja, Entschuldigung. Aber er war doch früher als Drogenkurier tätig. Auch nach Zürich? Vielleicht hat er dort noch Kontakte. Ein Treffen. Hat sich was besorgt. Ist er clean? Keine Ahnung. Ich wollte es nur angemerkt haben.«

»Was schon in Ordnung ist, Gregor. Es gibt ja auch keine dummen Überlegungen bei Ermittlungen. Jeder Ansatz kann richtig sein.« Walter wandte sich an Leonore. »Du weißt wegen deiner Privatermittlungen gerade am meisten über Tscherniak. Hatte er Kontakte in Zürich?«

»Keine Ahnung.«

»Okay. Cahide, Sie waren doch früher beim Drogendezernat. Ist Ihnen bezüglich Zürich etwas in Erinnerung.«

»Nein, mir hat der Name Tscherniak im Zusammenhang mit Drogen überhaupt nichts gesagt. Aber ich kann gern meine ehemaligen Kollegen kontaktieren und herausfinden, wer für Tscherniak damals zuständig war. Nur ... heute werde ich da wohl keinen mehr erreichen.«

»Dann tun Sie das gleich morgen früh.« Walter wandte sich an Gregor. »Und dann sollten wir – ja, Cahide?«

»Wir sollten uns in der JVA nach ihm erkundigen. In fünf Jahren hat er dort höchstwahrscheinlich Kontakte geschlossen. Ich würde gern wissen, welche. Er ist gerade mal seit sieben Monaten draußen, da liegt ein Zusammenhang der Busaktion mit Kontakten aus der Knastzeit nahe.«

»Guter Punkt! Wollen Sie das zusammen mit Gregor gleich morgen früh erledigen? Das Drogendezernat können Sie auch von unterwegs aus anrufen.«

Cahide und Gregor nickten gleichzeitig.

»Gut.« Walter faltete die Hände auf dem Tisch, überlegte einen Moment. Ihm fiel nichts weiter ein, also zuckte er mit den Schultern. »Dann wärs das für heute.«

Junker öffnete den Mund wie ein Fisch. »Wie bitte? Sie wollen *Feierabend* machen?«

Louis nickte. »Auch Polizisten müssen sich an Arbeitsgesetze halten. Die Kollegen sind sowieso schon viel zu lange im Dienst. Außerdem sind sie effektiver, wenn sie ausgeschlafen sind und ein ordentliches Frühstück intus haben.«

»Und gerade sind wir mehr oder weniger zum Warten verdammt«, fügte Walter hinzu. »Die Bergung des Busses und die Suche nach weiteren Spuren kann erst morgen früh weitergehen, genauso wie die Untersuchung der Leiche. Im Drogendezernat ist keiner mehr, genauso wie in der JVA. Alle Kollegen von der Straße sind alarmiert, fahren vermehrt in der Region Streife. Ein Zeugenaufruf läuft. Dessen Auswertung wird frühestens morgen anlaufen, aber keine Sorge, die Presseabteilung stellt ein oder zwei Leute zum Telefondienst ab, falls Anrufe schon heute Nacht eingehen. Die Identifikation der Toten läuft noch, genauso wie der Check des Hackings. Es ist also nicht so, dass wir die Bleistifte fallen lassen, Herr Junker. Es läuft so schnell, wie es laufen kann.«

Der Anwalt wollte noch einmal zu einer Erwiderung ansetzen, doch dann nickte er. Und damit war die Sitzung beendet. Stühle wurden gerückt, die Anwesenden erhoben sich.

Walter verlangte es plötzlich nach einem kühlen Weißbier. Er hatte seit dem Gemüse-Obst-Saft am Nachmittag nur Wasser zu sich genommen. So langsam spürte er den Kalorienmangel. Er wollte gerade Leonore fragen, ob sie noch auf einen Absacker mitkam, als sich Clemens Sander vor ihn schob.

»Auf ein Wort, Herr Brandner.«

Auch das noch. »Ja?«

»Wurde schon eine Akte angelegt? Berichte geschrieben? Aufzeichnungen angefertigt?«

Walter lachte unangemessen. »Wer hätte die wann anfertigen sollen? Wir sind seit Mittag nur am Rödeln!«

Sander blieb ruhig. »Dann übernehme ich das und trage die bisherigen Erkenntnisse zusammen. Mir fehlt der Überblick. Ich hab noch kein Feeling für den Fall und die Akteure.«

Das haben wir alle noch nicht, wollte Walter erwidern, verkniff es sich aber. »Wenns Ihnen Spaß macht.«

Sander rollte mit den Augen und verließ den Konferenzraum.

»Wie immer am kabbeln?« Leonore.

Walter winkte ab. »Der ganz normale Wahnsinn. Sag, wollen wir noch auf ein Getränk?«

»Können wir gern. Ich geb nur kurz Michael Bescheid.«

Als sie fünf Minuten später zu zweit auf dem Präsidiumsparkplatz standen, wiederholte Leonore ihre unausgesprochene Frage von vorhin. »War das mit der Eisler klug?«

Walter zuckte mit den Schultern, während er den Wagen aufsperrte. »Es war unumgänglich.«

»Ja, vermutlich. Aber das wird jetzt Verwerfungen bei Doria geben, Verwerfungen, die während eines solchen Falls nicht gut sind. Was ist, wenn die Eisler mit drinsteckt und jetzt Dummheiten begeht?«

Walter lächelte verschwörerisch. »Deswegen war es vielleicht doch klug, denn das wird dein Job ab sofort sein. Oder besser gesagt: Sofort nach ’nem kühlen Getränk.«

Leonore brauchte zwei, drei Sekunden, um zu begreifen. »Ich soll die Eisler observieren?«

»Ja. Schauen wir mal, ob ihre Suspendierung etwas lostritt. Und jetzt komm! Ich verdurste gleich.«

20

Juri Tscherniak verfolgte, wie Kiara Lina Werler aus dem Bus geführt wurde. Als Nächstes war er an der Reihe. Er würde bei Aufforderung nach vorn gehen, über die Leiche steigen, sich die Hände auf dem Rücken mit Kabelbinder fesseln lassen und dann mal sehen.

Er hoffte, dass es keine metallverstärkten waren. Solche wurden von manchen Gewerken wie dem Zimmererhandwerk benutzt, weil sie als unzerstörbar galten. Sie kamen an Orten zum Einsatz, an die man schlecht oder gar nicht mehr gelangte. Sie waren wenig verbreitet. Hoffentlich nutzten die Entführer nur herkömmliche Binder, aber das würde er gleich herausfinden.

Hoffentlich auch, wer die Entführer waren.

Der Wortführer kam mit seiner Uzi zurück und winkte ihn nach vorn. Juri taufte ihn Nummer 1, den anderen Nummer 2. »Los! Schneller!«

Juri folgte der Anweisung, stieg über die Tote hinweg und ließ sich die Hände auf den Rücken fesseln. Leider erkannte er in dem kurzen Moment nicht, ob es metall-verstärkte Kabelbinder waren. Er spürte nur, dass sie ver-dammt stramm angezogen wurden. Und dass von den Fesseln ein seltsames Gefühl ausging. Er hatte sich vor-genommen, sich nie wieder in Ketten legen zu lassen. Das hatte er nicht lange durchgehalten ...

Er bekam auch keinen Blickkontakt mit Nummer 1 zustande. Der interessierte sich nicht für ihn. Das war ... seltsam.

Nummer 1 schob ihn zum Ausstieg. »Weiter! Rein in die gute Stube!«

Juri verließ den Bus. Eine Stahltür führte in einen kar-gen Raum ohne Fenster mit zwei weiteren Türen. Die be-standen aus lackiertem Stahl, waren mit Kratzern über-sät und geschlossen. Es brannte eine nackte Glühbirne an der Decke.

»Nach hinten zu den anderen!« Nummer 1 gab ihm einen Stoß zwischen die Schulterblätter, welcher ihn vor-wärtstaumeln und auf ein Knie stürzen ließ. Zum Glück nicht der Länge nach hin. Mit auf dem Rücken gefessel-ten Händen konnte das böse ausgehen, und Juri hatte nicht vor, dass es für ihn böse ausging.

Er raffte sich sofort wieder auf, entdeckte die Tochter von Hans-Peter Doria am Rand der Menschengruppe und gesellte sich zu ihr. Ihre geweiteten Augen starrten ihn an, aber sie sagte nichts. Sie stand wie alle anderen auch unter Schock.

Bei den bisher Versammelten war höchstwahrschein-lich niemand dabei, der mit einer Entführung umge-hen konnte. *Großartig.* Aber Juri war es gewohnt, alles

167

allein zu regeln. Sein Leben lang. One-Man-Show. Und die war allemal besser, als von anderen abhängig zu sein. Wie hatte es irgendjemand Schlaues formuliert: *Der Hauptgrund für Stress ist der tägliche Kontakt mit Idioten.* Idioten war das richtige Stichwort. Juri fragte sich, ob diese Entführung in Verbindung mit ihm stand. Konnte das wirklich Zufall sein? Er und Kiara Lina Werler Teil einer Entführung, die nichts mit ihnen beiden zu tun hatte? Es wäre irgendwie zum Lachen ...

Während auch die letzten Passagiere gefesselt und einzeln hereingeschubst wurden, widmete sich Juri einer kurzen Analyse des Raums. Vielleicht acht mal acht Meter im Grundriss. Relativ geräumig. Wände gefliest, Boden aus nacktem Beton. In der Mitte gab es ein kopfgroßes Loch, welches vermutlich einmal ein Abfluss gewesen war. Das waren wenige Hinweise auf ihren Aufenthaltsort. Das konnte überall sein. Juri versuchte, sich eine Landkarte des Gebiets südlich der Stadt vorzustellen. Sie waren westlich der Autobahn. Ein Waldstück. Felder. Auch das konnte überall sein. *Scheiße.*

Nummer 1 kam mit dem letzten Fahrgast herein und schloss die Tür hinter ihnen. Von außen wurde der schwere Riegel vorgeschoben. Motorengeräusch ertönte, welches sofort leiser wurde. Nummer 2 brachte also mit dem Busfahrer den Bus und die Tote weg. Die Tote. Auch so ein Punkt. Nummer 1 hatte sie einfach abgeknallt. Um zu demonstrieren, dass er es ernst meinte, wäre das nicht nötig gewesen, das hatte er mit seinem Faustschlag bei der anderen bereits deutlich gemacht. Die Entführer waren also bereit, zu morden. Sie mussten sich ihrer Sache sehr sicher sein. Todsicher. Im ersten Moment hatte Juri sich gefragt, wer so blöd war, eine Geisel zu verschenken, aber das schien weitergedacht zu sein. Wollte man gegenüber der Polizei signalisieren, dass man es ernst meinte? Den Bullen gegenüber zog das Argument einer Toten durchaus, allerdings war das ein hochriskantes Spiel, wie Juri leidlich aus eigener Erfahrung wusste. Sobald die Polizei ins Spiel kam, wurde alles hunderttausendmal schwieriger.

Wieder wedelte Nummer 1 mit der Uzi und öffnete eine der anderen Türen. Dahinter lag ein Rechteck purer Dunkelheit.

»DA REIN!«, bellte er.

Niemand rührte sich.

»Los jetzt! Alle rein!«

Wieder rührte sich niemand. Im Gegenteil: Die Leute nahe an der Tür wichen trotz der Uzi vom Eingang zurück. Das schwarze Rechteck war schrecklich. Es schien sie einsaugen zu wollen wie ein schwarzes Loch. Menschen hatten eben ein Problem mit dem Unbekannten. Juri kannte auch das gut genug.

Leise sagte er zu Kiara: »Komm! Wir gehen als Erstes.«

Kiara rührte sich nicht, starrte mit flatternden Augenlidern abwechselnd ihn und die Schwärze an.

»Kiara!«, knurrte er durch die Zähne.

Die direkte Ansprache wirkte; Kiara blinzelte ihn an, so etwas wie Hoffnung flackerte in ihren Augen und dann trat sie vor. »Wer -«

Mit einem Blick befahl er: *Still!*, und sie schloss den Mund.

»Geht doch!« Nummer 1 winkte sie ungeduldig in die Schwärze.

Juri war keinen Meter drin, als er sich umdrehte, rückwärtslief und mit den Armen umhertastete. Kiara war nur ein Scherenschnitt vor ihm.

»Weiter«, flüsterte er. »Geradeaus. Ja. Weiter. Langsamer. Langsamer! Gut. Und weiter.«

»Wer bist du?« Ihre Stimme hallte aus der Dunkelheit.

»Ein Freund«, sagte Juri. Und dann leiser, nur ein Wispern: »Sicherheitspersonal von Doria.«

Kiara stieß keuchend die Luft aus. »GOOOOTT! Wo sind Sie?« Sie wollte ungestüm vordrängen.

»Psst! Ruhig! Nicht kirre werden. Langsam geradeaus. Ich seh dich. Und jetzt stopp! Warte!« Er spürte etwas Kühles im Rücken. Stein ... Fliesen. Eine Wand. »Noch ein wenig geradeaus.« Jetzt konnte er Kiara vor sich spüren. Er wandte sich um, und berührte sie vorsichtig mit den Fingern. »Hier. Links von mir ist eine Wand. Wir folgen ihr ein Stück geradeaus, okay? Und kein weiteres Wort.«

»Okay.« Kiaras Stimme klang einen Hauch zuversichtlicher, auch wenn weiterhin eine gehörige Portion Furcht mitschwang. Aber wen wunderte es? Auch Juris Herz klopfte stärker als sonst.

Gemeinsam schoben sie sich Stück für Stück weiter, bis sie eine zweite Wand erreichten. In der Ecke blieben sie stehen. In der Zwischenzeit schickte Nummer 1 weitere Geiseln in die Dunkelheit. Mit ihnen wurde es lauter. Jemand weinte, ein anderer jammerte, eine Frau fluchte, ein vierter wimmerte. Und geflüsterte Unterhaltungen brachen los. Wo sie wohl seien. Was man von ihnen wolle. Was das für Kerle waren. Die arme Tote.

Juri drückte sanft Kiaras Hand, um sie zu beruhigen. Am liebsten hätte er losgebrüllt, aber er verkniff es sich. Er war ein stiller Mann. All die Fragen, auf die es sowieso keine Antworten gab, machten einen nur verrückt, und er brauchte Kiara bei klarem Verstand. Ohne Hilfe kam er hier vermutlich nicht raus. Aber er würde rauskommen, und vielleicht war es ja eine glückliche Fügung, dass sie hier gelandet waren. Ein Wink des Gottes, auf den er immer schön geschissen hatte. *Danke, Alter,* schickte er als Stoßgebet himmelwärts, Kiaras kühle Finger in seinen warmen. Er drückte ein wenig fester zu. Dieser Händedruck war womöglich mehr wert als Gold. Ein ganzes Leben. Sein Leben. So schnell würde er sie nicht mehr loslassen. Und sie ihn sicher auch nicht.

Es war schon beeindruckend, wie schnell man einem Wildfremden vertraute. Nur das richtige Wort zur richtigen Zeit und Juri war ihr Freund. Ihr allerbester Freund. Ihr einziger Freund. Aber woher hätte sie auch ahnen sollen, dass er das ganze Gegenteil war.

21

Mittwoch, 23. Mai – vermutlich drei Uhr

In Kiaras Kopf fuhren die Gefühle Achterbahn. Im einen Moment wollte sie in Tränen ausbrechen; die Entführung, die Erschossene, die Dunkelheit, der Gestank, die Ungewissheit, die Fesseln. Im nächsten würde sie am liebsten ihren Kopf an die starke Brust des Personenschützers betten und einfach die Augen schließen. Und dann kam der Ärger. Was fiel ihren Eltern ein, ohne ihr Wissen einen Personenschützer an ihre Fersen zu heften? Das war unmöglich, ging gar nicht! Andererseits war sie so froh, dass er da war, spürte seine warmen Finger und seine Ruhe, die die Dunkelheit ein wenig erträglicher werden ließen.

Lange waren sie noch nicht eingesperrt. Nachdem der Bullige den letzten Fahrgast hereingebracht hatte, war er kommentarlos gegangen und hatte die Tür hinter sich geschlossen. Mit einem unheilvollen Nachhall war sie ins Schloss gefallen. Schlimmer war die undurchdringliche Schwärze, die seitdem die Kammer beherrschte. Kiara hatte eine solche Schwärze nur einmal erlebt, in einem Urlaub mit ihren Eltern. Sie hatten vor drei Jahren Island besucht. Auf der Rundreise um die Halbinsel Snæfellsnes gab es eine achttausend Jahre alte Lavahöhle, die Vatnshellir Cave. Über eine eiserne Wendeltreppe stieg man Runde um Runde in die Tiefe, nur bewaffnet mit einer Taschenlampe, und unten, am tiefsten Punkt, mussten alle die Lampen ausschalten. Absolute Schwärze erleben. Für eine Minute hatte es die Gruppe ausgehalten, bevor irgendein Typ schwach geworden war und seine Lampe angeknipst hatte, jetzt jedoch hatte niemand eine Lampe. Da knipste sich nichts an.

»Ruhig«, hörte sie den Personenschützer flüstern, und da erst bemerkte sie, dass sie hart atmete und zitterte.

»Es geht schon«, murmelte sie schniefend.

Doch es ging nicht. Wie auch, bei dem Durcheinander? Jemand hatte sich zur Tür getastet und rüttelte abwechselnd am Griff und trat mit den Füßen gegen das Türblatt. »Lassen Sie uns raus!«, schrie der Kerl aus Leibeskräften. Andere weinten und schluchzten. Und jemand trippelte mit der Fußsohle gegen den Boden. *Tiptiptiptiptiptip.*

Das machte Kiara wahnsinnig. *Tiptiptiptiptiptip.* Wieder wollte sie in Tränen ausbrechen, aber sie bekam sich unter Kontrolle. Was brachte Flennen schon? Davon kamen sie auch nicht raus.

Leise wandte sie sich an ihn: »Haben Sie einen Plan, wie wir hier rauskommen?«

»Nein«, gestand er, »aber irgendeine Chance wird sich bieten.«

»Sicher?«

Was für eine dumme Frage, woher sollte er die Zukunft kennen, und trotzdem sagte er: »Ja.« Und noch leiser: »Jeder macht irgendwann einen Fehler.«

Auch die Entführer! Kiara klammerte sich an den Gedanken. Außerdem würde Frau Eisler, die sie vom ZOB hätte abholen sollen, längst die Polizei alarmiert haben. Man suchte schon nach ihnen. Und die Polizei war doch gut. Heutzutage konnten die mit modernster Technik und Spürhunden jeden finden. Es war nur eine Frage der Zeit.

Immer noch pochte der Kerl gegen das Türblatt und verlangte, herausgelassen zu werden. Es war ein ohrenbetäubendes Klopfen, das in Kiaras Kopf wie ein Echo widerhallte. Sie schloss die Augen, was nichts änderte, und drängte sich ein wenig näher an ihren Beschützer heran. »Wie heißen Sie eigentlich?«, wollte sie wissen.

Nach einem kurzen Zögern antwortete er: »Remo.«

»Kiara.«

Sie glaubte, dass er lächelte. »Hände brauchen wir uns ja nicht mehr geben.«

Auch sie lächelte, wenn auch nur für einen Augenblick. »Das stimmt.«

Einige Zeit standen sie so nebeneinander und lauschten dem ausdauernden Pochen gegen die Tür, bis eine Frau jammerte: »Bitte! Hören Sie auf! Das macht mich verrückt!«

»Mich auch!«, pflichtete jemand bei. Und noch mehr stimmten mit ein. Das bringe doch auch nichts. Nur verschenkte Energie.

Daraufhin wurde es ruhig in der Dunkelheit. Nur das

gepresste Atmen von circa dreißig Personen erfüllte die Schwärze, bis eine Neonröhre klackernd ansprang.

Das grelle Licht war wie ein Stich mit schlanker Klinge in den Augen. Es erlosch, und ging an, und erlosch, und dann summte es dauerhaft: das eine Ende der Röhre gelb verfärbt.

Kiara blinzelte in die Helligkeit. Sie befanden sich in einem ähnlichen Raum wie dem ersten: Fliesen, nackter Boden, Abfluss in der Mitte, keine Fenster. Und nur die eine Tür. Und zwei kleine Lüftungsgitter an der Wand gegenüber.

»Hier!« Ein heiserer Schrei von rechts. Kiara versuchte, etwas zu erkennen, doch die Leute drängten zusammen, versperrten ihr die Sicht. Remo schob sich bereits unsanft durch die Menge, und Kiara folgte ihm bis zur ersten Reihe. Dort blieb sie neben ihm stehen, starrte auf vier offenstehende Umzugskartons der Größe L. Darin befanden sich mehrere Sechserpacks PET-Flaschen Mineralwasser und päckchenweise Müsliriegel der Geschmacksrichtung Vollnuss, sowie Tüten mit Erdnussflips.

»Soll das ein Scherz sein?«, fragte eine blasse Frau mit rotem Haar.

»Ich glaub nicht.« Eine andere holte mithilfe umständlicher Verrenkungen der gefesselten Arme einen der insgesamt zehn Secherspacken aus dem Karton, um darunter zu sehen. Sonst war nichts in den Kisten.

»Das wird wohl was Längeres«, witzelte ein Kerl mit Vollbart. Niemand lachte. Er auch nicht.

Kiara und Remo tauschten einen Blick. Diesmal konnte sie seinen nicht deuten, aber sie konnte rechnen. Zehn mal sechs Flaschen durch circa dreißig Personen machte etwa zwei Flaschen pro Person. Wie lange hielt man es mit drei Litern Wasser aus? Ein bis zwei Tage? Vielleicht drei?

Kiara erschauerte angesichts der nackten Zahlen, aber noch mehr vor der Frage, wie man mit auf dem Rücken gefesselten Händen trinken sollte?

22

Donnerstag, 24. Mai – 8.03 Uhr

Gregor hatte angeboten, zu fahren. So konnte Cahide auf dem Weg zur Justizvollzugsanstalt in Ruhe mit ihrer früheren Arbeitsstätte, dem Drogendezernat, telefonieren. Allerdings war die Informationsausbeute ernüchternd.

»Also Tscherniak war keine große Nummer in der Drogenszene«, fasste sie für Gregor zusammen. »Eigentlich überhaupt keine Nummer. Er war vor etwa zehn Jahren mal für zwei oder drei Monate als Kurier für die Russenmafia tätig, zumindest hatten die Kollegen ihn auf dem Schirm, aber nachweisen konnte man es ihm nicht. Ob es in der Zeit Kontakte nach Zürich gab, wusste mein ehemaliger Chef jetzt auch nicht. Er wird die Akten raussuchen und uns rüberschicken. Aber es ist äußerst unwahrscheinlich, dass er in Zürich zu tun hatte; das war damals überhaupt kein aktives Gebiet der Russen.«

Gregor schien enttäuscht. »War ja nur ein Gedanke gestern Abend.«

»Ein berechtigter.« Cahide steckte ihr Handy weg, lehnte den Kopf gegen die Scheibe und blickte gedankenverloren hinaus. Sie hatten die Stadt hinter sich gelassen und quälten sich durch den irrwitzigen Verkehr am äußeren Ring. Die Sonne glitzerte auf hunderten Frontscheiben und verchromten Kühlergrills und aufpolierten Motorhauben. Cahide hasste den Anblick. Seufzend wandte sie sich wieder an Gregor: »Welches Gefühl hast du zu dem Fall?«

Gregor runzelte die Stirn. »Du fragst nach meinem *Gefühl?*«

»Jo. Die Fakten sind so verwirrend, ich weiß gar nicht, was ich von dem Ganzen halten soll.«

»Geht mir, offen gesagt, ähnlich. Bis zu eurem Fund gestern war ich überzeugt, dass dem Fahrer einfach die Sicherungen durchgebrannt sind, aber das schließt sich durch die Erschossene und die Versenkung des Busses im See mit fixiertem Lenkrad aus. Und dieser Tscherniak … ja, der passt wunderbar ins Bild einer Entführung, aber warum ist immer noch keine Lösegeldforderung eingegangen? Knapp dreißig Stunden sind seit dem Verschwinden vergangen, das passt doch nicht. Ich befürchte, dass wir uns zu sehr auf ihn als Täter versteifen.«

»Einseitige Ermittlungsrichtung«, brummte Cahide.

»Genau. Ich hab erst letzthin einen Fachartikel darüber gelesen. In der Kognitionspsychologie gibt es sogar einen Begriff dafür: Bestätigungsfehler. Es geht um die Neigung, Informationen so auszuwählen und zu interpretieren, dass die eigene Erwartung erfüllt wird. Möglicherweise ist alles ganz anders. Tscherniak und die Doria-Tochter könnten einfach zufällig an Bord sein. Warum prüfen wir nicht die Aktivisten intensiver? Ich meine, die Gruppe war bei einer Demonstration gegen die Fleischindustrie, und der Fahrer war ehemaliger Metzgermeister. Da schrillen bei mir die Alarmglocken.«

»Hass als Motiv?«

»Warum nicht? Die Leute an Bord sind doch im übertragenen Sinne dafür verantwortlich, dass Kaul seinen Job verloren hat. Da muss ihm doch der Kamm geschwollen sein. Stell dir nur vor: Stundenlang skandieren die Insassen Parolen und Lieder gegen seine ehemalige Zunft. Der hat doch seinen Job mit Liebe gemacht, wie du zusammengefasst hattest. Also: Warum gehen wir nicht von einer Hass motivierten Tat aus?«

Cahide ließ das sacken. Es stimmte schon: Der Gedankengang war nicht weniger plausibel wie die Entführung durch Tscherniak und hatte keinen Schönheitsfehler wie die nicht vorhandene Lösegeldforderung, »aber müssten wir nicht auch in einer solchen Konstellation irgendwas hören? Man entführt doch keine dreißig Aktivisten, um dann ein Mysterium daraus zu machen. Wenn Kaul ein Ausrufezeichen setzen will, dann doch öffentlich.«

»Kann ja noch kommen.«

»Ja, schon ... aber irgendwie passt das auch nicht. Dietmar ›Didi‹ Kaul. Wie kommt so einer an eine Waffe? Und wer unterstützt ihn? Alleine kann er die Entführung nicht durchgezogen haben, da sind wir uns einig.«

»Haben wir gecheckt, ob er einen Waffenschein hat? Wurde sein Umfeld beleuchtet?«

»Nicht wirklich. Ich war nur mit Brandner bei ihm zu Hause und bei seiner alten Metzgerei. Aber die hat er verkauft. Da war ein Geschwisterpaar aus Hamburg drin, die hier in Bayern einen Neustart wagen – mit vegetarischen Curryknackern mit Grillgemüse.«

Gregor schüttelte den Kopf. »Was es für Leute gibt.«

»Da sagst du was. Das war schon ein recht schräger Typ in der Metzgerei. Aber das mit dem Waffenschein ist ein guter Punkt. Ich geb das gleich an die Kollegen weiter.«

Als sie das getan hatte, bog Gregor vom äußeren Ring und nahm die Staatsstraße zur JVA. Zehn Minuten später glitten sie auf den Parkplatz. Da sie von Brandner angemeldet worden waren, brachte man sie zügig durch die Sicherheitsschleusen bis ins Büro der Leiterin des Vollzugs. Frau Bürgel empfing sie mit distanzierter Freundlichkeit und kam schnell zum Punkt.

»Sie kommen wegen Juri Tscherniak. Ich habe seine Akte bereits herausgesucht.« Sie lag auf dem Schreibtisch.

»Das ist ja super!« Gregor zog sie zu sich heran und schlug sie auf.

Cahide fragte: »Mögen Sie uns eine Zusammenfassung geben? Auffälligkeiten? Erzählenswertes?«

Frau Bürgel, eine hagere Frau Mitte fünfzig mit konservativ anmutendem Pagenschnitt, zuckte mit den Achseln. »Tscherniak war so gut wie unauffällig. Einundvierzig Jahre alt, Wurzeln in Polen, aufgewachsen in Deutschland. Gelernter Koch. Arbeitete deswegen auch bei uns in der Küche. Vorbildhaft. Gefiel ihm allerdings nur bedingt.«

»Weshalb?«

»Er sagte immer, er hätte mit dem Kochen nach der Lehre aufgehört, weil er die Hitze gehasst hat. Er möge es kalt. Er sprach gegenüber dem Psychologen sogar davon, irgendwann nach der Haft nach Island auszuwandern und dort vielleicht einen Foodtruck zu betreiben. Er hätte da mal eine Doku gesehen. Fish and Chips in Stykkisholmur.« Frau Bürgel lächelte, was sie offensichtlich nicht oft tat. »Die Gefangenen haben schon manchmal seltsame Anwandlungen. Macht die Haft. Tscherniak kam damit aber an sich gut zurecht ... Ich entließ ihn mit dem Vermerk: Strebsamer Einzelgänger.«

Klingt nicht nach jemandem, der einen Bus entführt. Trotzdem hakte Cahide nach: »*So gut wie* unauffällig?«

»Ja, ganz zu Beginn seiner Inhaftierung gab es einen Vorfall. Tscherniak geriet mit Boris Goijvaerts zusammen, ein wirklich übler Typ. Sitzt wegen vorsätzlicher Körperverletzung in mehreren Fällen ein. Es folgte eine deftige Schlägerei, bei der Tscherniak etliche Blessuren davontrug.«

»Hier steht: ein gebrochenes Schlüsselbein linksseitig, eine gebrochene Nasenwurzel und zwei geprellte Rippen.« Gregor sah von der Akte auf, und Frau Bürgel schürzte die Lippen.

»Ja, es war einer der heftigeren Fälle. Aber die kommen immer wieder vor, gerade mit Neuen. Da wird um den Platz in der Hierarchie gekämpft.«

»Und welchen Platz nahm Tscherniak ein?«, fragte Cahide.

»Wie ich schon sagte: den des Einzelgängers.«

»Aha. Und man ließ ihn einfach so in Ruhe? Ist das nicht ungewöhnlich?«

»Nicht, wenn man zu den Freunden von Nazar Popow zählt.«

»Nazar Popow?«, wiederholte Gregor den Namen. »Wer ist das?«

»Der Papst.« Cahide. Leise.

Gregor suchte ihren Blick. »Muss man kennen, oder?«

»Kennt man, wenn man im Drogendezernat tätig war.« Sie fixierte Frau Bürgel. »Wissen Sie mehr über das Verhältnis zwischen den beiden?«

»Da gibt es nicht viel zu wissen. Klar ist nur, dass Boris Goijvaerts kurz nach der Schlägerei selbst Opfer wurde. Er verlor während der Arbeit in der Werkstatt drei Finger. Sie wurden ihm von der Metallkante eines Wäschewagens abgetrennt, wie genau, konnten wir nie herausfinden. Er beharrte darauf, dass es ein Unfall war, aber das glaube ich nicht, denn danach hielt er definitiv Abstand zu Tscherniak, großen Abstand, und Tscherniak wurde einige Male mit Popow beim Frischluftschnappen gesehen. Aber mehr war da nicht.«

Was ausreicht. Nazar Popow ... Cahide wollte es nicht glauben. Damit bekam der Fall eine ganze andere Dimension. Damit konnte Gregor seine Überlegung eines Racheakts seitens Kaul begraben. *Popow ...*

»Können wir die Akte mitnehmen?«, fragte sie.

Frau Bürgel nickte. »Wenn Sie sie mir vollständig wiederbringen.«

»Mit Sicherheit.« Cahide schickte sich an, zu gehen, war schon halb zur Tür hinaus. Die Neuigkeiten

mussten mit Brandner besprochen werden! *Nein,*
mit ihm und Rochell! Wenn nicht sogar gleich mit dem
Polizeipräsidenten ...

Den hatte Rochell dann doch nicht geladen, aber eine
Besprechung hatte er sofort anberaumt. Vor Cahide saßen Walter Brandner, Louis Rochell, Clemens Sander
und Gregor Schanzer. Alle vier hingen an ihren Lippen,
als sie erklärte: »Nazar Popow, auch genannt der Papst,
ist laut den Informationen aus dem Drogendezernat der
führende Kopf einer Gruppierung der Russenmafia. Bei
der Gruppierung handelt es sich höchstwahrscheinlich
um eine Sparte der Diebe im Gesetz, wobei das nie ve-
rifiziert wurde. Es könnte sich auch um eine Gruppe der
Zdarowi Obras handeln.«
Gregor hob die Hand. »Klingt beides ... abenteuerlich.
Kannst du uns kurz aufklären?«
»Klar. Also die Russenmafia ist nur ein Oberbegriff.
Sie gliedert sich in diverse Untergruppen auf. Die Diebe
im Gesetz sind eine davon, eine Art verschworene
Bruderschaft. Die ragen deutlich bei den gefährlichsten
Gruppierungen heraus. Das fast Lustige daran: Sie le-
ben nach einem Verhaltenskodex; zum Beispiel verbieten
sie ihren Mitgliedern Drogenhandel und Zuhälterei. Das
BKA schätzte deren Mitgliederzahl vor zwei Jahren in
den fünfstelligen Bereich.«
Gregor blähte die Wangen auf. »Nicht zu verachten.«
»Genauso wenig wie die Zdarowi Obras. Das bedeutet übersetzt: Gesunde Lebensart. Unter dem Begriff
sammeln sich diejenigen, die nicht zu den Dieben

gehören. Also wieder alleinstehende Gruppierungen. Das Thema ist äußert komplex und so tief stecke ich da auch nicht mehr drin. Entscheidend ist allerdings, dass die Russenmafia generell einen erheblichen Teil ihrer Einnahmen mit Waffenhandel generiert. Und damit bekommt eine Verbindung zwischen Popow, Tscherniak und unserem verschwundenen Bus mit der Tochter von Hans-Peter Doria an Bord eine ganz andere Färbung.«

»Sie glauben, Popow, respektive seine Organisation, stecken hinter der Entführung?« Brandner.

»Es ist definitiv nicht von der Hand zu weisen. Popow hilft Tscherniak im Knast, hält seine schützende Hand über ihn, kennt ihn vielleicht von seiner Zeit als Drogenkurier. Helfen tut Popow aber nicht umsonst, also will er irgendwann eine Gegenleistung.«

»Wenn Tscherniak draußen ist«, schlussfolgerte Gregor.

Cahide nickte mit grimmiger Miene. »So passt auch die außerordentlich gut gefälschte Scheinidentität ins Bild. Die Russenmafia kann so eine problemlos besorgen. Und niemand entzieht sich ihnen. Wenn die Tscherniak an den Eiern haben, 'tschuldigung, aber dann spurt der. Das ist fast so sicher wie das Amen in der Kirche.«

»Sind die wirklich so mächtig?« Gregor war nicht überzeugt. »Ich hab ehrlich gesagt noch nie von einem Popow, den Dieben oder diesen Obras gehört.«

»Weil das Teil der Strategie ist, Herr Schanzer!«, schaltete sich Rochell in die Unterhaltung ein. »Über Popow und seine Gruppierung ist kaum etwas bekannt, aber er hat laut dem BKA Verbindungen in höchste Wirtschaftskreise und zu renommierten Banken, höchstwahrscheinlich auch zum Kreml. Da geht es um Rohstoffhandel, um Wirtschaftskriminalität und um Waffenhandel. Wir reden von einer dramatisch-dynamischen Entwicklung der russisch-eurasischen organisierten Kriminalität in Deutschland.«

»Warum sitzt Popow überhaupt ein?«, fragte Sander, der bisher geschwiegen hatte.

»Weil er vor circa sieben Jahren seine Schwester erwürgt hat.« Cahide hielt den Blickkontakt mit Sander aufrecht. »Sie sprach zuvor mit den Behörden. Nur deshalb wurde er uns überhaupt bekannt.«

Eine Minute lang sagte keiner ein Wort, bis Rochell es ergriff: »Ihr wisst, was das für unseren Fall bedeutet?«

»Du musst das BKA informieren.« Wieder Brandner.

»Und zwar umgehend«, sagte Rochell. »In ein paar Stunden wird es hier von Kollegen aus der organisierten Kriminalität wimmeln.«

»Was wird Junker dazu sagen?«

Rochell pfiff durch die Zähne. »Der kann sagen, was er will. Das interessiert dann keine Sau mehr. Russenmafia.« Der Dezernatsleiter rieb sich über das Gesicht und stöhnte laut. »Wenn Tscherniak wirklich von denen rekrutiert wurde und die hinter der Entführung stecken, dann gehts richtig rund.«

»Können wir die Verstrickung irgendwie beweisen?«, fragte Gregor.

Rochell schüttelte den Kopf. »Nicht bei Popow. An dem beißt sich das BKA seit Jahren die Zähne aus.«

»Aber immerhin hat er sich im Knast mit Tscherniak sehen lassen.«

»Was wohl für die meisten zutrifft, die mit ihm ein-
sitzen. Nur worüber haben sie gesprochen? Wenns ernst
wird, ist nie jemand in Hörweite. Wenn nicht einer seiner
Lakaien völlig Mist baut, kriegen wir da gar nichts raus.«

»Wenn ... also vielleicht doch.« Gregor sah in die
Runde. »Wir sollten Tscherniaks Zeit seit seiner
Kündigung genauestens unter die Lupe nehmen. Wo hat
er gewohnt? Mit wem hat er gearbeitet? Wohin ist er
zum Sport? Welche Handys waren in der Nähe einge-
loggt? Wen hat er getroffen? Volles Programm.«

Brandner verzog das Gesicht. »Ich würde mich eher
auf die Suche nach den Verschwundenen konzentrieren.
Irgendwohin müssen sie gebracht worden sein. Wenn wir
die finden, finden wir auch Tscherniak, und mit ihm einen Zeugen gegen Popow.«

Cahide winkte ab. »Der wird nie gegen die
Russenmafia aussagen. Das ist gleichbedeutend mit einem Todesurteil.«

»Aber das ist es doch so oder so«, meinte Sander.
»Betrachten wir das mal aus Tscherniaks Sicht: Er wird
mit seiner Historie als ehemaliger Entführer von der
Russenmafia rekrutiert, um sich als Personenschützer
bei Doria zu bewerben. Dem ist doch klar, dass er aus
der Nummer nicht mehr lebend rauskommt. Der ist eine
Spielfigur für Popow. Ein Bauer beim Schach. Sicher:
Irgendeinen Nutzen will Popow aus der Aktion ziehen,
aber er geht doch mit einem Externen wie Tscherniak
kein Risiko ein. Der wird sicher zum Schweigen gebracht, und das weiß Tscherniak auch. Der Typ ist ja
nicht dumm, wie Frau Goldmann schon ausgeführt

hat. Der hat also die Guillotine über dem Hals schweben. Vielleicht war die Busentführung so etwas wie ein Ablenkungsmanöver, um unterzutauchen.«

»Vielleicht, vielleicht, vielleicht.« Rochell atmete hörbar durch. »Wenn wir ehrlich sind, haben wir weiterhin nur Spekulationen. Alles könnte möglich sein!« Er wandte sich an Brandner. »Gibt es schon ein ballistisches Gutachten des Projektils?«

»Ist noch in Arbeit.«

»Super! Ist wenigstens die Tote identifiziert?«

»Ja. Sarah Koletzki. Angestellt bei der Deutschen Post. Trägt Briefe aus. Absolut reine Weste.«

»Also eine Sackgasse?«

»Mit hoher Wahrscheinlichkeit ein zufälliges Opfer.«

Rochell schüttelte den Kopf. »Und jetzt, meine Herrn? Entschuldigung, Frau Pfeiffer. Irgendwelche Eingebungen?«

Brandner fragte: »Wie lange kannst du das BKA raushalten?«

Wieder ein lauter Atemzug. »Maximal bis heute mittag.«

»Dann mach das. So haben wir noch bis zum Nachmittag unsere Ruhe.«

Sander schüttelte missbilligend den Kopf. »Wozu soll das gut sein, Herr Brandner? Warum bei unserer angespannten Personalsituation auf Unterstützung verzichten? Warum die Profis raushalten?«

»Weil wir selbst die Profis sind! Die Kollegen vom BKA kochen auch nur mit Wasser. Und ich halte gern die Zügel in der Hand – so wie Sie.«

Darauf herrschte einen Moment lang Schweigen, bis Cahide fragte: »Wie gehen wir konkret vor?«

Brandner riss sich von Sander los. »Wir konzentrieren uns mit zwei Dritteln unserer Ressourcen auf den Verbleib der Insassen. Sie können sich ja nicht in Luft aufgelöst haben! Und das andere Drittel beleuchtet Tscherniaks letzte Wochen.«

Gregor hob die Hand.

»Ja, Gregor?«

»Darf ich mich ausklinken?«

»Ähh ... wozu?«

Gregor verzog das Gesicht. Mit der silbrigen Narbe quer über der Wange sah es wie eine Grimasse aus. »Ich weiß auch nicht, aber für mich fühlt sich der Fokus auf Tscherniak weiterhin falsch an. Ich würde mich gern mehr mit Dietmar Kaul befassen.«

Das erstaunte Walter. »Aber Sie waren doch gerade so Feuer und Flamme für Tscherniak.«

»Aus rationaler Sicht, ja ... aber vom Gefühl her −«

»Ermitteln Sie in Richtung Tscherniak!« Rochell. »Wir haben nicht genug Personal, um den weniger wahrscheinlichen Varianten nachzugehen. Sobald das BKA übernimmt, schnüffeln Sie von mir aus dem Busfahrer hinterher.«

Gregor schien etwas erwidern zu wollen, nickte aber doch nur. Und damit war alles entschieden. Die Fragen waren: Wo steckten die Insassen der Fahrt? Und wie verbrachte Tscherniak seine letzten Wochen? Beides herauszufinden würde harte Arbeit werden.

23

Mittwoch, 23. Mai – irgendwann nach 3 Uhr

Die Stimmung unter den Gefangenen war umgeschlagen – und das wegen eines Rauchers. Ein Kerl namens Nenad hatte eine Packung Kippen samt Feuerzeug aus der Hosentasche gezogen und war wie ein Held gefeiert worden. Gerade brannten sie die Kabelbinder durch, einen nach dem anderen. Es waren keine mit Metallzunge, wie Juri befürchtet hatte. Der erste Fehler der Entführer? Oder Kalkül? Hatten sie nur den Transfer vom Bus in die Kammer sichern wollen? Würde zu den Getränken und Lebensmitteln passen.

Während die Letzten von ihren Fesseln befreit wurden, massierte Juri sich die Schläfen. Er begriff nicht, warum plötzlich alle den Drang hatten, zu reden. Die Hände waren gefesselt gewesen, nicht die Zungen. Jedenfalls mauserten sich drei Frauen zum Führungstrio und niemand schien sich daran zu stören. Die drei hatten die Sechserpacks Mineralwasser aneinandergereiht, die Müsliriegel in Fünfereinheiten wie eine dreidimensionale Strichliste auf dem Boden ausgelegt und die Tüten Erdnussflips daneben drapiert. Danach war durchgezählt worden. Sie waren 31. Darauf kamen sechzig Flaschen Wasser, 96 Müsliriegel und 12 Tüten Erdnussflips.

Gerade diskutierten sie darüber, was mit den vier leeren Umzugskartons passieren solle. Zwei Möglichkeiten standen zur Debatte: Einen Sichtschutz um das Abflussloch bauen, um ein provisorisches Scheißhaus zu zimmern, oder die Kartons in Stücke reißen und damit isolierende Sitzgelegenheiten gegen den kalten Steinboden schaffen. Die Kälte würde noch ein Problem werden. Nur die wenigsten hatten Jacken dabei. Juri war froh, dass er seine im Bus wegen der Klimaanlage angehabt hatte. Er hasste Klimaanlagen. Er liebte zwar die Kälte, aber nur *echte* Kälte. Die geile Kälte eines Wintersturms, die Süße von Schnee, die Nadelspitzen einer steifen Brise an der See.

»Also wir sind für den Sichtschutz«, sagte einer des Schwulenpärchens. Der Kerl Mitte fünfzig hatte die Arme vor der Brust verschränkt. Ein schmaler Bartstreifen zierte seine Oberlippe.

»Und warum?«, wollte eine der drei Anführerinnen wissen. »Erfroren sind schon Leute, aber vor Scham gestorben nicht.«

Der Schwule schüttelte den Kopf. »Darum geht es nicht! Es geht um Fairness. Vom Sichtschutz profitieren *alle*, von den Sitzgelegenheiten nicht. Wir haben vier Kartons mit je sechs Kartonflächen und einer Überlappenden. Macht achtundzwanzig Unterlagen. Wir sind aber einunddreißig Personen!«

»Mein Gott!«, rief ein Kerl, der sich noch die schmerzenden Handgelenke rieb. »Dann müssen halt ein paar Leute abwechseln. Oder manche zusammenrücken.«

Der Schwule musterte den Kerl durchdringend. »Können ja wir zwei machen.«

Ein abfälliges Pfeifen folgte, welches in einer absurden Diskussion mündete. Abermals massierte sich Juri die Schläfen, drückte sanft die Triggerpunkte. Er konnte das Gelaber nicht verstehen. Sinnvoll waren nur die Sitzkissen. Nur davon hätten sie einen praktischen Vorteil.

»Dann stimmen wir ab!«, schlug jemand vor. »Ganz demokratisch! Wir sind 31 Leute, insofern wird es eine Entscheidung geben! Keine Enthaltungen!«

Und so geschah es: 17 stimmten per Handzeichen für den Sichtschutz, 14 für die Sitzkissen aus Pappe.

Juri hatte das Ergebnis erwartet. Die meisten Anwesenden hatten noch nicht begriffen, worum es hier ging: ums Überleben. Höchstwahrscheinlich war keiner von ihnen mit ihren Outdoorklamotten und Fairtradehosen und guten Salomon-Trekkingschuhen je mit einem existenziellen Problem konfrontiert worden. Juri schon. Sein Leben lang. Er dachte an seine Jugend, die chronischen Geldnöte und falschen Freunde. Er dachte an die Drogen, an den Alkohol, die Zigaretten, die billigen Huren vom Straßenstrich, die er ohne Gummi gefickt hatte, um es *gefühlsecht* zu erleben. Und dann dachte er an die Hebeisen-Entführung, seine Fehler bei der Planung und seine Zeit im Knast. Goijvaerts, das Schwein. Der hätte ihn eiskalt umgebracht, wenn Popow nicht eingeschritten wäre. Popow ... Juri fragte sich, ob nicht ein schneller Tod in Goijvaerts' fleischigen Armen gnädiger gewesen wäre.

Aber die Karten waren neu gemischt und ausgeteilt. Jetzt musste er mit ihnen gewinnen.

Der Sichtschutz war fertig. Zwei Kartons standen vertikal und leicht im Winkel nebeneinander, die anderen beiden horizontal oben darauf. So bildete sich eine Kartonwand bis Schulterhöhe.

»Wer will zuerst?«, fragte der Schwule.

»Immer der, der fragt«, rief wieder der Stichler.

Der Schwule zuckte mit den Schultern und verschwand hinter den Kartons. Eine Gürtelschnalle klackerte, ein Reißverschluss ratschte, dann plätscherte es geräuschvoll. Dabei war das Gesicht des Mannes über den Kartons zu sehen, wie er mit starrer Miene hinabblickte, sich bewusst, dass dreißig Leute ihm indirekt beim Pissen zusahen.

Als er fertig war und alles verstaut hatte, fragte er: »Wer will als Nächstes?«

Kiara hob zögerlich die Hand, und der Schwule nickte ihr einladend zu.

So ging es dann einige Zeit, bis es nach sieben oder acht Toilettengängen furchtbar in der Kammer stank. Urin und verbranntes Plastik der Kabelbinder bildeten eine beißende Mischung, aber niemand beschwerte sich über den Gestank, was Juri wunderte. Er kannte den Duft von Urinstein gut – ein Edelstahlklo in zehn Quadratmetern Zelle stank immer, aber dass die Damen und Herrn damit klarkamen ... na, ihm sollte es recht sein.

Er sank in die Hocke und lehnte sich mit dem Rücken an die Wand, um über alles nachzudenken, besonders über die Lebensmittel. Wieso hatten die Entführer ausgerechnet diese Menge und Zusammenstellung gewählt? Wasser, Müsliriegel und Erdnussflips. Das waren keine Vorräte für einen längeren Aufenthalt. Außerdem gab es keine Matratzen und eigentlich auch kein Klo. Er schloss daraus, dass die Kammer nur eine vorübergehende Unterkunft war – oder dass die Aktion, wie auch immer sie geplant war, nicht lange andauern sollte. Ein paar Stunden vielleicht. Ihm wollte dazu nichts Sinnvolles einfallen. Was zum Teufel hatte man mit ihnen vor?

Dass Popow seine Finger im Spiel hatte, glaubte Juri nicht mehr. Er hatte nicht den Eindruck, dass die Entführer wussten, wer er und Kiara waren. Hätte er es als Entführer erfahren, hätte er Kiara wegen ihres Werts sofort separiert und Juri aufgrund seines Gefahrenpotenzials eliminiert.

Ein empörter Ruf ließ ihn aufblicken.

»Sie können doch jetzt nicht rauchen!« Der Kerl namens Nenad hatte sich aus der verdrückten Packung Zigaretten eine in den Mundwinkel gesteckt. In der anderen Hand hielt er das glorreiche Feuerzeug.

Er sagte: »Und ob ich das kann!«, und eine Flamme erblühte. »Hab ich mir wohl verdient, oder? Außerdem riecht Tabak allemal besser als eure Pisse!« Er inhalierte tief und stieß eine prächtige Rauchwolke aus, die in die Mitte des Raums wallte. Die Geruchsmischung verschärfte sich.

Dann fragte zu allem Überfluss jemand, ob er eine schnorren könne, wohingegen andere dem Kerl die Zigarette entreißen wollten. Eine Frau, die bisher still gewesen war, beendete den drohenden Streit, indem sie zwischen die Streithähne trat, das Gesicht kalkweiß und trotzdem mit einer Aura von erhabener Autorität. Ihre Stimme zitterte, als sie sagte: »Bitte machen Sie die Kippe aus.«

Nenad mit seiner Kippe im Mundwinkel und der modischen Hose, die seine nackten Knöchel zeigte, musterte sie trotzig. »Warum sollte ich?«

»Weil ich an Asthma leide und bald ersticke, wenn sie weiterrauchen. Mein Spray liegt im Bus.«

Daraufhin wurde es still, und Nenad verzog den Mund. »Das ist ein Argument.« Er nahm noch einen Zug, bevor er die Kippe fallen ließ und mit seinem Turnschuh ausdrückte.

Die Frau nickte dankbar und verzog sich wieder in ihre Ecke, weit weg von der Toilette und den Rauchschwaden. So wie sie sich anlehnte und die Augen schloss, betete sie – oder wartete auf den Tod.

Dafür machte eine der Anführerinnen auf sich aufmerksam. »Alle mal herhören!«, rief sie mit wedelnden Armen. »Was habt ihr eigentlich noch so alles einstecken? Wir haben schon mal Zigaretten und ein Feuerzeug. Letzteres hat uns von den Fesseln befreit, vielleicht können wir noch mehr erreichen! Ich schlage vor, wir leeren alle unsere Taschen und schauen, ob wir noch mehr Brauchbares haben. Ich kann einen Schlüsselbund beisteuern. Vielleicht kann jemand aus den Metallringen einen Dietrich für die Tür basteln.« Leise klimpernd legte sie den Schlüsselbund auf den obersten Karton des Sichtschutzes. »Also: Was habt ihr so? Kommt schon! Jeder kommt nach vorne und leert seine Taschen!«

Juri verzog das Gesicht und spürte plötzlich die zwei Gewichte wie Backstein. Das eine in seiner Jackeninnentasche. Das andere am Knöchel. Gut 700 Gramm.

»Gute Idee!«, rief jemand und packte ebenfalls einen Schlüsselbund auf den Karton. Dazu eine Packung Taschentücher.

Es war wie ein Krimi: Würde etwas Brauchbares auftauchen? Oder jemand eine gute Idee haben?

Mit jedem Objekt, das abgelegt wurde, stieg die Spannungskurve, und Juri hätte es beenden können, aber er tat es nicht, und auch als sich dreißig Augenpaare auf ihn richteten, trat er gelassen an den Sichtschutz und packte seinen Wohnungsschlüssel, eine Packung Fisherman's Friend extrascharf und ein benutztes Taschentuch auf den Karton.

Als er zurücktrat, fragte der Schwule: »Und in der Jacke haste nix?«

Juri blieb stehen, suchte kurz den Blickkontakt, ging zurück in die Mitte und kramte drei Euro siebenundsiebzig in Münzen aus der Jackentasche. Und dann noch sechs Schweizer Franken.

Diesmal hinderte ihn Nenad an der Rückkehr zu seinem Platz an der Wand. Der Raucher war einen halben Kopf größer und deutlich bulliger als Juri und baute sich vor ihm auf wie ein Schrank. »Das glaubst du doch selbst nicht, dass du nichts in den Jackentaschen hast. Jeder hat da Zeug drin! Lass mal sehen!«

Keinen Millimeter rührte sich Juri, blickte Nenad nur an, dann, als Nenad ihm an die Jacke wollte, schlug er dessen Hand beiseite. Es war ein harter, präziser Schlag, und Nenad brüllte vor Schreck und hielt sich die Hand. Sie hing irgendwie schlaff herab.

Juri sagte ruhig: »Fass mich nicht noch einmal an, ja?« Dann trat er an Nenad vorbei Richtung Kiara, die die Konfrontation mit großen Augen verfolgt hatte. »Sie ist nur taub«, fügte er hinzu. »Klingt in ein paar Minuten ab. In der Regel.«

Eine gespannte Stille füllte die Kammer. Juri trat zurück an Kiaras Seite. Blicke flogen hin und her. Nenad zischte einen Fluch.

Schließlich trat eine der Anführerinnen vor. »Sie scheinen Kampfsport zu können und Erfahrung mit Konfrontationen zu haben. Mögen Sie nicht einen Plan für uns entwickeln, wie wir die zwei Entführer überwältigen? Wir sind einunddreißig gegen zwei! Das muss doch möglich sein, oder?«

Ja, wollte Juri sagen, *ist es auch, zumindest mit der Pistole, die ich unter der Jeans im Knöchelholster stecken habe.* Er sagte aber nichts davon. Die Pistole war sein Ass im Hosenbein, und das Handy in der Jackeninnentasche sein Joker, aber nur, wenn er den Vorteil der Überraschung auf seiner Seite hatte und den richtigen Moment abwartete. Deswegen entgegnete er nur: »Ich denke darüber nach.«

Ihm war klar, dass das nicht die erhoffte Antwort war.

Darum wunderte ihn auch nicht, dass viele ihn noch einige Sekunden anstarrten. In denen beglückwünschte er sich für sein ausgeprägtes Desinteresse an Mode. Denn wie hätte er seine Vorteile verstecken sollen, wenn er wie Nenad Hosen mit engen Beinen getragen hätte?

Kiara verfolgte wie alle anderen Remos Abgang. Der kurze Schlag gegen Nenad, seine Ruhe dabei und sein Kommentar: »Ich denke darüber nach.«

Als er sich wieder neben ihr an die Wand lehnte, spürte sie ganz deutlich seine veränderte Aura. Die schrie: *Lasst mich bloß in Ruhe!* Und diese Aura war nicht mehr freundlich, sondern brachte etwas in ihr zum Zittern. Es war Gefahr, die Remo ausstrahlte.

Das irritierte sie zutiefst. Was hatte die Aktion zu bedeuten? Was hatte er in der Jackeninnentasche? Sie hatte im Bus genau gesehen, wie er etwas aus dem Rucksack genommen und in die Jacke gesteckt hatte. Warum legte er es nicht wie alle anderen auf den Karton? Was hatte Remo zu verbergen?

Kiara musste es wissen. Sie gab ihm noch ein paar Minuten, um sich zu beruhigen, dann tippte sie ihn vorsichtig an.

Er sah auf. »Ja?«

Sie schlang die Hände um die Arme. »Darf ich mir ein paar Minuten deine Jacke borgen? Mir wird langsam kalt.«

Sein Blick war völlig ausdruckslos, und sie dachte schon, er würde ablehnen, doch dann zog er kommentarlos den Parka aus und reichte ihn ihr.

Sie schlüpfte dankbar hinein, zog den Zipper vorn zu und stellte enttäuscht fest, dass die Taschen allesamt leer waren.

24

Wieder saß Cahide auf dem Beifahrersitz, und diesmal steuerte Gregor den Wagen zu Juri Tscherniaks Meldeadresse. Seit der Sitzung im Dezernat hatten sie geschwiegen. Gregor war wegen Rochells Ansage grantig. Sie verstand seinen Ärger; wenn sie von einer Ermittlungsrichtung nicht überzeugt war, fühlte sich das Weiterermitteln immer wie verschwendete Zeit an. Es war einfach nur frustrierend ...

Andererseits hatte Rochell recht: Für die unwahrscheinlichen Möglichkeiten hatten sie zu wenig Personal. Wobei das seit Jahren galt. Die Dienststellen waren durchweg gefährdet und überall wurde täglich improvisiert. Am schlimmsten ging es in der KTU zu. Die Abteilung hatte Berge unerledigter kriminaltechnischer Untersuchungen, seien es Drogen, DNS-Spuren oder digitale Speichermedien. Auf Halde lagen Tausende von Vorgängen, die keine oder niedrige Priorität hatten. Cahide konnte Brandner gut verstehen, wenn er von den guten Zeiten der Achtziger- und Neunzigerjahre sprach.

Heutzutage wurde alles standardisiert. Viele Kollegen beklagten sich, dass sie kaum noch kriminalistisch ermitteln könnten. Ermittlungstiefe sei nicht mehr gefragt. Cahide spürte das auch und war vielleicht deswegen von Walter Brandner und Leonore Goldmann so angetan. Die hatten noch anders gearbeitet, aber nur, weil sie sich frech Freiheiten rausgenommen hatten.

Leonore Goldmann.

Der Gedanke an die gestrige Aktion brachte den Geschmack von Algen und Sand in ihren Mund zurück. Für einen Moment war Cahide wieder unten im Bus, hörte das Knarren und sackte ab. Sie meinte sogar, den Sog zu spüren, die Luftwirbel, das Hinabrauschen, und krallte die Hände in den Griff der Beifahrertür. Sie hatte Frau Goldmann das Leben zu verdanken. Hätte die Blonde nicht reagiert, würde sie nicht hier sitzen, sondern bei Doktor Freytag auf dem Seziertisch liegen, Brust und Bauchdecke mit V-Schnitt geöffnet. Ein unbedachter Moment reichte ... und trotzdem ärgerte sie ihr Aussetzer weniger als ihr Verhalten danach. Sie hatte Frau Goldmann die Motorradbrille ersetzen wollen. Mit 'nem Fünfziger! Cahide könnte sich ohrfeigen. Wie so oft hatte ihr die eigene Distanziertheit im Weg gestanden.

»Sie haben Ihr Ziel erreicht«, meldete das Navi, und Gregor steuerte den Wagen in die Hofeinfahrt eines Wohnkomplexes. Es war ein ähnlich hässlicher Betonbunker wie der, in dem Dietmar Kaul wohnte. Hier war die Unterschicht untergebracht, und zu der zählte Juri Tscherniak. Zum Bodensatz. Zumindest laut Papier.

Richter Schaller wartete bereits mit einem Kerl im blauen Overall auf sie. Es war der Hausmeister. Er führte sie durch die grauen, fensterlosen Treppenhäuser und Flure bis zu einer unscheinbaren Tür mit Türspion im vierten Stock. Es gab kein Namensschild, keinen Fußabtreter, gar nichts.

»Bitte schön«, sagte der Hausmeister, nachdem er ihnen die Wohnungstür geöffnet hatte. »Ich darf wahrscheinlich nicht mit rein, oder?«

»Nein, dürfen Sie nicht.« Richter Schaller war ein älterer, korrekter Typ Mitte fünfzig im Anzug. »Wir melden uns bei Ihnen, wenn wir fertig sind.«

Zu dritt betraten sie die Wohnung, doch Richter Schaller gebot ihnen sofort, zu warten. Er spähte wieder hinaus in den Flur, in dem die Schritte des Hausmeisters verklangen.

»Frau Pfeiffer, Herr Schanzer«, begann er. »Wenn es Ihnen recht ist, übertrage ich Ihnen hiermit alle Rechte und Aufgaben der Durchsuchung, sowie die Einsicht möglicher aufgefundener Papiere. Von Herrn Brandner weiß ich, dass Sie beide Top-Leute sind. Sie kommen allein zurecht?«

»Immer doch«, sagte Gregor. »Sie haben sicher Wichtigeres zu tun. Momentan drückt ja bei jedem der Schuh.«

Richter Schaller lächelte verhalten. »Die Frage ist eher: Wo drückt der Schuh nicht.« Und damit rauschte er ab.

Cahide sah ihm noch kurz hinterher und dachte an Brandners Worte über die Menagerie einer Sonderkommission. Richter Schaller war definitiv einer der Kontakte, wenn es schnell und unkompliziert gehen musste, denn eigentlich hätten sie bei Tscherniaks Abwesenheit einen Vertreter als Zeugen hinzuziehen müssen. Wer das wohl gewesen wäre? Popow?

»Also los«, sagte sie, und gemeinsam machten sie sich ans Werk.

Die knapp fünfzig Quadratmeter waren zügig durchsucht. Tscherniak besaß kaum Möbel, was die Arbeit enorm erleichterte. Er schlief auf einer Matratze auf dem Boden, besaß einen Schrank ohne Türen und zwei Kommoden. Ganze drei Aktenordner lagen in einer davon, beschriftet mit: *JVA*, *Gericht* und *Job*. In der winzigen Küchenzeile gab es ebenfalls nur das Allernötigste. Einzig auffällig war ein schwarzes Lederetui, das in einer Schublade ruhte. Mit weißem Faden war *Juri* eingestickt.

Cahide nahm das Etui heraus, öffnete die ratschenden Klettverschlüsse und rollte es auf. Es war eine Messertasche für den sicheren Transport. Eine ganze Auswahl feiner Messer steckte darin; Küchenmesser, Santoku, Tourniermesser, Ausbeinmesser und wie sie alle hießen. Alle wirkten gepflegt und bestens in Schuss. Die Schneiden glänzten im Licht wie hunderttausendmal poliert.

»Schau mal!«, rief sie, und Gregor kam zu ihr.

»Seine Messerausrüstung.« Nachdenklich verzog er die narbige Wange.

»Lässt man die zurück? Die Messer sind doch die große Liebe eines jeden Kochs, oder?«

»So verliebt scheint er nicht gewesen zu sein, wenn man Frau Bürgel glaubt.«

»Aber die eigenen Messer ...«

»Okay, okay. Du hast recht.« Gregor zog eines der Messer heraus, fuhr mit dem Daumen quer über die Schneide und steckte es zurück. »Ich hab auch etwas im Bad entdeckt.«

Kurz darauf standen sie vor dem Badspiegel, Gregor blass und mit seiner Narbe auf der Wange, Cahide augenberingt und mit hartem Zug um den Mund. Beide betrachteten die Zahnbürste im Zahnputzbecher. Härtegrad hart. Die Borsten standen trotzdem in alle Richtungen ab. Daneben lag eine halbvolle Tube Zahncreme, vom Ende akribisch aufgerollt, um auch den letzten Rest herauszudrücken.

Gregor brauchte nicht auch noch auf den Elektrorasierer und den Kamm und den Nagelzwicker zu deuten, Cahide begriff es auch so.

Zurück im Wohn-Schlafraum betrachtete Gregor, sich am Kinn kratzend, noch einige Momente das zerwühlte Bett. Neben der Matratze standen eine Nachttischlampe, eine Tube Gleitgel, ein Glas Wasser und ein billiges Pornoheftchen mit einer dickbusigen Blondine auf dem Cover.

Kommentarlos glitt Gregor in die Hocke, schob die Bettdecke zur Seite und ließ sich auf die Matratze sinken. Er legte sich sogar auf den Rücken, verschränkte die Arme hinterm Kopf und starrte zur Decke empor. In den Ecken hingen staubige Spinnweben.

»So müde?« Cahide blickte auf ihren Kollegen hinab, der den Mund verzog, ohne sie anzusehen.

»Ich versuche, ein Feeling für Tscherniak zu

bekommen. Wer ist der Kerl? Wie lebt er, wie tickt er, was denkt er?«

»Und zu welchen Schlüssen kommst du in seinem verwichsten Bett?«

»Dass er davon ausging, noch in der Nacht zurückzukommen. So hinterlässt niemand seine Wohnung, der ein großes Ding dreht.«

»Du glaubst also weiterhin, dass er nicht in das Verschwinden des Busses involviert ist?«

»Du?«

Cahide ließ den Blick schweifen, bis er an der Messertasche auf der Küchenarbeitsplatte hängen blieb. »Nein«, gestand sie. »Irgendwie nicht.«

25

Mittwoch, 23. Mai – irgendwann am frühen Morgen

Remo hatte seine Jacke nicht zurückverlangt, und trotzdem fror Kiara erbärmlich. Wie lange waren sie jetzt hier? Sie hatte kein Zeitgefühl, schätzte grob, dass es mittlerweile mehrere Stunden waren. Sie war müde, ihre Beine schmerzten vom Stehen und sie spürte trotz des üppigen Abendessens in Zürich so etwas wie Hunger.

Den anderen schien es ähnlich zu gehen. Nach erfolglosen Versuchen, aus den gesammelten Gegenständen einen Dietrich zu bauen und die Tür aufzubrechen, waren die Gespräche versiegt. Jeder hing irgendwie herum; manche dösten im Stehen, drei hatten sich gesetzt und eine Frau sogar hingelegt. Sie war eine der wenigen Glücklichen mit Jacke.

Remo hingegen marschierte als Einziger auf drei Quadratmetern auf und ab, auf und ab, wie ein Schweizer Uhrwerk. Vermutlich hielt er sich so warm, seine Muskeln geschmeidig. Kiara ging das Auf und Ab gehörig auf die Nerven. Anderen auch, wie sie an den gelegentlichen, genervten Seitenblicken erkannte, aber seit

Remos Aktion mit Nenad wagte niemand, ihn zurechtzuweisen. Und Kiara wollte auch nichts sagen. Irgendwie wurde ihr der Personenschützer mit jeder Minute suspekter. Ja, er kannte ihren Namen, wusste von Doria und hatte ihr seine Jacke gegeben, und trotzdem ... etwas störte Kiara, und sie konnte es nicht einmal benennen.

Remo blieb plötzlich stehen und blickte gespannt zur Tür.

Und da hörte Kiara es auch – ein entferntes Pochen, das lauter wurde. Schritte?

»Was ist das?«, fragte jemand.

Mehrere Mutmaßungen wurden geäußert, und während Kiara ihnen lauschte, war plötzlich Remo an ihrer Seite. »Jemand kommt«, flüsterte er. »Verhalt dich ruhig. Bleib hinter mir.«

Kiara nickte nur, die Tür gebannt im Blick.

Und tatsächlich schabte und klackerte etwas dahinter, und dann schwang sie nach innen auf.

Diesmal waren sie zu dritt. Der Bullige schwang seine Uzi und zeigte mit der Mündung nach kurzem Überlegen auf den Schwulen mit dem Oberlippenbärtchen. »Du! Zu mir!«

Der Kerl rührte sich nicht. »Was wollen Sie von uns?«

»Das wirst du gleich sehen. ZU MIR!« Da bemerkte er erst, dass alle keine Kabelbinder mehr trugen, und er lachte rau. »Befreit haben sich die Ratten also auch. Womit?« Da keiner antwortete, sah er sich neugierig um, bis er das Sammelsurium auf dem Karton entdeckte.

Mit vier Schritten war er dort, begutachtete die

Gegenstände und nahm das Feuerzeug samt Zigaretten an sich. Dann winkte er dem Schwulen wieder mit der Uzi zu. »Los jetzt!«

Der tauschte mit seinem Freund einen langen Blick, dann löste er sich von der Wand und trat vor.

»Raus jetzt! Und keine Faxen machen!« Der Bullige zeigte mit behandschuhten Fingern auf die Tür, der Angesprochene folgte. Er wurde von den beiden anderen Maskierten in Empfang genommen, verschwand aus ihrem Sichtfeld.

Derweil schwenkte die Uzi wieder durch den Raum, streifte Kiara und Remo und blieb letztlich bei einer unscheinbaren, etwas molligen Frau hängen. »Und du auch! Auf gehts!«

»I-i-ich –«

»LOS! Oder willst du eine Kugel zwischen die Augen?«

Kiara drängte sich bei der Drohung näher an Remo heran, während die Frau schnell den Kopf schüttelte und ebenfalls aus dem Raum schlich. Sie sah aus, als erwarte sie jeden Moment ein Projektil zwischen die Schulterblätter.

Der Bullige aber schoss nicht, ließ seinen Blick nur nochmals über die Anwesenden schweifen, musterte zuletzt die Scheißhauskonstruktion, begriff, was es war, und schüttelte den Kopf, bevor er rückwärts aus der Kammer ging. Die Tür schlug ins Schloss, und der Riegel glitt an Ort und Stelle.

Absolute Stille herrschte für einige Sekunden, bevor jemand fragte: »Was war das jetzt, bitte?«

»Keine Ahnung«, wisperte jemand, und eine andere meinte: »Vielleicht machen sie so eine Botschaft wie im Fernsehen mit den beiden. So ein Bekennervideo.«

»Bekennervideo wozu?«

»Was weiß ich. Vielleicht sind es Terroristen, ja, das würde passen! Kommen diese Maschinenpistolen nicht aus Fernost? Das könnten welche vom IS sein! Oder Dschihadisten!«

Bei der Äußerung erschrak Kiara zutiefst, suchte Remos Blick. Der stand einfach nur vor ihr und kratzte sich nachdenklich am Kinn, während wieder einmal eine Diskussion losbrach.

»Terroristen?«, fragte sie ihn leise. »Könnte das möglich sein?«

Zur Antwort zuckte er mit den Schultern.

»Also ja. Was wollen die von uns?«

»Vermutlich nichts, wenns Terroristen sind. Dann wollen die von anderen was, und wir sind nur Druckmittel.«

Druckmittel.

Das Wort ließ Kiara erschauern. Einfach nur ein Ding zu sein, mit dem irgendwelche Leute Druck auf irgendwelche anderen Leute ausübten, war ein verstörender Gedanke. Aber vielleicht wurden die beiden ja zurückgebracht und konnten berichten, was los war, was man von ihnen wollte.

Allerdings blieb die Tür verschlossen.

Irgendwann verstummten die Spekulationen, und abermals legte sich eine bleierne Stille über die Kammer. Nur Remos Schritte waren zu hören, drei Meter auf, drei Meter ab, wie ein Schweizer Uhrwerk.

Kiara sank auf den Boden, zog die Beine an den Körper und schlang die Arme darum. Ihren Kopf bettete sie zwischen die Knie, sodass sie die Tür weiterhin im Blick hatte.

Aber die blieb verschlossen, unbarmherzig wie der Stahl, aus dem sie war.

26

Cahide und Gregor hatten das Dezernat kaum betreten, als Clemens Sander aus einem der Konferenzräume schoss. »Frau Pfeiffer! Herr Schanzer!«

Cahide rückte Tscherniaks drei Ordner unter ihrem Arm zurecht. »Ja?«

»Ich hätte ein paar Fragen.« Er winkte sie in den Raum. »Bitte.«

Cahide und Gregor tauschten einen langen Blick, bevor sie ihm folgten.

Im Inneren entwich Cahide ein erstauntes »Ohhh!« und Gregor ein Pfiff. Sander hatte die komplette Wand gegenüber der Fensterreihe für seine Fallanalyse in Beschlag genommen. Neben dem vollgeschriebenen Whiteboard hingen an der Tapete und den Türen des Einbauschranks Notizen, Bilder und ausgedruckte Pfeile. Auf ein Bild von Juri Tscherniak tippte er mit dem Zeigefinger.

»Sie waren doch gerade in seiner Wohnung.« Es war keine Frage. »Sind das die beschlagnahmten Dokumente?

Gibt es schon Erkenntnisse?«

»Mehr oder weniger.« Cahide stellte die Ordner ab und fasste zusammen, was sie vermuteten.

Sander hörte bar jeder Emotion zu, notierte die Ergebnisse auf einem leeren Blatt, malte ein fettes Fragezeichen daneben und klebte das Papier mit einem Klebestreifen unter Tscherniaks Portrait.

»Und dann«, fuhr er fort, »waren Sie doch mit Herrn Brandner gestern an Dietmar Kauls alter Arbeitsstätte, oder?«

»Das ist korrekt.«

»Können Sie mir dazu Näheres berichten, denn Herr Brandner ist wieder an den Fundort des Busses rausgefahren und wohnt der Bergung bei. Er sagte nur knapp, dass die Metzgerei verkauft wäre und von Ihnen geprüft wurde.« Sander trat zum Whiteboard, auf dem mittig ein Bild von Kaul klebte.

Cahide nickte. »Wir durften alle Räumlichkeiten einsehen, ja. Alles unspektakulär. Gekauft wurde der Laden von Geschwistern aus Hamburg. Die arbeiten an ihrem Neustart in Bayern mit vegetarischen Curryknackern mit Grillgemüse.«

»Haben die Geschwister Namen?«

Cahide blies die Wangen auf, bis das Bild des weißen Kühlwagens aufblitzte. »Bitzinger. Kai Bitzinger und seine Schwester. Ein weißer Lieferwagen mit Kühlung stand vor der Metzgerei. Hamburger Kennzeichen. Die alte Werbeschrift war entfernt worden, aber trotzdem noch lesbar. Ach ja, und dann erinnere ich mich noch, dass Herr Bitzinger sagte, sie hätten Dietmar Kaul das letzte

Mal beim Notar gesehen. Notariat Siegler. Überprüft haben wir das bisher nicht.«

Sander notierte sich auch das.

Gregor war derweil an die Wand getreten und las einige Notizen. Mit dem Finger auf ein Blatt zeigend, fragte er: »Wann haben Sie mit der Ex-Frau von Kaul gesprochen?«

»Vor einer halben Stunde.« Die Kappe des Whiteboardstifts klickte, als Sander sie schloss. »Sie rief auf meine Anfrage zurück.«

»Und?«

»Wie würden Sie es ausdrücken: Nichts Spektakuläres. Frau Kaul verzog nach der Scheidung nach Dresden zu ihrer Schwester und hat seitdem keinen Kontakt mit ihrem Exmann. Aber trotz Scheidung konnte sie nichts Negatives über ihn sagen. Er sei ein ruhiger, bedachter, liebevoller Ehemann gewesen. Die Metzgerei war sein Leben. Die Pleite hat ihn hart getroffen, wie die ganze Familie. Frau Kaul sagte, dass ihre Schwiegermutter kurz nach der Schließung einen Schlaganfall erlitten hat und seitdem im Heim ist. Und Kauls Vater starb kurz darauf an einem Broken-Heart-Syndrom.«

Gregor hatte die Stirn in Furchen gelegt. »Haben Sie auch mit Kauls Mutter gesprochen?«

Sander schüttelte den Kopf. »Die kann aufgrund des Schlaganfalls nicht mehr reden, so die Auskunft der Heimleiterin.«

Cahide verzog das Gesicht. »Hartes Los. Hat Kaul eigentlich Kinder?«

»Nein. Seine Exfrau sagte, er wäre wegen eines Unfalls

in Jugendjahren zeugungsunfähig. Sie hatte sich damit abgefunden. Sie hatten ja die Firma.«

Die Firma, die sie dann aufgeben mussten. Cahide suchte Gregors Blick. Der musterte mit seltsam verschlossener Miene Dietmar Kauls Konterfei auf dem Ausdruck. Sie ahnte, was in ihm vorging: Seine Hasstheorie hatte neue Nahrung bekommen.

Sander sagte: »Was ich auch noch reinbekommen habe, sind ein Anruf von der Abteilung Cybercrime und der Obduktionsbericht von Professor Freytag. Der IT-Kollege hat seine Untersuchung abgeschlossen. Die Verkehrsüberwachung wurde nicht manipuliert. Keine Anzeichen für einen Angriff. Und Freytag konnte den Todeszeitpunkt der Erschossenen auf drei Uhr morgens plus minus eine Stunde eingrenzen. Versenkt wurde der Bus danach. Keine Anzeichen von Ertrinken. Mehr hat er nicht. Das sichergestellte Projektil ist noch in der Fachabteilung zum Abgleich.«

»Okay«, sagte Cahide. »Und was ist mit den Funkzellenauswertungen?«

Sander pfiff durch die Zähne. »Die lassen schön auf sich warten. Eine Unverschämtheit ist das vom Provider.«

»Dann brauch ich nach der Überprüfung von Tscherniaks Mobiltelefon gar nicht fragen.«

»Nein, brauchen Sie nicht, Frau Pfeiffer. Beantragt ist es, aber da passiert heute sicher nichts mehr.«

»Und bei den Dorias? Gibt es da Neuigkeiten?«

»Genauso Fehlanzeige. Keine Lösegeldforderung. Das Team aus München äußerte erste Zweifel, ob überhaupt noch was eingeht. Seit dem Verschwinden sind über dreißig Stunden vergangen. Das ist untypisch. Eine Kontaktaufnahme passiert normalerweise zeitnah.«

»Also haben wir nichts.«

»Keineswegs!« Sander schüttelte den erhobenen Zeigefinger. »Wir haben 'ne ganze Menge, Frau Pfeiffer, nur noch kein klar umrissenes Bild. Dafür die Wand.« Er zeigte auf sein Werk.

»Und was verrät Ihnen *die Wand?*«, fragte Gregor spitz.

»Dass wir es zweifelsfrei mit einer durchdachten Aktion zu tun haben, die offenbar nicht auf Erpressung abzielt.«

»Und worauf soll sie dann abzielen?«

»Vielleicht auf eine politische Aussage. Terrorismus. Wir dürfen nicht außer Acht lassen, dass es ein Bus voller Aktivisten war.«

»Von denen niemand – außer Tscherniak – aktenkundig ist. Da waren keine politischen Extremen dabei.«

»Das mag sein, aber die Extremen könnten ja die Entführer sein.«

Gregor schien nicht überzeugt. »Und wie passt da Juri Tscherniak ins Bild? Heute morgen waren sich alle einig, dass dieser Popow als Initiator dahintersteckt.«

»Kann er ja auch, Herr Schanzer. Vielleicht initiiert die Russenmafia eine größere Geschichte.«

Gregor schüttelte den Kopf. »Das glauben Sie doch selbst nicht! Die Russenmafia will Gewinn erwirtschaften und strebt nach Macht, die setzen kein politisches Statement für das Tierwohl!«

In das gegenseitige Mustern der beiden hob Cahide den

Finger. »Hat die Auswertung der Verkehrsüberwachung noch etwas ergeben? Die Kollegen wollten nach auffälligen Fahrzeugen Ausschau halten, die im Vorfeld die Gegend um die Bushaltestelle ausgespäht haben.«

Gregor riss sich von Sander los und schüttelte den Kopf. »Bisher nicht, denn die rufen zuallererst mich an, wenn sie was haben. Aber das ist ein guter Punkt. Ich werde nachhaken, nein, ich fahr am besten noch mal raus und unterstütz die Kollegen bei dem Scheißjob.« Er machte auf dem Absatz kehrt und marschierte hinaus.

Als seine Schritte verklungen waren, fragte Sander: »Hat der Kollege schlechte Laune?«

»Mehr oder weniger.«

»Weswegen?«

Cahide seufzte. »Er glaubt, wir ermitteln in die falsche Richtung. Er präferiert eine hassmotivierte Tat seitens Kauls.«

»Weil der seinen Lebensinhalt samt Familie mit der Schließung der Metzgerei verlor?«

»Und jetzt Aktivisten fürs Tierwohl herumkutschiert. Ja.«

Sander schürzte die Lippen und betrachtete einige Sekunden lang den Ausdruck von Dietmar Kaul. Der Tintenpisser hatte seine Augen streifig gedruckt. »Das wäre schon ein riesiger Schritt in die Kriminalität. Wir reden von Mord und Entführung. Und was hätte er mit den restlichen Leuten vor? Sie foltern? Ebenfalls erschießen? Halten Sie das nicht für etwas weit hergeholt für einen ruhigen, bedachten, liebevollen Ehemann?«

»Exmann.«

»Okay, okay. Menschen können sich ändern, und der Niedergang des Betriebs könnte einen Katalysator darstellen. Punkt für Sie. Aber dennoch fehlt mir die Genese, ein Schlüsselerlebnis, mit dem Kaul massiv konfrontiert wurde. Allein das Schließen der Metzgerei ... nein, das ist mir zu diffus. Der dreht 'nen Schlüssel um und hängt ein Plakat mit der Aufschrift GESCHLOSSEN ins Fenster. Das erzeugt doch keinen Bruch in einer stabilen Persönlichkeit. Wo wird da eine neue, von Gewalt geprägte Erlebensweise angestoßen, die später zu Mord führt?«

Sein Tonfall erinnerte Cahide an Doktor Bernhard Richter. Sie konterte: »Der Typ ist Metzger.«

Es war als spitze Bemerkung gedacht, doch Sander rieb sich das Kinn. »Auch wieder wahr. Das führt zu einer spannenden Frage: Kann man das Töten von Nutztieren auf das Ermorden von Menschen projizieren? Oder andersrum: Sind Metzger generell anfälliger für Gewalttaten?«

Cahide hatte keine Ahnung, es war ihr auch egal.

Sander dachte laut weiter: »Spielt auch keine Rolle, wenn wir annehmen, dass Herr Kaul – aus welchen Gründen auch immer – eine Genese durchlief und direkt in die Performance überging. Aber: Wer hilft ihm? Denn allein kann er die Entführung unmöglich realisieren.«

Auch darauf hatte Cahide keine Antwort. Sie musterte abermals die Wand. Es fehlten eindeutig Informationen zu Kaul und seinem Umfeld.

Sander schien ihre Gedanken zu lesen. »Vergessen Sie's. Wir kriegen keinen Durchsuchungsbeschluss für seine Wohnung. Wir haben nicht mal Indizien, nur eine vage Theorie. Und Sie haben Rochell heute morgen gehört: Ermittlungsschwerpunkt Tscherniak.«

Cahide nickte und packte die drei Ordner zusammen. »Dann werd ich mich wohl an die hier setzen.«

Und das tat sie auch. In ihrem Büro. Allerdings ertappte sie sich schon beim zweiten Dokument, wie ihr Blick zu Brandners Festnetztelefon schlich. Auf der Kurzwahltaste 8 war Richter Schaller eingespeichert.

Nein, Cahide! Die Akten.

Seufzend blätterte sie ein Dokument weiter.

27

Mittwoch, 23. Mai – nachmittags

Didi ließ sich ächzend auf den Mauervorsprung nieder. Er war müde und schwitzte wie in der Dampfsauna, in die er früher jeden zweiten Sonntag mit Gerda gegangen war. Gerade war der Schweiß mehr als unangenehm. Es war viel zu heiß. Und schwül. Drückend. Er hasste dieses Wetter.

Gerda hatte es geliebt. Ihr konnte es nie heiß genug sein. Wo er schon mit dem Hitzeschlag feilschte, lag sie lachend in der Sonne.

Gerda.

Was sie gerade wohl machte?

»Ruhig!«, zischte er. Was interessierte es ihn? Die Beziehung war vorbei, und doch würde Gerda für immer ein Teil von ihm bleiben, auch wenn sie ihn verlassen hatte.

Der Plastikring der PET-Flasche ratschte, als er den Verschluss aufschraubte. Herrlich kühl war das Wasser und fast süß. Auch den Geschmack kannte Didi von früher. In den Pausen hatte er immer stilles Mineralwasser aus der Kühlung getrunken. Kurz vor dem Gefrierpunkt. Dann wusch es am besten den unsichtbaren Film von der Zunge, den die Luft in der Metzgerei hinterließ.

Seiner Metzgerei.

Didi trank noch einmal, doch die Süße war Bitterkeit gewichen. Sein Blick glitt über das Feld, das den Gebäudekomplex nach Norden begrenzte. Brach erstreckte es sich in die Ferne, braune Erde durchzogen von Unkraut. Ähnlich sah es in seinem Inneren aus. Dort herrschte auch eine karge Wüste voller wuchernder Gedanken, die dem Boden die Nahrung entzogen und jedem guten Gedanken den Platz nahmen.

Die PET-Flasche knackte protestierend, als er sie in seinen kräftigen Händen zusammenquetschte. Eine Wasserfontäne spritzte ihm ins Gesicht, aber was scherte es ihn? Er wischte die Tropfen davon. Sein Blick blieb an seinen blutverschmierten Unterarmen haften. Fast wie in alten Zeiten.

Am Ende mancher Tage hatte er so ausgesehen, hatte sich mit Spezialseife die Haut blank geschrubbt, bis sie brannte, und dann die Küche gereinigt. Gerda hatte sich derweil um den Laden gekümmert. Sie hatten immer ein gutes Timing gehabt. Meist wurden sie gegen halb sieben fertig. Da waren ihre Angestellten bereits auf dem Nachhauseweg. Einer von ihnen sperrte den Laden ab, drehte das Geöffnet-Schild auf Geschlossen und dann trafen sie sich in der Küche hinter der Schwingtür. Dort liebten sie sich, meist im Stehen und voller Eifer, während aus dem Küchenradio Bayern 3 dudelte.

Wieder Gerda.

Ein Lächeln versuchte es auf Didis Lippen, schaffte es aber nicht, den grimmigen Zug aufzuweichen.

Sie war sein Halt gewesen, seine Stütze. Die Metzgerei sein Leben.

Neun Mitarbeiterinnen und Mitarbeiter hatte er in den besten Zeiten beschäftigt. Alle über Tarif bezahlt. Alle vom Fach, die Crème de la Crème der Fleischfachverkaufenden. Er dachte an Herrn Meyard und Frau Maier, an Luise Bähr und Hannes Mürritz. An dessen Tochter, die Anna-Lisa, an die Miriam und den Sepp. Zuletzt an die Lupberger und den Fischer. Alles tolle Leute. Und alle hatte er entlassen müssen.

Und dann tauchte diese Fresse von Keßler auf. Joachim Keßler. J-O-A-C-H-I-M K-E-S-S-L-E-R. Der neue Mann beim Kreis. Lebensmittelkontrolleur. Achtundvierzig Jahre alt. Trug in seinem Portmonee ein Foto von sich und Madonna, aufgenommen Backstage bei irgendeinem ihrer Konzerte in Hamburg. Hatte ein Abo in der Salzgrotte. Einen Mitgliedspass beim ADAC, beim Deutschen Alpenverein und im Golfclub. Er besaß eine Platinum Card von American Express. Die gab es ab einem Jahreseinkommen von sechzigtausend Euro.

Was Keßler auch besaß, war das Lächeln einer Hyäne. Keßler.

Das Leben hatte er ihnen zur Hölle gemacht. Wie viele Abende hatten er und Gerda diskutiert, wie sie es Keßler recht machen könnten, doch einer Hyäne konnte man es nicht recht machen. Sie hatten alles versucht, hatten es nicht mal mehr in der Metzgerei getrieben – wann auch?

Nachdem die Bürokratieschlacht mit dem Kreis ausgebrochen war, hatte Didi kaum mehr geschlafen, war Keßler trotz all seiner Überzeugung und Würde entgegengekommen, nur um auf eine unüberwindbare Mauer eines verlogenen Lächelns zu prallen.

Schikaniert hatte er sie, bis sie selbst nur noch den Ausweg der Konfrontation gesehen hatten. Beim Kreis hatten sie Beschwerde gegen Keßler eingereicht, und sie waren damit nicht die Einzigen gewesen, wie sich herausstellte, aber es hatte nichts geholfen. Keßler war hart geblieben, mit einem Herz aus Stein. Selbst der Gang an die Presse hatte nichts gebracht, im Gegenteil: Keßler war nur schärfer geworden, wie ein Bluthund, den man mit Elektroschocks immer weiter reizte.

Und dann hatte Keßler eines Abends vor der Metzgerei gestanden. Didi erinnerte sich noch genau daran: Es war ein Dienstag gewesen, an dem Gerda früher ging, um ihren Pilateskurs beim DJK nicht zu verpassen; das einzige Hobby, das sie sich noch gönnte.

An dem Abend hatte Didi Küche und Laden gereinigt, alles für den nächsten Morgen vorbereitet, sich umgezogen und dann abgesperrt. Als er gerade das Schild auf GESCHLOSSEN drehte, war Keßlers Hyänengrinsen aus der Nacht aufgetaucht.

Sofort war der Ärger in Didi eruptiv gestiegen und er hatte wieder aufgesperrt und die Tür aufgerissen, sodass die Ladenglocke nur so bimmelte.

»Was fällt Ihnen ein, hier aufzukreuzen!«, hatte er gepoltert, doch Keßler hatte nur gelächelt und gesagt:

»Ich hätte ein Angebot für Sie, Herr Kaul.«

Didi hatte sich irgendwie zusammengerissen. Ein Angebot klang nach einem Ende der Schikane, und was wollte er sehnlicher? Also sprang Didi abermals über seinen Schatten und bat Keßler mit aufeinandergepressten Zähnen hinein.

Der lief mit seiner großkotzigen Art durch den Laden, prüfte nebenbei die Sauberkeit, strich über den blank geschrubbten Edelstahl einer Ablage und entschwand in die Küche. Didi folgte ihm voller Argwohn. Sein Puls pochte.

»Ich hätte ein Angebot für Sie«, wiederholte Keßler schließlich. Er trug einen schicken, schwarzen Mantel aus edler Wolle. Darunter dünnes Kaschmir in Burgunderrot.

»Und das wäre?«

»Ein Waffenstillstand.« Wieder dieses Lächeln. »Sie wollen doch in Zukunft wieder in Ruhe Ihrem Handwerk nachgehen, oder?«

Zu dem Zeitpunkt hatte Didi nichts von der Platinum Card gewusst, auch nichts vom Golfclub, vom DAV und den Ralph-Lauren-Strümpfen.

»Was wollen Sie?«

Das Lächeln auf Keßlers Gesicht erlosch wie eine Kerzenflamme im Sturm. »Ein klein wenig Anerkennung, Herr Kaul.«

»*Anerkennung?*« Didi wäre beinahe an dem Wort erstickt.

»Nicht mehr und nicht weniger. Ich habe mal gerechnet und schätze Ihren Umsatz bei neun Angestellten auf jährlich eineinhalb bis zwei Millionen Euro.« Und da blitzte sie wieder, die Hyäne.

Didi spürte, wie sein Kopf rot wurde. »Sie wollen *Geld?*«

»Sagen wir, zwanzigtausend Euro pro Jahr. In bar. Zu zahlen bis zum zehnten Januar eines jeden Jahres. Ich meine, irgendwann wird es keine Metzgereien mehr geben. Ich sag nur Burger Patties, aus denen Fakeblut aus Rote-Beete-Saft rinnt, oder Steaks aus dem 3D-Drucker. Aber bis sich das durchsetzt, gehen sie wahrscheinlich in Rente. Sie können also noch ein paar Jahre Ihrem Handwerk nachgehen, wenn Sie zahlen. Sind wir im Geschäft, Herr Kaul? Ich verspreche Ihnen, dass ich nie wieder etwas an Ihrem Betrieb auszusetzen habe.«

»Nie wieder?«, stieß Didi heiser hervor.

»Nie wieder.«

Und Keßler hielt sein Versprechen, wenn auch auf andere Art und Weise, als er sich das vorgestellt hatte, denn Didi sah plötzlich nur noch ein riesiges, schwarzes Rad, das ihn in dem Moment überrollte, als seine Synapsen im Gehirn das Wort ERPRESSUNG feuerten.

Wie von selbst griff Didi nach den guten Messern seines Großvaters mit Holzgriff, die er eigentlich nicht mehr verwenden durfte, und rammte Keßler die Klinge in den Leib. Und noch einmal und noch einmal und noch einmal.

American Express Platinum. Ab sechzigtausend Euro Jahresgehalt.

Didi kam an jenem Abend lange nach Gerda nach Hause und erzählte ihr, dass er einen Schwächeanfall gehabt hätte, weswegen es so lange gedauert hatte. In der Zeit hatte er Keßler fachgerecht zerlegt und in handlichen

Portionsgrößen eingefroren. Danach hatte er erneut die Küche gereinigt, die Messer seines Opas entsorgt (jetzt hatten sie endgültig ihren Dienst getan) und abgesperrt.

Noch in der Nacht teilte er Gerda mit, die Metzgerei zu schließen. Er wäre am Ende. Er informierte die Angestellten per Sprachnachricht, fuhr zurück in die Metzgerei, gestaltete ein Plakat in Microsoft Word und hängte es in die Ladentür. Keßler verstaute er ganz unten in einer Gefriertruhe, in der er Wurstwaren für den Eigenbedarf lagerte.

Beim Anblick der in Plastik gepackten Pakete überrollte ihn das schwarze Rad ein zweites Mal. Er konnte gerade noch seine Frau anrufen, bevor er zusammenbrach.

Die Hyäne.

Die Erinnerung an Keßlers dreckiges Grinsen brachte Didi so sehr in Wallung, dass er sich den Rest des kalten Wassers über den Kopf goss. Er strich sich die Wassertropfen aus dem Haar, stand auf, starrte auf das brach liegende Feld und betrat das Gebäude durch die stählerne Hintertür, um sich seinem blutigen Handwerk zu widmen – wie in alten Tagen.

Freude bereitete es ihm keine mehr.

Nur bittere Genugtuung im Schatten eines riesenhaften, schwarzen Rads.

Schade, dass ein Mensch nicht zweimal sterben konnte.

28

Mittwoch, 23. Mai – irgendwann im Laufe des Tages

Juri entglitt die Situation an allen Ecken und Enden.

Weitere dreimal waren jeweils zwei Personen geholt worden, und jedes Mal waren die Entführer zu dritt erschienen. Sie waren strukturierter, als er angenommen hatte.

Er ballte die Hände zu Fäusten, um sein Adrenalin zu bändigen. Was brachte ihm die Pistole, wenn er sie nicht einsetzen konnte? Allein gegen drei. Das war Irrsinn. Juri war nie ein guter Schütze gewesen, hatte die Pistole nur wegen Popow angeschafft – zu seinem eigenen Schutz. Sobald sich eine Gelegenheit ergab, mit nur einem Entführer fertig werden zu müssen, würde er sie ergreifen. Mit dem Überraschungsmoment auf seiner Seite konnte er einen überwältigen, im besten Fall Nummer 1. Und dann könnte er zusammen mit der Uzi und Kiara entkommen.

Kiara war die zweite Sache, die ihm entglitt. Er schätzte, dass es irgendwann am Nachmittag sein müsste. Ihn quälten bohrender Hunger, Durst und Müdigkeit. Dazu fror er, und sein Magen fühlte sich an, als hätte ihm jemand hineingeschissen. Der dauerhafte Uringestank, die schlechte Luft, die Ungewissheit – für Juri schon ein hartes Brot, aber für Kiara und die anderen mit ihren Outdoorhosen und Trekkingschuhen ... Den meisten sah man die Strapazen an, was wiederum zum Problem wurde. Er brauchte Kiara in jedem Fall wohlauf. Sonst brachte ihm eine Flucht gar nichts, denn wer sollte ihn vor Nazar Popow retten, wenn nicht Hans-Peter-Doria?

Juri schlug sich wütend gegen die Oberschenkel. Dieser verfluchte Popow. Da rettete er ihm augenscheinlich das Leben, um es ihm später wieder zu nehmen. Der Drecksack. Der Mistkerl.

Juris Hand wanderte zu seiner Hosentasche. Darin ruhte das schmale Smartphone, das ihm Popow zusammen mit gefälschten Pässen und Instruktionen zukommen hatte lassen. Die Berührung verursachte in Juri eine Hitzewallung. Wenn er Empfang hatte, könnte er Hilfe rufen, aber mit Sicherheit war das Handy präpariert. Die Anweisung hatte ausdrücklich geheißen: *Wir melden uns bei dir. Du nicht bei uns.*

Die Erinnerung an den schlanken Russen, der eines Nachts wie ein Geist neben seiner Matratze gestanden hatte, war ihm noch gut in Erinnerung. Juri war von einem kalten Luftzug erwacht, hatte die Augen aufgeschlagen und die polierten Stiefel samt Hosenbeinen gesehen.

Die Knie des Eindringlings hatten wie Pistolenschüsse geknackst, als er in die Hocke sank und ihm das Handy samt gefälschtem Pass neben das Kopfkissen legte. »Ein

Geschenk vom Papst«, hatte der maskierte Kerl geflüstert.

Juri hatte nur aufgeblickt und gefragt: »Und was möchte der Papst als Dankeschön?«

»Ich sehe schon, wir verstehen uns, Herr Tscherniak.« Der Kerl schien unter seiner Maske zu lächeln. »Es ist auch nur ein kleiner Gefallen.« Und der sah so aus, dass sich Juri bei Doria Defence als Personenschützer bewerben solle. Für den Fall einer Einstellung solle er einen guten Job machen und sich Freunde bei Doria suchen und auf Instruktionen warten. Das Handy solle er daher rund um die Uhr bei sich tragen. 24/7. 365 Tage im Jahr.

Juri hatte keine Ahnung, was Popow von ihm wollte, aber er konnte es sich ausmalen: Spionage, Mord, Entführung oder Erpressung. Außerdem konnte er eins und eins zusammenzählen: Wenn jemand wie Popow einen Externen – denn Juri war kein Mitglied der Mafia – für einen solchen Job rekrutierte, würde das für den Auserwählten mit dem Tod enden. Egal, ob der Job positiv oder negativ ausging. Im Erfolgsfall wusste er zu viel und im Falle des Scheiterns war es eh für ihn gelaufen.

Juri hatte damals kurz, aber nur für den Flügelschlag jener Mücke, die ihn beim Frühstück umschwirrte, daran gedacht, sich an die Polizei zu wenden. Zeugenschutz. Aber was konnte er einem Staatsanwalt bieten? Ein Prepaidhandy, einen gefälschten Pass und ein paar nichtssagende Gespräche im Knast mit Popow. Dafür bekam niemand Zeugenschutz.

Letztendlich blieb ihm nur eine Option, um aus der Nummer rauszukommen: Kiara Lina Werler. Ihr Vater war so wohlhabend und einflussreich, dass er über Hans-Peter Doria womöglich verschwinden konnte. Ein Ticket nach Island, eine Million Euro und Tschüss. In den Weiten der Insel, auf irgendeinem Felsen, würde ihn nie jemand finden.

Nur wie bekam er Unterstützung von Hans-Peter Doria? Er kannte nicht mal Popows Auftrag. Zuletzt hatte er mit dem Gedanken gespielt, Kiara zu entführen und sie als Druckmittel bei Doria zu verwenden, um untertauchen zu können. Er wollte niemandem etwas tun, er wollte einfach nur seine Ruhe.

Und jetzt diese irrwitzige Entführung. Aber vielleicht sollte es so sein. Wenn er Kiara sicher zurück in die Arme ihres Vaters brachte und danach ein offenes Gespräch suchte, könnte er sich Unterstützung erbitten. Vielleicht wurde er vom Feind zum Freund. Wie viel war Hans-Peter Doria das Leben seiner Tochter wert? Sicherlich ein Ticket nach Island und eine lebenslange Rente für einen bescheidenen Mann.

Nur wie hier rauskommen? Was hatten die Entführer mit ihnen vor? Wohin hatten sie die anderen acht gebracht?

Juri entglitt die Situation an allen Ecken und Enden und plötzlich verspürte er ein schmerzhaftes Stechen in der Brust. Seine Lunge schien sich zusammenzuziehen, die Rippen wurden immer enger und er hustete keuchend.

»Alles okay?«, fragte Kiara, die wie eine Puppe neben ihm saß, die Augen glasig.

Alles in Ordnung, wollte er antworten, doch es kam

nur ein heiseres Krächzen hervor. Dann bekam er ein wenig Luft in seine Lungen. Und ein wenig mehr und noch mehr. »Nur verschluckt«, krähte er am Ende, aber das war natürlich Schwachsinn. Auch Juri wusste, wie sich Panik anfühlte.

29

Donnerstag, 24. Mai – 13.02 Uhr

Gregor hatte sich auf dem Weg in die Verkehrsüberwachung bei einem Imbiss ein Lahmacun mit Fleischfüllung geholt sowie für die anderen Döner mit allem und mittelscharfer Soße. Mit der knisternden Tüte unterm Arm betrat er das Foyer der Verkehrsüberwachung und wurde sofort von einem Angestellten zu seinen Kolleginnen und Kollegen gebracht. Die freuten sich sehr über das unverhoffte Mittagessen und schlugen ihm kameradschaftlich auf die Schulter.

Gregor seilte sich schnell mit seiner türkischen Pizza ab, um die Zeit am Computer zu nutzen und Videomaterial vom Vortag zu sichten. Als Cahide im Präsidium erzählt hatte, dass die neuen Besitzer der Metzgerei Kaul einen weißen Kühlwagen fuhren, hatte sich in ihm etwas geregt. Hatte er nicht ein- oder zweimal einen weißen Lieferwagen auf den Verkehrskameras in der Nähe der Bushaltestelle gesehen? Er war sich ziemlich sicher, aber mit *ziemlich* überzeugte man keinen Richter.

Es war eine hässliche Arbeit. Systematisch ging er vor und spielte immer ein Video mit vierfacher Geschwindigkeit ab, während er auf seinem Lahmacun herumkaute, ohne den Blick von der Mattscheibe zu nehmen, um den entscheidenden Moment nicht zu verpassen.

Er verpasste ihn nicht. Als er sich den Rest Lahmacun in den Mund schob, die Finger feucht von der Knoblauchsoße, huschte auf dem Monitor ein weißer Lieferwagen mit Kühlung vorbei, zu erkennen an den breiten Lüftungsschlitzen über dem Führerhaus. Die Kamera gehörte zum Teilstück 67a. Vom Baggersee kommend Richtung Staatsstraße 7273. 3.07 Uhr am Mittwochmorgen.

Gregor stoppte das Video und spulte zurück. Der Wagen huschte ruckweise zurück ins Bild. Wieder Stopp. Gregor verzog das Gesicht. Leider war nicht zu erkennen, wer darin saß, aber es schienen zwei Personen zu sein. Das Nummernschild trug ein HH – Hansestadt Hamburg.

»Bingo!« Gregor leckte sich die Finger und zog die Computertastatur näher heran. Er fertigte einen Screenshot an, den er sich per USB-Stick auf seinen eigenen Laptop zog. Dort öffnete er ihn mit einem speziellen Grafikprogramm. Über die Gradiationskurve zog er den Kontrast nach oben, zuletzt verschob er per Regler die Weißbeschneidung. Auf dem Monitor wurde die Grafik heller und heller, pixelte ab, und auf der Seite des Lieferwagens wurde ein Schriftzug lesbar: BITZirgendwas.

»Bitzinger.« Gregors Puls beschleunigte. Was taten die neuen Besitzer von Dietmar Kauls Metzgerei mitten in der Nacht der Entführung in der Nähe des Tatorts? Zufall? Gregor glaubte nicht an Zufälle, nicht an solche.

Schnell druckte er den Screenshot für die Kollegen aus, damit sie nach weiteren Erscheinungen dieses Fahrzeugs suchen konnten. Des Weiteren vergrößerte er die Grafik mit der Software, spielte an den Reglern herum, bis er das Nummernschild vollständig entziffern konnte.

Damit führte er eine Kennzeichenanfrage durch. Die Datenbank verriet ihm, dass der Wagen noch in Hamburg auf eine Halterin namens Renate Bitzinger gemeldet war. Die Schwester von diesem Kai? Es spielte keine Rolle, allein die Anwesenheit des Fahrzeugs ließ Gregors Alarmglocken läuten, auch wenn Cahide und Herr Brandner die Metzgerei gecheckt hatten.

Er gab den Namen Bitzinger abermals in die Suchmaske ein, diesmal in die Melderegisterauskunft. Es gab drei Treffer im Stadtgebiet, einer davon lautete: RENATE BITZINGER.

Gregor notierte sich die hinterlegte Adresse, dann sah er hoch zur Decke, studierte die quadratischen Einlegeböden, bis er wusste, was er als Nächstes zu tun hatte.

Mit den ausgedruckten Screenshots kehrte er zu seinem Team zurück, verteilte sie und gab Anweisungen, dass neben verdächtigen Fahrzeugen besonders nach diesem Lieferwagen gesucht werden sollte. Bei Treffern wollte er einen sofortigen Anruf, außerdem ein Bewegungsprofil, soweit die Daten das zuließen.

Als er sich zum Gehen wandte, fragte eine der Beamtinnen: »Und wohin wollen Sie?«

Gregor hielt inne, die Finger immer noch schmierig vom Lahmacun. »Nur ein Detail überprüfen«, sagte er ausweichend, Rochells Worte deutlich im Ohr. »Ich sollte in einer Stunde wieder hier sein.« Er lächelte dünn und klopfte zum Abschied dreimal an den Türrahmen.

Auf dem Weg zu seinem Wagen pochte sein Herz wie bei einem Schuljungen, der zum Rektor musste, weil er etwas angestellt hatte.

Nur hatte Gregor nichts angestellt.

Noch nicht.

30

Mittwoch, 23. Mai – irgendwann im Laufe des Tages

Juri wünschte sich Ohropax. Er war hundemüde, doch sein Körper wollte einfach nicht einnicken. Jedes noch so kleine Geräusch ließ ihn aufschrecken.

Gerade verschwand wieder jemand hinter dem Sichtschutz. Ein Plätschern folgte, dann ein seltsames Seufzen, gefolgt von einem Poltern. Eine Hand erschien auf dem Beton, spitzte hinter den Kartons hervor.

Jemand rief: »Maria!?«

Es folgte keine Antwort.

»Oh Gott! Maria!« Eine der Anführerinnen sprang auf und hinter den Sichtschutz. Andere folgten. Gemurmel erfüllte die Kammer. Sorgen. Ängste.

Juri seufzte, erhob sich und blickte selbst hinter den Sichtschutz. Eine Frau war beim Toilettengang ohnmächtig geworden. Vier weitere Frauen und ein Mann beugten sich über sie und drehten sie in stabile Seitenlage, während eine fünfte ihr unbeholfen die Hose hochzog, um die Blöße zu verdecken.

Juri wandte sich ab. Dabei bemerkte er Kiaras Blick,

und er schüttelte den Kopf. *Da wird schon geholfen.* Kiara verstand ihn und blieb sitzen, wobei sie vermutlich sowieso nicht in der Lage wäre, zu helfen. Hans-Peter Dorias Tochter war blass wie die Fliesen an der Wand. Die Lippen schmal und bläulich, die Augen dunkel umringt. Sie sah scheiße aus. So wie er vermutlich auch.

Er musste endlich handeln. Je länger sie in der Kälte saßen, umso schwächer wurden sie. Er hatte sich einen Liter Wasser gegönnt, dazu ein paar Erdnussflips und einen Schokoriegel. Trotzdem schwanden ihm die Kräfte. Sie dehydrierten zwar wegen der Kälte nicht übermäßig schnell, aber sie verbrauchten umso mehr Kalorien. Irgendwann würden sie für eine Flucht zu schwach sein. Die Ohnmächtige war Beweis genug.

Juri schloss die Hand zur Faust. Ihm rann die Zeit durch die Finger. Nur, was tun? Seit Längerem waren die Entführer nicht mehr aufgekreuzt und hatten Personen geholt. Juri schätzte allein aufgrund seiner Verfassung, dass es auf Mitternacht zuging. Sie waren also bald vierundzwanzig Stunden eingesperrt.

Die Menschentraube um die Ohnmächtige hatte sich vergrößert. Bis auf Juri, Kiara, Nenad und zwei weitere Frauen standen alle um die Toilette herum und redeten wirr durcheinander. Leider war niemand mit medizinischen Kenntnissen unter ihnen, nur ein Paar, das meinte, dass sie sich jede Arztsendung im Fernsehen reinziehen würden und daher Profis wären. Sie empfahlen, der Ohnmächtigen Wasser ins Gesicht zu träufeln.

Juri setzte sich wieder und musterte die Betondecke. Sollte er den Trubel nutzen und Popows Handy überprüfen? Wenn er Empfang hätte, könnte er Hilfe rufen. Die Anweisung vom Papst hatte doch geheißen: Einen guten Job und sich bei Doria Freunde machen. Würde der Papst es verzeihen, wenn er dafür sein Kontakthandy nutzte? Würde die Scheinidentität einer polizeilichen Überprüfung standhalten, falls sie gerettet wurden? Falls er aufflog, wäre es das gewesen, aber wenn alles gut lief, hatte er möglicherweise bei Hans-Peter Doria einen Stein im Brett und es mit Popow noch nicht verschissen.

Er senkte den Blick, schob seine Hand in die Hosentasche und spürte die vertraute Form des schlanken Smartphones. Als er von niemanden beobachtet wurde, schob er es in seinen Pulloverärmel, zog die Beine an den Körper und umschlang ihn so mit den Armen, dass man das Handy nicht sehen konnte.

Durch den Baumwollstoff hindurch ertaste er die feine Vertiefung des Homebuttons und aktivierte das Telefon. Ein zarter Schimmer glitzerte durch die feinen Maschen des Strickpullovers, doch lesen konnte er nichts.

Also schob er den Ärmel zurück. Drei Zentimeter reichten, um die obere Leiste des Displays freizulegen. Es war 22.48 Uhr. Der Akku stand nur noch bei 37 Prozent. Und der Empfang war weg.

Juri ließ den Kopf gegen die Wand sinken. Beinahe hätte er gelacht. War ja klar, da übte er sich fast zwanzig Stunden in Geduld, und dann hatte er keinen Empfang –

Sein Blick traf die Lüftung in der gegenüberliegenden Wand. Das verrostete Gitter war viel zu klein, um sich hindurchzuzwängen, aber eine Hand samt Arm würde hineinpassen. Vielleicht bekam er Empfang, wenn er das

Handy weit genug Richtung Außenwand bekam. Er hatte keine Ahnung, ob die Lüftung zur Außenwand führte, aber er vermutete es. Im Gebäudebau benutzte man schon allein wegen der Kosten die kürzesten Wege für Abluft, wenn es möglich war.

Just fand er sich an der Wand unterhalb der Lüftung wieder. Das Gitter war zu weit oben, ihm fehlten vielleicht dreißig Zentimeter. *Die Sixpacks Wasser!*

Hastig holte er zwei und deponierte sie unter der Lüftung.

Nenad trat argwöhnisch zu ihm. »Was wird das?«

»Eine Überprüfung«, presste Juri hervor und stieg auf die Sixpacks. Es war eine wackelige Angelegenheit, aber sie hielten, uns so reichte er ans Gitter. Es war alt und rostig. Die untere Seite stand einen Finger breit ab. Daran zerrte er probeweise, und tatsächlich ließ es sich aufbiegen, aber brach nicht heraus. Juri zischte und zerrte mit mehr Kraft, bog das Gitter hin und her, bis die Schrauben knirschend nachgaben und es aus der Wand rutschte. Staub rieselte ihm entgegen.

Juri ließ das Eisen achtlos fallen, starrte in den runden Schacht. Viel sah er nicht, nur ein dunkles Loch voller kleiner Löcher, aus dem ihm ein kühler Luftstrom ins Gesicht wallte. Und an dessen Ende rechts oben ein grünes Licht schimmerte.

»Und?«, fragte Nenad angespannt. »Gibts da was zu sehen?«

»Vielleicht 'nen Lüfter.« Juri tastete die löchrige Oberfläche ab. Es fühlte sich wie Keramik an. *Ein Wärmetauscher! Logisch.* So hielt der Raum seine konstante Temperatur. Was hier wohl einst gelagert worden war?

Er hielt inne. Am Rand ertastete er eine Lasche, die mit der Keramik verbunden war. Gegenüber eine identische Lasche. Er zog testweise daran. Mit einem knirschenden Schaben löste sich der Wärmetauscher und ließ sich herausziehen. Er war etwa dreißig Zentimeter lang.

Als Juri ihn komplett aus dem Loch hatte, reichte er ihn Nenad herunter. Der nahm ihn wortlos entgegen. Ihre Blicke trafen sich für den Bruchteil einer Sekunde. In Nenads Augen glänzte Hoffnung. Und auch in den Augen anderer. Mehrere hatten sich um ihn versammelt, verfolgten angespannt sein Tun, darunter auch Kiara.

Juri ließ die Aufmerksamkeit nicht zu ihm durch und spähte abermals in das Loch. Er schätzte es auf vierzig Zentimeter Tiefe. Der grüne Schimmer stammte tatsächlich von der LED eines Lüfters, der für Frischluft sorgte.

»Und?«, fragte Kiara leise. »Wird das ein Fluchtweg?«

»Weiß ich noch nicht.« Juri schob den Arm hinein, tastete herum und fühlte nur nackten Beton auf allen Seiten des Schachts. Er zog den Arm zurück, verlagerte sein Gewicht auf den Sixpacks, was ihn gefährlich wackeln ließ, wobei er die Ablenkung nutzte, um sich das Handy in einer schnellen Bewegung wieder aus der Hosentasche in den Ärmel zu schieben, ohne dass es jemand bemerkte. Abermals versenkte er den Arm im Loch, schob die Hand so weit hinein, dass er das Schutzgitter des Lüfters samt der sanften Vibrationen spürte. Dort aktivierte er das Smartphone, starrte auf das Display.

»Und?«

Juri atmete tief durch und wandte sich an die Versammelten, beließ dabei den Arm im Schacht. »Nur nackter Beton, etwa vierzig Zentimeter dick. Am Ende ist ein Lüfter montiert, an den ich zwar rankomme, aber den ich lieber laufen lasse. Sieht schlecht aus, solange niemand von uns schrumpfen kann.«

Die Anspannung hielt noch einige Herzschläge lang, bis eine Woge der Enttäuschung durch die Kammer schwappte. Die meisten wandten sich ab, bis auf Kiara und Nenad; der wollte selbst einen Blick ins Loch werfen.

»Bitte.« Juri stieg herab, das Handy wieder schön im Ärmel verborgen. Auf schnellstem Weg wanderte es in seine große Hosentasche.

Während Nenad sich auf die Sixpacks mühte, trat Juri vor Kiara. Ihre Schultern hingen herab, und Tränen glitzerten in ihren Augenwinkeln. »Wir kommen hier schon noch irgendwie raus.« Aufmunternd berührte er sie an der Schulter, drückte sie sanft.

Kiara nickte nur mechanisch, wandte sich ab und trottete zurück an die Wand, wo sie vorher gesessen hatte.

Der Anblick versetzte Juri seltsamerweise einen Stich. Seine Hand ballte sich abermals um das Handy in der Hosentasche. Am liebsten hätte er es zerstört, doch so stark waren seine Finger nicht.

Wir kommen schon noch irgendwie raus, hörte er sich in Gedanken wiederholen, höhnisch diesmal. *Und wie, Juri? Ohne Empfang?*

Ja, wie, Juri? Ohne Empfang.

31

Frustriert klappte Cahide den Ordner mit der Aufschrift JVA zu. Darin befand sich nur der offizielle Briefverkehr, den Tscherniaks Inhaftierung mit sich gebracht hatte. Die Beantragung von Boxhandschuhen, einem Vorhängeschloss, später der Antrag auf Haftlockerung und Arbeit im Freien. Die JVA besaß tatsächlich einen Bauernhof, einen Ort außerhalb der Gefängnismauern, auf dem ausgewählte Häftlinge arbeiten durften. Tscherniak schrieb sogar an die Leitung, dass er eine Schwäche für Ackerbau und Viehzucht habe. Man hatte den Antrag wegen Fluchtgefahr abgelehnt, ihm dafür aber die Stelle als Koch in der Knastküche zugewiesen. Und so ging es seitenweise hin und her, das Übliche halt, und nirgendwo fand Cahide Hinweise auf mögliche Entführungspläne, genauso wenig wie im Ordner *Gericht*, den sie nach einem Durchblättern beiseitegeschoben hatte. Blieb der Ordner *Job*, aber warum sollte jemand wie Tscherniak darin verwertbares Material hinterlassen? Völlig schwachsinnig.

Cahide lehnte sich zurück, richtete den Blick auf die Pflanze im Blähton auf dem Fensterbrett. Die stand in der prallen Sonne. Staub flirrte in der Luft.

»Wenn die Spur nur auch so heiß wäre wie dein Platz am Fenster.« Stöhnend schob sie die Ordner von sich weg und rieb sich das Gesicht. Sie war sich sicher, es mit einer kalten Spur zu tun zu haben. Mit einer eiskalten.

Sie entschied, die Sichtung zu unterbrechen und sich frischen Kaffee zu holen. Mit ihrer Tasse bewaffnet ging sie in die Dezernatsküche, ließ sich einen doppelten Espresso ein, warf zwei Stück Zucker hinein und kehrte zurück. Auf halbem Weg kam sie am Konferenzraum vorbei, in dem Clemens Sander seine Fallanalyse angefertigt hatte. Die Tür stand offen, aber alles war ruhig. Cahide wagte einen Blick, der Raum war verlassen.

Sie trat ein und schritt die Wand ab. Sander hatte weitere Informationen ergänzt, im Endeffekt alle bisherigen Ermittlungsergebnisse zusammengetragen, Zusammenhänge mit Pfeilen markiert und mit einem Farbsystem hervorgehoben. Einen nicht unbeträchtlichen Teil, etwa ein Drittel, nahm die Farbe Orange ein – alles was mit Dietmar Kaul zu tun hatte. Tscherniak, Popow und die Russenmafia beherrschten ein anderes Drittel, in Hell- und Dunkelblau markiert. Alle anderen Erkenntnisse bildeten den Rest. Viele Fragezeichen waren auf diversen Blättern zu sehen. Zu viele Fragezeichen.

Cahide nippte am Espresso und trat vor Dietmar Kauls Bereich, dessen Porträt in der Mitte hing. Lange betrachtete sie den schlechten Farbausdruck; Kaul vor einer pissgelben Wand. Der Druck war so schäbig wie der Wohnblock, in dem er lebte.

Was hatte Brandner mit seinem schiefen Bubengrinsen gesagt: »Früher wäre ich jetzt vielleicht eingestiegen ...«

Warum hatten sie es nicht getan, wenn doch sein Gespür anschlug? Was, wenn Kaul tatsächlich in die Entführung involviert war, wie Gregor vermutete? In der FFB war nicht eingebrochen und auch am Bus war kein Defekt festgestellt worden. Wer könnte also den GPS-Sender des Busses präpariert haben, wenn nicht Kaul? Als Fahrer hatte er jederzeit Zugriff auf sein Fahrzeug. Er kannte die Routen und vermutlich die Gegend um Denneroth wie seine Westentasche.

Dietmar Kaul, der alles verloren hatte.

Dietmar Kaul voller Hass und Wut in seiner Wohnung mit den urinfarbenen Fensterrahmen.

Dietmar Kaul mit dreißig Aktivisten an Bord.

Cahide leerte ihren Espresso, brachte die Tasse in die Küche und ging zurück in ihr Büro. Sie sank auf Walter Brandners Schreibtischstuhl, nahm den Telefonhörer ab und wählte die Kurzwahltaste 8.

Nach nur einem Klingeln nahm Richter Schaller das Gespräch an. »Herr Brandner! Gibt es —«

Cahide räusperte sich. »Ich bins, Herr Schaller. Frau Pfeiffer.«

»Ah ... sind Sie mit Tscherniaks Wohnungsdurchsuchung durch?«

»Ja. Wir haben drei Ordner sichergestellt, aber bisher fanden wir darin kein aufschlussreiches Material. Im Gegenteil! Juri Tscherniak wirkt aufgrund seines

Verhaltens schon während der Inhaftierung wie ein geläutertes Lamm. Und auch seine Wohnung ... die sieht nicht danach aus, als hätte er einen großen Coup geplant.«

Einige Sekunden herrschte Stille. »Sie glauben, dass Tscherniak eine kalte Spur ist?«

»Jein. Die Verbindung zu Popow und die Bewerbung bei Doria sind nicht von der Hand zu weisen, aber ich glaube, dass es nichts mit dem Verschwinden des Busses zu tun hat.«

Wieder Stille. »Und was wollen Sie nun von mir, Frau Pfeiffer?«

»Einen Hausdurchsuchungsbeschluss für Dietmar Kaul, den Busfahrer.«

»Eine neue Spur?«

»Eine naheliegende.« Cahide fasste Schaller zusammen, was sie herausgefunden hatten und vermuteten.

Daraufhin folgte die dritte Stille. Sie dauerte zu lange, und Cahide wusste schon, was Schaller sagen würde, bevor er es aussprach: »Das ist mir zu wenig, Frau Pfeiffer. Sie wissen, dass die bloße Aussicht, beweisrelevantes Material zu finden, nicht genügt.«

»Bei Tscherniak hatten wir auch nicht mehr.« Ein schwaches Argument selbst in ihren Ohren – und auch in Schallers.

»Aber Tscherniak hat eine kriminelle Historie, Dietmar Kaul nicht«, sagte er.

»Und trotzdem ist Kaul als Fahrer zu neunundneunzig Komma neun Prozent Zeuge der Entführung. Das reicht doch aus.«

»Mir nicht, Frau Pfeiffer. Sie kennen die engen Grenzen des Paragraphen 103 der Strafprozessordnung. Die Verfolgung von Spuren einer Straftat ist nur zulässig, wenn die Spuren benannt werden können. Eine bloße Vermutung genügt nicht.«

»Aber –«

»Nein, Frau Pfeiffer. Wir haben es wegen der Involvierung der Doriatochter mit einem heiklen Fall zu tun, da werde ich keine großzügige Auslegung durchführen. Stellen Sie sich vor, was bei einem Publikwerden einer solchen Durchsuchung passieren würde. Die Presse würde jubeln: *Bei Reichen wird mal wieder das Gesetz großzügig ausgelegt.* Unmöglich. Wir haben schon genug Diskussion um die Rechtsstaatlichkeit. Bringen Sie mir nur ein stichhaltiges Indiz für eine Spur, und Sie kriegen umgehend den Beschluss.«

Cahide spürte die Hitze der Niederlage auf ihren Wangen brennen. »In Ordnung, Herr Schaller«, sagte sie mit aller Höflichkeit. »Wir melden uns, sobald wir was haben.«

»Tun Sie das, Frau Pfeiffer, und verstehen Sie das nicht falsch: Ich bin nicht gegen Sie, sondern sogar sehr von Ihrer Arbeit angetan. Herr Brandner berichtet nur Gutes, aber die Gesetzeslage lässt unter den Umständen einfach keinen Spielraum zu. Aber Sie finden sicher was. Viel Erfolg.«

Ganz langsam ließ Cahide den Hörer sinken und legte auf. »Er hat ja recht!«, sagte sie und schüttelte trotzdem den Kopf. Sie dachte wieder an Brandner und sein schiefes Grinsen. »*Fuck!*«

Sie stand auf, drehte ein paar Runden im Büro, blieb vor dem Fenster stehen und pochte mit der Faust aufs Fensterbrett. Dann schnappte sie sich ihren Blazer von der Garderobe und verließ das Dezernat.

Während sie zu ihrem Wagen schritt, dachte sie an andere Worte von Walter Brandner: »Eine Soko ist immer eine Menagerie.«

Dem stimmte sie hundertprozentig zu. Die Frage war nur, welche Rolle sie darin einnahm? Die der nüchternen Direktorin oder die der Rebellin?

32

»VORSICHT!« Der Schrei einer Frau in grellorangefarbenem Overall hallte über das Ufer des Baggersees. »BEI DREI!«

Walter verfolgte gespannt den Countdown. Vier Trucks standen Seite an Seite auf der Wiese oberhalb des Uferstreifens, alle mit Seilwinden versehen. Die vier Stahlseile verschwanden in der schlammigen Tiefe.

»EINS!«

Die Taucher waren nochmals unten gewesen und hatten die Suche offiziell beendet. Das Erfreuliche: Keine weiteren Toten waren aufgetaucht. Jetzt stand die Bergung des Busses an.

»ZWEI!«

Walter erhoffte sich ehrlicherweise nicht allzu viel davon. Das Fahrzeug war mehr als einen Tag unter Wasser gewesen, was vermutlich die meisten verwertbaren Spuren zerstört hatte.

»DREI!«

Es ging los. Die Motoren der Seilwinden brummten

synchron auf, die Seile strafften sich und der schwere Holzbalken am Ufer, der als Führung für die Seile diente, knarrte laut.

»Weiter, weiter, weiter!«, rief ein Kerl, der direkt am Ufer stand und die Seile beobachtete. »Das sieht gut aus!«

Die Bergung funktionierte tatsächlich tadellos. Nach einer Minute tauchte ein eckiger Schatten unter Wasser auf, dann das Heck und schließlich der Koloss von Bus. Dreck und Wasser rann aus Vertiefungen. Ein Schwall plätscherte aus der offen stehenden Hecktür.

Eine Angestellte der KTU trat zu Walter. »Wir werden dann sofort mit der Untersuchung beginnen, Herr Brandner.«

Er nickte. »Sie wissen ja, worauf es ankommt: Fingerabdrücke an der Fixierung, Projektile, Störsender et cetera.«

»Klar, ich befürchte nur, dass das dauern wird.« Sie zeigte auf den Bus, dessen Front gerade aus dem See glitt. Die vorderen Scheinwerfer waren gesplittert, der Lack voller Dreck und Matsch. Aus Lüftungsschlitzen rann er in braunen Schlieren heraus. Eine Moosflechte fiel vom vorderen Spiegel.

»Tun Sie trotzdem Ihr Bestes. Sie wissen ja, wie die Zeit bei Entführungen drängt.«

»Jede Minute zählt.«

Als die Frau sich Richtung Bus entfernte, glitt eine silberfarbene Limousine aus dem Wald ans Ufer. Im ersten Moment fragte sich Walter, was Michael Freytag hier wollte, doch dann erkannte er Leonore hinterm Steuer. Sie sah ziemlich fertig aus.

Walter eilte ihr entgegen. »Leonore! Irgendwas passiert?«

»Nee.« Sie hatte einen Kaffeebecher dabei und trank einen großen Schluck. »Ich hab nur die ganze Nacht diese Eisler observiert.«

»Und?«

»Keine Auffälligkeiten. Die ist nach Hause, hat geduscht und sich dann mit einem Bier auf die Terrasse gesetzt. Kein Kontakt, keine Telefonate, keine nächtlichen Ausflüge. Heute Morgen ist sie dann direkt ins Fitnessstudio zum Workout – um sechs Uhr! – und dann wieder nach Hause zum Frühstücken. Danach hat sie die Wohnung geputzt und den Haushalt erledigt. Gerade war sie noch einkaufen und ist jetzt wieder zu Hause. Wenn du mich fragst, steckt die nicht mit drin oder sie ist ein absoluter Profi und so gut organisiert, dass sie niemanden kontaktieren muss.«

Walter seufzte. »Also auch eher eine Sackgasse.«

»Hier wohl auch?«

»Vermutlich. Wir hatten zwar heute früh eine spannende Erkenntnis mit Nazar Popow, dem Papst der Russenmafia, der mit Tscherniak im Knast Kontakt hatte und ihn vermutlich rekrutiert hat, aber ich habe wenig Hoffnung auf Ergebnisse. Gregor und Cahide sind dran, aber jemand wie Popow hinterlässt keine Spuren.«

Leonore runzelte irritiert die Stirn. »Und was soll die Russenmafia mit der Geschichte zu tun haben?«

»Druck auf Doria.«

»Über Tscherniak?« Leonore blies die Wangen auf. »Warum sollten die Russen eine Aktion über einen

Externen laufen lassen? Die haben doch genügend eigene fähige Leute.«

»Vielleicht wegen möglicher Spuren, die man zu ihnen zurückverfolgen kann.«

»Klingt sehr weit hergeholt, oder?«

»Ja, je länger ich darüber nachdenke, umso unstimmiger wird das alles. Denn wenn Popow Tscherniak instruiert hat, dann müsste er den Bus für ihn entführt haben, aber was will Popow mit dreißig Geiseln? Wenn, dann will der nur die Doria-Tochter, insofern ist die Aktion aus seiner Sicht sinnlos.«

»Klingt logisch.« Leonore leerte ihren Kaffee und stellte den Becher zurück in die Mittelkonsole von Michaels Wagen. »Und jetzt? Wie geht es weiter?«

»Wenn ich das wüsste.« Walter checkte seine Armbanduhr. Kurz nach zwei. Er seufzte abermals. »Vermutlich wird jetzt das BKA im Präsidium aufschlagen.«

»Wegen Popow?«

»Jop. Louis wollte die Info noch bis Mittag zurückhalten, aber dann muss er das beim BKA melden. Organisierte Kriminalität. Da läuten alle Alarmglocken.«

»Also bin ich so gut wie raus.«

»Höchstwahrscheinlich, und ich darf vermutlich auf meine alten Tage noch Kaffee kochen.« Walter lächelte ohne Freude, als Leonores Handy klingelte.

Sie hob entschuldigend die Hand, las mit gefurchter Stirn etwas vom Display und nahm ab, wobei sie sich ein paar Meter entfernte. »Ja?«, hörte er sie sagen, als jemand von der KTU ihn zu sich heranwinkte.

»Ja?«, sagte Leonore. »Wer da?«

»Gregor hier!«

»Das ist ja eine Überraschung. Gibt es Neuigkeiten?«

»Das weiß ich noch nicht. Ich ... ich bräuchte eher einen Rat, Frau Goldmann. Einen Rat von Ihnen als ehemalige Chefin.«

Seine Stimmlage ließ sie aufhorchen. »Klingt ernst.«

»Wie man es nimmt.« Er atmete tief durch. »Sie ... Sie haben sich doch hin und wieder in Ihrer Karriere über ... Dienstanweisungen hinweggesetzt.«

Leonore grinste. »Hin und wieder ist gut. Regelmäßig trifft es eher. Wobei ich das anders sagen würde: Ich habe alternative Ermittlungswege bestritten.«

Er lachte gepresst. »Nette Formulierung.«

»Worauf es ankommt, Gregor.« Leonore wurde wieder ernst. »Manche Anweisungen und Vorschriften lassen sich dehnen, andere nicht. Sie müssen halt immer abwägen, was die Konsequenzen für Sie bedeuten und welche Konsequenzen es für diejenigen hat, die es außer Ihnen betrifft – wie zum Beispiel eine Busladung Entführte, wenn sie *nicht* gefunden werden. Was haben Sie für eine Spur?«

»Nur einen Wagen auf einer Verkehrskamera. Es ist eher ein Zufallsfund, dessen Zufälligkeit ich ausschließen möchte. Oder eben nicht. Allerdings gab Rochell eindeutige Anweisungen: Ermittlungsfokus Juri Tscherniak.«

»Und den betrifft Ihre Spur nicht, verstehe.«

Für einige Sekunden schwiegen beide, bis Gregor seufzte. »Danke für die offenen Worte, Frau Goldmann.«

»Nichts zu danken. Tun Sie das, was Sie für richtig

halten, Gregor. Am Ende des Tages, des Falls, Ihrer beruflichen Laufbahn, Ihres Lebens, müssen Sie sich selbst ins Gesicht sehen können, keinem Vorgesetzten.«

Gregor schien zu nicken. Heiser sagte er: »Danke«, und legte auf.

Leonore blieb mit gemischten Gefühlen zurück. Ihr Blick fand Walter, der mit jemandem von der KTU hitzig diskutierte. Sollte sie ihm von Gregors Anruf und seinem Zufallsfund berichten? *Nein*, riet eine innere Stimme, denn sonst hätte Gregor Walter direkt angerufen. Stattdessen hatte er ihre Meinung als ausgeschiedene Polizistin hören wollen. Gregor vertraute ihr, und dieses Vertrauen wollte sie nicht zerstören. Außerdem war Gregor lange genug Polizist – er wusste, wann er seinen Vorgesetzten informieren musste und wann nicht. Er würde niemanden gefährden, kein unnötiges Risiko eingehen. Er war ein guter Polizist. Er würde das Richtige tun, da war sich Leonore sicher.

33

Donnerstag, 23. Mai – irgendwann

Die Mündung der Maschinenpistole brannte an Kiaras Schläfe. Sie schluchzte. Sofort packte der Bullige sie härter an Remos Jackenkragen und schüttelte sie auf dem Stuhl wie eine Puppe.

»Noch können Sie Ihre Tochter retten!«, schnauzte er in die Videokamera auf dem Tisch. Sie stand auf einem handlichen Stativ. Eine rote LED zeigte an, dass sie aufnahm. »Wir fordern folgende Waffenlieferungen.« Er zählte Waffenmodelle und Mengen auf, die Kiara schwindlig machten. »Sie haben sieben Tage Zeit für die Lieferung! Erhalten wir bis dahin keine Bestätigung, jage ich Ihrer Tochter ein paar Kugeln in den Kopf!« Der Druck des Maschinengewehrs verstärkte sich. Kiara spürte deutlich den kreisrunden Abdruck im Gesicht.

Einer der anderen Entführer stand hinter der Kamera, nickte und schaltete sie ab. Das rote Licht erlosch.

»Aufstehen!«, schnauzte der Bullige und zerrte Kiara auf die Beine.

»Bitte«, wimmerte sie. »Lassen Sie mich gehen.«

»Wenn dein Vater liefert!«

Ein Schluchzen brach aus ihr heraus. »Wie soll das denn gehen? Das ist doch alles reglementiert und überwacht. Wie soll mein Vater so viele Waffen aus dem Land schmuggeln?«

»Das ist euer Problem. Er wird dir zu Liebe schon eine Lösung finden.« Der Kerl gab ihr einen Stoß, der sie auf eine nackte Stahltür zutaumeln ließ.

Kiaras Beine gaben unter ihr nach. Mit einem Wimmern brach sie auf halber Strecke zusammen.

Sofort packten kräftige Hände sie, wollten sie hochzerren, doch Kiara wand sich wie ein Aal. Sie konnte nicht mehr. Sie wollte nicht mehr.

»Hoch jetzt!«, schnauzte er. »Aufstehen!«

»Ich kann nicht ...«

»Kiara!«

»Ich ...«

»Kiara! Wach auf!« Jemand zischte ihr die Worte eindringlich ins Ohr. Jemand rüttelte sie an der Schulter.

Mit einem lauten Keuchen fuhr sie hoch. Sie sah die Stahltür in der Kammer vor sich, glaubte die eiskalte Mündung an ihrer Schläfe zu spüren, doch dann registrierte sie die provisorische Toilette, den Gestank und Remo neben sich.

»Jemand kommt.« Er deutete zur Tür.

Kiara richtete sich auf. Noch immer verzerrten die Traumweben ihre Wahrnehmung. Aus dem Augenwinkel heraus meinte sie, den Tisch mit der Videokamera zu sehen. Das rote Leuchten der Aufnahme-LED. Aber da waren nur die anderen Gefangenen, blasse Geister mit hängenden Schultern, die alle zur Tür blickten. Ein paar erhoben sich wie Zombies.

Der Riegel schabte, und die Tür schwang auf.

Sie waren wieder zu dritt.

»Moin!«, flötete der Bullige und wedelte mit dem Maschinengewehr. »Alle ausgeschlafen?«

»Sie Arschloch!« Jemand spuckte aus. Nenad.

Der Bullige richtete den Lauf auf ihn. »Da hat wohl jemand noch zu viel Power, was? Dann kommst du gleich als Erster mit! *Los!*«

Nenad rührte sich keinen Millimeter. Er schüttelte sogar den Kopf. »Sie können mich mal! Ich komm erst mit, wenn ich weiß, worum es hier geht. Was wollen Sie von uns?«

»Das wirst du draußen erfahren! LOS JETZT!«

Nenad verschränkte die Arme vor der Brust. Wild entschlossen sah er aus, auch in seinen engen, knöchelfreien Hosen. »Fick dich!«, knurrte er.

Mit drei Metern Abstand standen sich die zwei gegenüber, starrten sich an. Kiara spürte das bedrohliche Knistern in der Luft.

»Ich komm mit.« Die Stimme der Asthmatikerin war leise, aber bestimmt. Sie trat auf wackeligen Beinen vor. Ein aufopferungsvoller Schlichtungsversuch.

Der Bullige wandte sich nicht von Nenad ab. Er sagte: »Dann ab zur Tür, Lady! Aber es kommen zwei mit, und du bist der zweite. Ich sag es ein letztes Mal: *Auf gehts!*«

Während die Asthmatikerin zur Tür wackelte, lockerte Nenad seine verschränkten Arme, aber nur, um eine Hand zu heben.

Kiara hielt die Luft an.

Nenad zeigte dem Bulligen den Stinkefinger.

Das Rattern des Maschinengewehrs zerriss die angespannte Stille. Nenad brüllte, jemand schrie, etwas knackte, Fliesen brachen und Staub barst in die Luft.

Jemand riss Kiara zu Boden.

Der Aufprall auf dem Beton presste ihr die Luft aus den Lungen, und ein Schlag gegen ihren Kopf ließ die Kammer zerfließen wie auf einem Aquarell. Sie stöhnte, fasste sich an die pochende Stirn, und als sie Sekunden später wieder was erkennen konnte, herrschte Chaos in ihrem Gefängnis. Nenad lag röchelnd auf dem Boden. Blut spritzte aus seinem Hals. Eine Frau beugte sich über ihn, wimmerte. Eine andere quiekte wie eine Sau auf der Schlachtbank, hielt sich den Arm. Zwischen ihren Fingern quoll Blut hervor. Der Bullige hatte derweil eine der Anführerinnen gepackt und schleifte sie zur Tür. Er brüllte irgendetwas. Die Asthmatikerin war zusammen mit einem Entführer verschwunden. Der dritte stand mit erhobener Pistole an der Tür, zielte in die Menge. Er brüllte ebenfalls, mit seltsam hoher Stimme. Vielleicht täuschte Kiara sich auch, denn in ihren Ohren klingelte es.

Dann waren die Entführer draußen und die Stahltür schlug ins Schloss.

Da erst registrierte Kiara, dass Remo halb auf ihr lag. Hatte er sich schützend über sie geworfen?

Sein Gesicht kam hoch, war schmerzverzerrt. »Alles okay?«

Kiara nickte, worauf er sich stöhnend von ihr wälzte.

Siedend heiß durchfuhr es sie: Ihr einziger Verbündeter schien verletzt zu sein! Das ließ sie alles um sich herum vergessen. Sie rappelte sich auf, krabbelte an seine Seite. »Remo! Was ist?«

Er lehnte sich gegen die Wand, zog mit den Händen seinen rechten Fuß zu sich heran. Seine Wade hinterließ eine blutige Spur auf dem nackten Beton.

»Oh Gott!« Kiara wurde wieder schwindlig. »Bist du getroffen worden?«

»Scheint so. Querschläger.« Er lüpfte das Hosenbein. Blut rann an seiner behaarten Wade herab. Als er mit den Fingern vorsichtig dagegen drückte, ging ein Beben durch seinen Körper

»Das müssen wir abbinden!«

Er nickte. »Jacke.«

»Was?«

»*Jacke!*«

»Ach so, ja, Jacke!« Kiara hatte immer noch seinen Parka an. Sie zog ihn aus. Remo schlug die Innenseite auf, prüfte das Innenfutter, schob seine Finger in eine Innentasche und riss daran. Die ganze Tasche löste sich samt einem Streifen schwarzen Stoffs. Noch zweimal zerrte er daran, bis er ihn gänzlich aus der Jacke gerissen hatte. Dann band er sich stöhnend die Wade knapp unterhalb des Kniegelenks ab.

Aschfahl sank sein Kopf gegen die Wand. Für einen Moment schloss er die Augen, dann sah er sich um. Kiara ebenfalls.

Was sie sah, war das reinste Elend. Nenad lag still in einer Lache Blut. Die Frau an seiner Seite weinte. Die andere

Verletzte wurde provisorisch von den Arztserienjunkies verarztet. Ihr band man mit Stoffstreifen den Arm ab.

Ansonsten schien niemand verletzt zu sein. Aber sie waren auch nur noch zwanzig von einst zweiunddreißig!

Was ging hier vor?

Was wollte man von ihnen?

Terroristen ...

Kiaras Blick fiel abermals auf den toten Nenad. Der Leichnam verschwamm hinter Tränen. Sie schluchzte laut und sank an Remos Seite.

Sie spürte, wie er seinen Arm um sie legte, wie er sie zu sich heranzog. Sie ließ es geschehen und bettete den Kopf in seine Armbeuge. Dort weinte sie sich zurück in einen Schlaf voller rot leuchtender LEDs und eiskalter Gewehrmündungen.

34

Gregor ließ das Handy sinken. *Tun Sie das, was Sie für richtig halten.* Frau Goldmanns Worte hallten nach. *Was ich für richtig halte.* Gregor atmete lange aus und fingerte nach der Packung Zigaretten in der Mittelkonsole. Normalerweise rauchte er nur zwei Zigaretten pro Tag; eine vor Arbeitsbeginn und eine nach Feierabend, eine Angewohnheit seit Zeiten des Abiturs. Aber manchmal, gerade bei schwierigen Entscheidungen, griff er zusätzlich zum Glimmstängel. Als ob Nikotin ihm Entscheidungen abnehmen könne ... Trotzdem klopfte er mit der flachen Hand eine Kippe aus der Packung und zog sie mit dem Mund gänzlich heraus.

Ohne den Blick von dem Mehrfamilienhaus auf der anderen Straßenseite zu nehmen, entzündete er sie und inhalierte tief. Der Rauch erfüllte den Wagen, wallte zur offen stehenden Seitenscheibe hinaus.

Drei Parteien wohnten gegenüber, laut Melderegister darunter Renate und Kai Bitzinger. Die Geschwister waren vor einigen Wochen von Hamburg hergezogen.

Das deckte sich mit dem Kaufdatum der Kaul'schen Metzgerei. Gregor hatte vor seinem Anruf bei Frau Goldmann mit dem Notariat Siegler telefoniert; dort hatte man ihm den Kauf und dessen Rechtsverbindlichkeit bestätigt. Ebenso, dass Dietmar Kaul sein Elternhaus verkauft hatte, aber das schon vor eineinhalb Jahren, vermutlich nach dem Tod des Vaters und der Einlieferung der Mutter ins Heim. Damals hatte er auch die Metzgerei loswerden wollen, nur keinen Käufer gefunden, weil laut EU-Verordnungen zahlreiche kostenintensive Renovierungsmaßnahmen nötig gewesen wären. Das Betreiben einer Metzgerei war also gar nicht mehr ohne Weiteres möglich. Und dann hatte die nette Notariatsangestellte am Telefon gesagt: »Für den Preis hätte ich die Bude allerdings auch genommen, allein schon wegen des Grundstückswertes.«

»Für wie viel hat Kaul die Metzgerei denn verkauft?«, hatte Gregor gefragt.

Und sie hatte geantwortet: »Für symbolische einhundert Euro.«

Gregor zog an seiner Kippe. Der Tabak knisterte. Er fragte sich, warum jemand für einhundert Euro eine Immobilie verscherbelte. Kaul hatte zwar keine Schulden, aber auch nichts auf der hohen Kante, wie der Finanzcheck ergeben hatte. Hatte er die Metzgerei, die Altlast sozusagen, einfach nur loswerden wollen? Wie war der Kontakt zu den Bitzingers entstanden? Sie hatten sich erst drei Tage vor dem Notartermin bei der Stadt angemeldet. Die drei mussten sich also irgendwann vorher kennengelernt haben, denn eine Wohnung fand man auch nicht von heute auf morgen.

Und dann solche Leute! Gregor hatte die Daten der Bitzingers routinemäßig durch die Datenbank gejagt und einige Treffer erhalten. Renate Bitzinger, 47 Jahre alt, war wegen mehrfachem Vandalismus in ihren Zwanzigern und Dreißigern vorbestraft. Und Kai Bitzinger, 54 Jahre alt, hatte sogar wegen schwerer Körperverletzung sechs Monate eingesessen. Er galt als Hooligan und hatte bundesweites Stadionverbot. Das waren definitiv keine seriösen Käufer, denen man seinen ehemaligen Lebensmittelpunkt für einhundert Euro schenkte.

Was hatten Kaul und die Bitzingers gemein, abgesehen davon, dass sie vom gleichen Fach waren? Renate hatte Fleischfachverkäuferin gelernt, Kai war Metzger.

Das konnte alles kein Zufall sein. Da lief etwas, zumal der Kühlwagen in der Nacht der Entführung auf der Landstraße gewesen war.

Gregor hatte dieses ganz seltsame Gefühl im Magen, das ihn in allerhöchste Alarmbereitschaft versetzte. Wäre nur Rochells Ansage nicht gewesen ... Er inhalierte nochmals tief und wusste, dass er trotz allem schon eine Entscheidung getroffen hatte, schon bevor Frau Goldmann ihm geraten hatte, er solle das Richtige tun.

Er schnippte die Kippe zum Fenster hinaus, kramte das Werkzeug aus dem Handschuhfach, stieg aus und überquerte die Straße.

Das Gebäude war ein Altbau aus den Fünfzigerjahren. Sanierungsbedürftig. Alte Fenster und keine Wärmedämmung. Zur Haustür ging es ein paar Stufen hinauf ins Hochparterre.

Gregor klingelte überall, doch niemand öffnete. In der Einfahrt stand kein Wagen, vermutlich waren alle bei der Arbeit. *Oder bei einer Entführung.*

Mit flinken Fingern holte er Pick und Spanner aus der Tasche und machte sich an der Haustür zu schaffen. Brandner hatte ihm das beigebracht.

Er brauchte keine Minute und war drin. Hinter sich schloss er die Tür. Dann zog er sich Nitrilhandschuhe an und stieg das Treppenhaus ins erste Stockwerk empor. Dort lag ein Fußabstreifer vom HSV. An der Klingel stand BITZINGER.

Wieder betätigte er die Klingel, nur um ganz sicher zu gehen, doch abermals tat sich nichts. Es herrschte absolute Stille.

»Na dann.« Gregor knackte das zweite Schloss. Diesmal brauchte er etwas länger, aber die Tür sprang auf.

Abgestandene Luft puffte ihm entgegen, als er auf leisen Sohlen eintrat. Er fand sich in einem Gang wieder. Rechts hing eine Garderobe von IKEA, daran baumelte ein deutlich gebrauchter Stoffbeutel der Metzgerei Kaul. Darunter stand ein leeres Schuhregal. Sein erster Eindruck war: puristisch, aber nicht ungemütlich.

Gregor schlich weiter, erreichte das Schlafzimmer. Ein Doppelbett nahm den kleinen Raum fast zur Gänze ein. Die dünnen Bettlaken waren zerwühlt, ein Kissen lag am Boden, eines lugte unter dem Laken hervor.

Irritiert blickte Gregor auf das Arrangement. Ein Doppelbett bei Geschwistern?

Er sah sich weiter um. Auf dem Nachtkästchen lag neben einer Leselampe und einer Taschentuchbox ein Fachbuch über Warmfleischverarbeitung. Er blätterte es durch. Als Lesezeichen steckte ein Flyer für Thailand eines örtlichen Reisebüros darin. Zwei Mengenberechnungen waren mit Bleistift an den Rand der markierten Doppelseite gekritzelt worden.

$$5000 \times 100 \, g = 500 \, kg$$
$$500 : ca. \, 25 \, kg = 20$$

Als Nächstes nahm Gregor den Schrank in Augenschein. Ebenfalls vom schwedischen Möbelhaus, günstigste Variante. Die Schiebetür glitt zur Seite. Ein paar Frauenklamotten hingen auf der einen Seite, ein paar Herrenjeans und Hemden auf der anderen. In den Fächern darunter lugten Wollsocken hervor.

Im untersten Fach fand Gregor eine Schachtel. Er zog sie hervor und öffnete den Deckel. Buntes Sexspielzeug prangte darin; diverse Dildos, Handschellen, sogar eine Kunstvagina.

Gregor schloss den Deckel und schob die Kiste zurück an ihren Platz, dann verließ er das Schlafzimmer exakt so, wie er es vorgefunden hatte.

Gegenüber lag der Wohn-Ess-Bereich. Dreckiges Geschirr stapelte sich in der Spüle, setzte bereits Schimmel an. Deswegen auch der muffige Geruch. Hier war seit Tagen niemand gewesen. Seit Dienstagmorgen?

Zwei Tassen auf der Spüle stachen ihm ins Auge: eine in gelb-rot mit der Aufschrift MISS SUNSHINE und eine in grau-blau mit der Aufschrift MISTER GRUMPY.

Ein Gedanke blitzte stroboskopisch durch sein

Gehirn, nur ein kurzes Zucken. Ein Doppelbett. Dann noch ein Blitz. Paartassen. Ein Blitz. Gemeinsames Sexspielzeug. Hier wohnten keine Geschwister, sondern hier wohnte ein Paar.

Wieder ein Blitz. Hemden im Schrank.

Gregor eilte zurück, die Schiebetür glitt zur Seite und ein Griff hinein. Nein, nein, nein, dann ein Pfiff. Er zog eines der Hemden vollständig heraus. Es war türkis. Am Kragen waren drei Buchstaben mit schwarzem Bindfaden eingestickt: FFB.

Gregor starrte den Hemdkragen an, dann stöhnte er laut. Konnte das sein?

Hektischer als vorher sah er sich um, suchte einen Beweis und lief zurück in die Küche. Er wollte gerade in den angrenzenden Wohnbereich, als er mitten in der Bewegung erstarrte. An der Zwischenwand hing auf Augenhöhe ein gerahmtes Foto. Darauf abgebildet: Dietmar Kaul und Renate Bitzinger. Arm in Arm.

35

Der Schmerz in seinem Bein beflügelte Juris ansonsten karge Fantasie. In seiner Jugend hatte er gern Actionstreifen gesehen, Filme mit Verbrechern in den Hauptrollen, die sie menschlich zeigten. Sie waren seine Vorbilder gewesen: Neil McCauley aus Heat. John Patrick Mason aus The Rock. Daniel Ocean aus Ocean's Eleven. Am liebsten war ihm Jean Reno alias Léon gewesen. Er musste an eine Szene denken, in der sich Auftragskiller Reno an das SWAT-Team heranschlich. Genauso stellte er sich das vor: Er mit gezückter Pistole direkt neben der Stahltür, mit dem Rücken an der Wand, den durchgestreckten Arm samt Pistole auf Kopfhöhe. Sobald Nummer 1 reinkam, müsste er nur abdrücken, dem Wichser das Hirn rauspusten. Er müsste nicht mal besonders gut zielen, und der Kerl würde nicht checken, wie ihm geschah. Einfach das Stammhirn ausschalten.

Der Haken an der Idee: Was, wenn die anderen Entführer einfach die Tür zuknallten, den Riegel vorschoben und verschwanden? Dann würden sie in dieser verdammten Kammer elendig verrecken.

Juri musste erst sicherstellen, dass sie hier rauskamen. Gerade spielte er mit dem Gedanken, sich beim nächsten Aufkreuzen der Entführer wie die Frau mit dem Asthma freiwillig zu melden. Aber dann müsste Kiara das ebenfalls tun. Sie mussten zusammenbleiben, wenn Juri mithilfe ihres Vaters untertauchen wollte.

Gerade schlief sie in seinem Arm den Schlaf der Gerechten. Er wollte sie nicht wecken, sie brauchte die Erholung.

Juri schlief langsam der Hintern ein. Ganz vorsichtig verlagerte er sein Gewicht. Seine Wade pochte sofort stärker, aber es war erträglich. Vermutlich nur eine Fleischwunde. Schiss hatte er wegen des Projektils, das irgendwo zwischen Muskeln und Sehnen steckte. Die Gefahr einer Blutvergiftung war enorm, und eine solche würde er in seinem geschwächten Zustand höchstwahrscheinlich nicht überleben.

Wegen eines verdammten Querschlägers! Wie dumm musste der Kerl auch sein, um mit aktivierter Automatik durchzuziehen? Er hätte sich selbst erschießen können. Leider hatte es Juri getroffen. *Toll. Ganz toll.* Wenigstens nicht das Bein mit der Knarre am Knöchel.

Juri nickte ein und schreckte hoch.

Irritiert sah er sich um, bemerkte, dass alle auf Nenads Leichnam starrten. Der gab abermals ein Geräusch von sich. Einen Furz. Logisch. Die innere Muskulatur erschlaffte nach und nach. Wenn sie Pech hatten, kackte er ihnen noch die Bude voll.

Juri wandte den Kopf ab und schloss wieder die Augen.

Als er das nächste Mal hochschreckte, hörte man Schritte vor der Tür. Schnell rieb er sich die Müdigkeit aus dem Gesicht und rüttelte Kiara wach. Diesmal japste sie nicht nach Luft, sondern schlug einfach die Augen auf. Sie waren klar.

»Kommen sie wieder?«, fragte sie.

»Ja.« Juri beugte sich zu ihr hinab und flüsterte: »Wenn sie wieder zwei holen, dann melden wir uns freiwillig.«

Ihre Pupillen weiteten sich vor Angst. »Und dann?«

»Fliehen wir. Hier drinnen haben wir keine Chance gegen drei, draußen vielleicht schon. Außerdem werden wir immer schwächer. Wir müssen handeln.«

Überzeugung sah anders aus.

Juri packte sie sanft an den Schultern. »Vertrau mir, Kiara! Wir schaffen das!«

Nach einem langen Zögern nickte sie, keine Sekunde bevor der Riegel schabte und die Tür aufging.

Der Bullige schmetterte: »So! Die nächsten zwei!«

Juri rappelte sich auf und zog Kiara mit hoch. »Wir!«

»Ihr zwei Turteltäubchen? So viel Elan noch?«

»Nee.« Juri humpelte zwei Schritte auf Nummer 1 zu. »Aber mit 'nem Querschläger im Bein verblut ich hier drin.«

Der Bullige musterte ihn, schnaubte unter seiner Maske amüsiert. »Na dann. Raus mit euch!«

Ja, raus mit uns. Juri lief mit Kiara im Schlepptau zielstrebig auf die offen stehende Stahltür zu. Niemand protestierte.

Die anderen beiden Entführer nahmen sie mit ihren Pistolen in Empfang und flankierten sie.

Dann schlug hinter ihnen die Stahltür ins Schloss, und Nummer 1 legte von außen den Riegel vor. Leider übernahm er nicht die Führung, wie Juri gehofft hatte, sondern blieb wie ein Profi hinter ihnen. »Vorwärts!«, bellte er. »Zu der Tür da drüben! Und keine Faxen machen!«

»Keine Sorge. Machen wir nicht.« Juri drückte Kiaras Hand fester. Sie suchte seinen Blick, Angst in den Augen, aber auch Vertrauen. Er nickte aufmunternd, dann liefen sie Seite an Seite los.

Bei jedem Schritt stach ihm die Wade, aber noch mehr beschäftigte ihn der imaginäre Punkt zwischen den Schulterblättern, wo er jeden Moment den Einschlag eines Projektils erwartete.

Der Schuss blieb aus, und so ging es durch den Raum, in dem sie angekommen waren, und dann einen kargen, gefliesten Flur entlang auf eine mit geriffeltem Glas versehene Stahltür zu. Neonlicht drang hindurch.

Auf halber Strecke sagte Kiara plötzlich: »Wissen Sie eigentlich, wer ich bin? Wollen Sie Geld? Das kann ich Ihnen besorgen. Wie viel wollen Sie?«

Der Entführer neben ihr blieb stehen, wechselte mit den anderen einen Blick. Der Bullige packte Kiara von hinten und zerrte sie zu sich herum, um ihr ins Gesicht zu sehen. »Was labberst du da? Wie alt bist du bitte? Achtzehn? Was kannst du uns schon bieten?«

Kiara hatte Schneid. Sie hielt seinem Blick stand. »Eine ganze Menge. Ich bin die Tochter von Hans-Peter Doria. Wir haben ein Privatvermögen in Milliardenhöhe.«

In Milliardenhöhe. Die zwei Worte hallten nach.

Nummer 1 schnaubte nur. »Klar. In Milliardenhöhe.« Er glaubte ihr kein Wort, doch der dritte Entführer hob die Hand.

»Das könnte aber echt sein. Die Dorias wohnen in der Stadt, und die haben wirklich Kohle. Stand erst letzthin was in der Zeitung. Milliardenumsatz im letzten Jahr.«

Juri musterte den Kerl aus dem Augenwinkel. Die Stimme kam ihm bekannt vor. Wer war das?

Nummer 1 musterte seinen Kumpanen, bevor er brummte: »Wir haben einen anderen Plan, Leute!«

Der dritte Entführer mischte sich mit in die Diskussion ein. Zu Juris Überraschung war es eine Frau. »Geld kann man aber nie genug haben. Gerade wir!«

»Ja, nur was nutzt uns der Schotter, wenn wir lebenslang im Knast verrotten? Vergesst es! Wir waren uns einig!«

Der zweite Kerl sagte zur Frau: »Er hat recht. Und wenn das wirklich die Tochter von Doria ist, werden wir nie eine Lösegeldübergabe hinbekommen. Die buchten uns sofort ein. Da wartet eine Hundertschaft auf uns.«

»Die wartet dann auch so auf uns! Die wissen doch längst, dass die verschwunden ist.«

Wieder Nummer 1: »Und wenn schon! Keine Panik. Unser Plan ist gut. Die finden uns nicht. Die tappen im Dunkeln!«

»Und was wenn nicht?«

»Dann erhöhen wir halt den Akkord! Wir haben gestern gesehen, dass mehr ginge. Wäre mir sowieso lieber. Je früher wir in die Sonne kommen, desto besser.«

Die vermummte Frau sah zwischen den beiden hin und her, bis sie seufzte. »Okay. Dann los! Wir erhöhen den Akkord!« Sie zeigte den Flur entlang, und Nummer 1 schob Juri und Kiara vorwärts.

Juri fluchte in sich hinein. Für einen Moment hatte er gehofft, dass Kiaras Einwand die Entführer umdenken ließe und so eine Chance auf einen Freikauf öffnete. Aber was bitte wollten die drei, wenn kein Geld? Von welchem Akkord sprachen sie?

Während er mit zu vielen Fragezeichen vorwärtshinkte, intensivierte sich ein seltsamer Geruch. Eisen und Zucker und verbranntes Horn, schoss es ihm durch den Kopf. Was bitte war das für eine Mischung? Wo waren sie? Was war das für eine riesengroße Kacke?

Als sie durch die Tür mit dem geriffelten Glas geführt wurden, begriff er es.

Kiara Lina Werler schrie als Erstes, spitz und hohl und markerschütternd, und Juris Schrei stand ihrem in nichts nach.

36

Donnerstag, 24. Mai – 14.02 Uhr

»Sie wollen in die Wohnung vom Herrn Kaul?« Hausmeister Kresslehner, ein hutzeliges Männlein in den Siebzigern, wirkte sichtlich irritiert. »Warum?«

Cahide musste ruhig bleiben. »Weil ich einen Durchsuchungsbeschluss habe.« Sie wedelte mit dem Beschluss von Tscherniak. Die falsche Adresse überdeckte sie dabei mit den Fingern.

Kresslehner verfolgte mit offenem Mund ihre Bewegungen, bis er nickte. »Okay. Dann kommen's. Aber sagen's: Ist was passiert?«

»Reine Routine. Herr Kaul wird seit der Nacht von Dienstag auf Mittwoch vermisst. Ich muss prüfen, ob ihm etwas passiert ist. Nicht, dass er verletzt in seiner Wohnung liegt.«

»Oh Gott! Das wäre ja schlimm! Dann kommen's!« Der Hausmeister führte sie eiligst durch die tristen Gänge des Betonbaus. Unterwegs meinte er: »Ich hoff auch, dass ihm nichts passiert ist. Ist ein feiner Kerl, der Kaul, auch wenn ich ihn schon lange nicht mehr gesehen habe.«

»Wie lange schon nicht mehr?«

»Keine Ahnung. Seit vielleicht sechs oder acht Wochen. Aber da ist er schon. Samstags höre ich immer Gegröle aus seiner Wohnung.« Der Hausmeister rollte vielsagend mit den Augen. »Fußballfan.«

Sie erreichten das Apartment, und das Klimpern des schweren Schlüsselbunds erfüllte den Flur beim Aufsperren. »Hier. Bitte schön. Soll ich warten? Vielleicht brauchen's Hilfe, falls ...«

»Nicht nötig, Herr Kresslehner. Sollte was sein, ruf ich den Notarzt an. Und andernfalls zieh ich einfach hinter mir zu.«

»Ja ... in Ordnung. Dann halte ich Sie nicht länger auf!« Sichtlich in Gedanken bei Dietmar Kaul und dessen möglichem Schicksal trottete Kresslehner davon, und Cahide betrat mit vor Erleichterung klopfendem Herzen endlich die Wohnung. Sie hatte gehofft, dass es so leicht werden würde, es aber nicht erwartet. Wie naiv doch manche Leute waren. Da genügten eine Dienstmarke und ein bedrucktes DIN-A4-Blatt in einer Klarsichtfolie. Wahnsinn. Ihr sollte es recht sein. Sie schloss die Tür hinter sich und begann mit ihrer Durchsuchung.

Viel zu durchsuchen gab es nicht. Dietmar Kaul bewohnte ein Ein-Zimmer-Apartment mit Kochecke. Selbst Tscherniaks Wohnung war geräumiger gewesen.

Die Wohnung wirkte seltsam aufgeräumt, aber schmuddelig. Wollmäuse wirbelten um ihre Sneaker, und Chipsreste knirschten unter ihren Sohlen. Die Schlafcouch war ausgezogen, das Bettzeug darauf zerwühlt. Ein Schlafshirt spitzte am Fußende heraus, hing wie ein schlaffer Fisch über den Rand. Cahide lupfte es mit spitzen Fingern. Es glich einem schwarzen Sack. Größe XXL. Der Aufdruck in weißen Lettern auf der Vorderseite lautete: *Pauli-Klatscher*. Auf der Rückseite: *HSV ULTRAS*. Ein Schlagring zierte den Schriftzug.

Cahide runzelte die Stirn. »Fußballfan?« Sie ließ das Shirt fallen. Das sah eher nach einem Hooligan aus. Ultras. Mit denen war nicht zu Spaßen. Die trafen sich am Wochenende zum Prügeln, und der Fußball war nur ein Grund, unter dessen Banner sie sich versammeln konnten. Irgendeine Zugehörigkeit brauchten die Dummen ja.

War Dietmar Kaul so einer? Ein Hamburgfan in Bayern?

Hamburg.

Ein ganz anderer Name schoss ihr durch den Kopf: Kai Bitzinger. Der hatte das Grobschlächtige eines Hooligans. Den konnte sie sich sofort vorstellen, wie er sich brüllend in eine Meute von Paulifans warf, um mit einem Schlagring auf ein paar andere Hohlköpfe einzudreschen.

Cahide schüttelte den Kopf. Was war das für eine Verbindung? Kai und Kaul? Wie ging das zusammen? War da mehr als nur der Verkauf der Metzgerei?

Sie sah sich weiter um, checkte Kochecke, Fernsehtisch und Essgruppe. Auf dem Balkon standen leere Bier- und Wodkaflaschen. Eine davon war gefüllt mit Zigarettenkippen und Asche. Hier war gehaust, nicht gewohnt worden.

Zuletzt warf sie einen Blick ins Badezimmer. Wie die pissgelben Fensterrahmen zierte die Farbe Gelb das

Porzellan der Toilette. Der Spiegelschrank war ausgeräumt, der Zahnputzbecher bis auf eine weiße Kruste leer. Am Boden stand ein schwarzer Müllsack. Ein Blick hinein offenbarte Unrat; Pizzaschachteln, Chipstüten, Schokoriegelverpackungen.

Cahide gestand sich ein, dass sie derlei in Tscherniaks Bude erwartet hatte, aber nicht in der von Dietmar Kaul.

Das Schrillen ihres Handys ließ sie zusammenzucken. »Herrgott«, stieß sie in brandnerscher Manier hervor und ärgerte sich selbst darüber, das Handy nicht lautlos gestellt zu haben.

Es war Gregor.

»Was gibts?« Sie lief zurück ins Wohnzimmer.

»Ich hab 'ne Frage.« Er klang aufgeregt. »Ihr ward doch bei den Bitzingers im Laden?«

»Hatte Sander schon gefragt.«

»Jaja. Habt ihr erwähnt, weshalb ihr dort ward?«

»Klar. Weil Kaul verschwunden ist.«

Ein Moment der Stille. »Wie haben die Bitzingers darauf reagiert?«

Cahide verstand die Intention der Frage nicht. »Inwiefern reagiert?«

»Na, waren die erstaunt? Überrascht? Schockiert?«

Cahide blies durch und versuchte, sich an die Details zu erinnern. »Nee«, sagte sie schließlich. »Der Bitzinger sagte, sie hätten *Dietmar* seit dem Notartermin vor drei Monaten nicht mehr gesehen. Schockiert waren die nicht. Warum fragst du?«

»Weil das eine Lüge war.«

» *Wie bitte?* «

»Renate Bitzinger und Dietmar Kaul sind ein Paar.«

Cahides Blick glitt zum Schlafshirt. Ein Puzzleteil näherte sich seinem Platz. »Woher weißt du das?«, fragte sie leise.

»Egal. Ich hab einen Beweis. Warte.« Eine Sekunde später vibrierte ihr Handy. Ein Foto. Dietmar und die Frau aus der Metzgerei Arm in Arm.

»Scheiße! Ich hab da auch was.« Sie hob das Schlafshirt und fotografierte es, sodass der Ultras-Schriftzug samt Schlagring zu erkennen war. Sie schickte es retour. »Dann gehört das vermutlich dem Kai.«

Gregor schluckte hörbar. »Wo bist du gerade?«

»Dasselbe könnte ich dich fragen.« Für einen Moment schwieg sie, dann: »Ich bin in Dietmar Kauls Wohnung. Ich glaub aber, dass hier Kai Bitzinger gehaust hat.«

»Fuck!« Gregor schnaubte das Wort heraus. »Das passt, denn ich bin bei den Bitzingers in der Wohnung und hier wohnte eindeutig ein Paar.«

»Renate und Dietmar.« Cahide wollte es kaum glauben. »Scheiße! Du weißt, was das bedeutet.«

»Dass die drei uns nach Strich und Faden verarscht haben. Die stecken unter einer Decke. Die Bitzingers wussten von Kauls Verschwinden. Also auch vom Bus.«

»Dann wissen sie auch, wo die Leute stecken.«

»Warte, warte, warte! Lass uns noch mal rekapitulieren: Ihr habt die Metzgerei gestern nachmittag besucht.«

»Jo. Da waren keine Leute. Wir haben alle Räume gecheckt.«

»Okay. Der Bus verschwand nachts gegen halb zwei. Laut dem Obduktionsbericht von Freytag wurde die

Tote gegen drei Uhr erschossen, plus minus eine Stunde. Das war logischerweise vor dem Versenken des Busses. Wann passierte das? Ich wette, das war noch in der Nacht im Schutz der Dunkelheit, also weit vor eurem Besuch in der Metzgerei.«

»Was bedeutet, dass sie die Leute vorher irgendwohin gebracht haben.«

»Und nicht in die Metzgerei, sonst hätten sie sie euch nicht bereitwillig gezeigt.«

Cahide knurrte fast. »Die wussten, dass wir irgendwann kommen. Die haben auf uns gewartet. Uns vorgeführt. Uns ihre Curryknacker gezeigt.« *Wahnsinn ...*

»Möglich.« Dem Ton nach folgte Gregor einem anderen Gedanken. Cahide sah ihn vor sich, wie er in die Ferne blickte und sich mit dem Finger an der Narbe kratzte. »Das heißt aber, dass sie zwingend eine zweite Location besitzen. Irgendwo müssen die Leute stecken. Und ewig weit entfernt kann es nicht sein, wenn sie dazwischen pendeln.«

Das leuchtete ein. Blieb die Frage: »Nur wo soll das sein, Gregor?«

Seine Aufmerksamkeit kehrte zu ihr zurück. »Keine Ahnung, aber wir müssen es herausfinden.«

37

Donnerstag, 24. Mai – 14.23 Uhr

»Nichts!«, rief Cahide ins Telefon, während sie Kauls Wohnungstür hinter sich ins Schloss warf. »In seiner Wohnung gibt es keine Hinweise. Ich hab alles umgedreht.«

»Ich bin noch nicht ganz durch, aber bisher ebenfalls Fehlanzeige. Mir fehlt noch eine Kommode.« Etwas rumpelte und Gregor fluchte. Scheinbar hatte er sich gestoßen.

»Wollen wir uns bei der ehemaligen Metzgerei von Kaul treffen?«, schlug Cahide vor, während sie über das Treppenhaus ins Erdgeschoss eilte. »Ich müsste in einer guten Viertelstunde dort sein.«

»Ja, lass uns das machen. Kannst du dich noch beim Grundbuchamt nach Eintragungen von Kaul und den Bitzingers erkundigen? Vielleicht haben die irgendeine Immobilie erworben, wo sie die Leute verstecken.«

»Meinst du, die sind so blöd? Wenn dann mieten die doch was, damit wir das nicht in fünf Minuten in Erfahrung bringen.«

Gregor seufzte. »Auch wieder wahr, aber prüfen sollten wir es trotzdem.«

»Kennst du zufällig das aktuelle Behördenstichwort fürs Grundbuchamt?« Mit dem regelmäßig wechselnden Stichwort, das als Verifikation reichte, konnte die Polizei telefonisch Auskunft von Behörden einholen.

»Ich glaube, *Märzenbecher*.«

»Im Mai?«

»Jo, bin mir eigentlich ziemlich sicher. Der Chef hat das erst vor paar Tagen für eine Abfrage benutzt.«

»Okay. Dann klär ich das, und wir treffen uns in fünfzehn Minuten bei der Metzgerei Kaul.«

»Abgemacht. Das erscheint mir als heißeste Spur.«

»Mir auch. Aber lass uns nicht direkt davor treffen«, warf Cahide ein. »Daneben gibt es eine Saftbar. Ich warte dort.« Sie erreichte ihren Wagen, schwang sich hinters Steuer und parkte bereits schwungvoll aus, als Gregor noch antwortete: »Abgemacht! Bis gleich!«

Cahides Anruf beim Grundbuchamt ergab wie erwartet keine neuen Erkenntnisse. Auf die Bitzingers war lediglich die ehemalige Metzgerei Kaul eingetragen. Alles andere wäre auch furchtbar dumm gewesen, wobei Kai Bitzingers Hinterlassenschaften in Kauls Wohnung auch nicht auf besonders viel Weitsicht hinwiesen. Hatte er das Schlafshirt mit Verweis auf Hamburg einfach übersehen? Wobei das egal war. DNS-Spuren hatte er so oder so in der Wohnung hinterlassen, und das musste ihm klar sein.

Das war eine erschreckende Feststellung, denn es bedeutete, dass es den dreien egal war, ob man ihnen auf die Spur kam, und sie lediglich mit einem Zeitfenster planten. Wie lange dauerte eine DNS-Analyse? Maximal ein paar Tage, wenn die Priorität hoch eingestuft wurde. War dann die Aktion der drei abgeschlossen?

Cahide blickte auf ihr Handy. Gregor müsste jeden Moment eintreffen. Vierzehn Minuten waren seit ihrem Telefonat vergangen, vierzehn lange Minuten. Cahide musste sich eingestehen, dass sie eine innere Unruhe verspürte, und sie erwischte sich dabei, abermals den Sitz ihrer Dienstwaffe unter dem Blazer zu prüfen.

Kai Bitzinger.

Ihr Blick glitt zum Schaufenster der Metzgerei. Fast fühlte sie seinen kalten Blick wie am Vortag, aber das war natürlich Schwachsinn. Vom Verkaufsraum aus konnte er sie gar nicht sehen, dazu hätte er herauskommen müssen.

Ein Wagen schoss heran, und Gregor sprang heraus. »Und? Ist jemand da?«

Cahide riss den Blick von der Metzgerei los, löste ihre Finger von der Dienstwaffe. »Ich glaub nicht. Der Lieferwagen steht auch nicht da.«

Gregor musterte Parkplatz und Eingang. Seine Augen glänzten vor Aufregung. Er hatte eine Fährte aufgenommen und würde sie bis zum bitteren Ende verfolgen. »Dann lass uns gehen!«

Gemeinsam trabten sie zum Schaufenster. Der Laden war verlassen, das Licht aus. Kein Kai Bitzinger in blutigen Schürzen hinter der Scheibe.

Gregor probierte es an der Tür. »Abgesperrt.«

»Es gibt einen Hintereingang.«

»Na dann.« Seite an Seite umrundeten sie das Gebäude, zwängten sich an Mülltonnen vorbei und kletterten über eine schmale Mauer. So erreichten sie den Hinterhof, den Cahide vom Pausenraum aus gesehen hatte.

Gregor spähte durch das einzige Fenster. »Auch alles dunkel.«

»Werkzeug dabei?«

»Klar. Was glaubst du, wie ich in die Wohnung der Bitzingers kam?«

»Mit einem Durchsuchungsbeschluss?«

Er warf ihr einen höhnischen Blick zu. »So wie du einen für Kauls Wohnung hattest.«

Cahide lächelte dünn. »Den von Tscherniak.«

Das entlockte auch ihm ein Grinsen. »Nice.« Dann widmete er sich der Tür und hantierte mit Pick und Spanner herum. Cahide sah sich derweil um, damit sie nicht überrascht wurden, aber zum Hinterhof ging sonst kein Fenster raus. Alles blieb still.

Endlich klickte das Schloss, und Gregor öffnete die Tür. Mit der anderen Hand zog er seine Dienstwaffe. »Bereit?«, wisperte er.

Cahide zog auch ihre. »Bereit!«

Hintereinander drangen sie in den verlassenen Pausenraum vor. Auf dem Tisch lagen zusammengeknüllte Brotzeittüten sowie Becher von der Saftbar. Am Boden stand ein aufgerissener Sechserpack Mineralwasser. Eine offen stehende, leere Kameratasche ruhte daneben.

»Erst mal alles sichern!«, raunte Gregor, und schon waren sie an der nächsten Tür. Die knarrte beim Öffnen, ein Linksschwenk von Gregor, zwei Schritte und durch. Cahide folgte ihm dicht auf den Fersen, vollführte einen Schwenk nach rechts und rief leise: »Sicher!«

»Auch sicher!«

Cahide deutete auf eine Schwingtür zum Lager. Gregor zeigte an, dass er verstanden hatte. Sie huschten weiter und checkten die kleine Kammer voller leerer Regale. Dann deuteten sie synchron auf die Tür zum Arbeitsbereich und betraten mit demselben Prozedere der Sicherung den Raum dahinter. »Sicher!«

»Sicher!«

Ebenso drangen sie in die angrenzende Küche vor.

»Hier ist niemand«, sagte Cahide, nachdem die Anspannung wich. Sie steckte ihre Waffe weg.

Gregor lief bis zur Schwingtür, die in den Laden führte, und warf einen Blick durch das integrierte Fenster. »Jo, alles verlassen.«

»Aber jemand war da.« Cahide zeigte auf die Arbeitsplatte. Mehrere Messer lagen nebeneinander auf einem Küchentuch direkt neben dem Hackbrett. Das Tuch war feucht. Ein Rinnsal war auf den Boden getropft.

Gregor besah es sich und meinte: »Das kann nicht von gestern sein. Das wäre längst getrocknet.«

»Also waren sie heute hier.« Cahides Hand wanderte wieder zur Pistole. »Wozu?«

»Keine Ahnung. Lass uns noch den Kühlraum checken.« Gregor deutete auf die Stahltür. »Wenigstens etwas Dienst nach Vorschrift.«

»Guter Witz.« Sie positionierten sich vor dem polierten Stahl. Die Tür ging nach außen auf, also änderten sie ihre Taktik: Gregor würde das Türblatt aufziehen, während Cahide direkt davor Schussposition bezog.

»Fertig?«

»Los!«

Gregor drehte an der Verriegelung und zog. Die Dichtung seufzte. Dunst wallte ihnen entgegen.

Sonst aber nichts. Auch der Raum war leer. Allerdings ...

»Scheiße!«, entwich es Cahide. Ihre Waffe sank herab. Ihr Herz begann zu pochen.

»Was?« Gregor spähte alarmiert in den Raum. »Was ist?«

Cahide brachte die Worte kaum heraus. »Siehst du die Würste!« Wo gestern eine Kiste voller Curryknacker gestanden hatte, füllten mittlerweile elf, nein zwölf Kisten die Regale.

»Ja, und weiter?«

»Die produzieren Würste!«

Gregor verstand nicht. »Wie, *die produzieren Würste?*«

»Gestern hat da nur *eine* Kiste gestanden!« Cahide trat gegen ihren Willen in den Kühlraum, spürte die Kälte auf ihrer Haut prickeln und zog eine der eingeschweißten Packungen aus der vordersten Kiste. Das Plastik war offiziell gelabelt mit gestrigem Produktionsdatum, Chargennummer und Bestimmungsziel: Senetal GmbH.

Cahides Finger zitterten unkontrolliert. »Die produzieren hier tatsächlich Würste, Gregor! *Würste! Renate Bitzinger hat gestern welche hergestellt.*«

Er verstand es immer noch nicht. »Und weiter?«

»Ja, begreifst du nicht? Würste! Zwei Metzgermeister und eine Fleischfachverkäuferin entführen einen Bus voller Aktivisten für das Tierwohl und produzieren WÜRSTE!«

Er wurde leichenblass. »Du meinst ...«

»Ja, Mann! Das sind die Curryknacker mit *Grillgemüse!* Aus Menschenfleisch. Dafür brauchen die dreißig Leute!«

Entgeistert starrte Gregor die Packung bleicher Würste an. Sein Kehlkopf arbeitete. Dann endlich suchte er ihren Blick. »Wenn das stimmt, kommen die wieder, um weiterzuproduzieren.« Er zeigte auf einen Stapel leerer Kisten neben dem Regal, die auf ihre Füllungen warteten. »Wir müssen nur hierbleiben, und dann haben wir sie!«

Cahide hörte ihn kaum, dachte an den Brocken roten Fleisches, der gestern in der Küche auf dem Hackbrett gelegen hatte. Sie dachte an Kai Bitzingers verschmierte Unterarme und den kühlen Händedruck. Und an Renates flinke Finger, die Wurst um Wurst füllten.

Sie würgte. War das ein Stück Mensch gewesen? Ein Oberschenkel? Eine Rippe? Hatten sie und Brandner wie Vollpfosten danebengestanden, ohne etwas zu bemerken?

Gregor schüttelte den Kopf. »Aber wir können nicht warten! Die schlachten in der Zwischenzeit irgendwo fröhlich vor sich hin, bringen das Fleisch in ihrem verfickten Kühlwagen hierher und verarbeiten die Ladung zu Wurst. Dann fahren sie zurück!« Er schlug sich mit der flachen Hand auf die Stirn, fuhr sich durchs Haar. »Nur so kann es gehen, Cahide! Darum der Lieferwagen auf den Kameras! Wir müssen den Ort finden, wo sie schlachten!«

Ja, den Schlachthof. Cahide wollte etwas erwidern, doch in dem Moment faltete sich in ihrem Gehirn das ganze Ausmaß des Plans aus wie eine riesige Wanderkarte. Plötzlich sah sie ganz klar, was Kaul und die Bitzingers vorhatten.

Die Entführung, das Herstellen von Würsten, der Verkauf an Senetal. Wie hatte Bitzinger es formuliert: »Wir arbeiten parallel auch an einer vegetarischen Variante. Ich sag Ihnen, Sie werden keinen Unterschied feststellen.« Klar, ohne Tierfleisch, aber trotzdem mit Fleisch. Deswegen würde man keinen Unterschied zu herkömmlichen Würsten merken! Und dazu die Kamera, das Vlog. Damit hatte Sander wiederum recht: Das Ganze würde ein politisches Statement, denn es würde veröffentlicht werden. Herrgott, die drei filmten sich bei ihrer grausigen Tat und würden damit einen Skandal beschwören.

Wie tief musste der Hass in ihnen stecken?

Gregor packte sie an der Schulter, rüttelte sie unsanft: »Cahide! Hallo! Denk nach! Wo könnten die schlachten?«

Sie schüttelte die Gedanken sowie seine Hände ab. »Woher soll ich das wissen, Gregor? Meine Fresse, die filmen sich dabei! Gestern hat in der Küche eine Kamera auf einem Stativ gestanden! Die wollen damit an die Öffentlichkeit!«

Etwas huschte über sein Gesicht. »Eine Kamera, sagt du?«

»Ja! Modernes Teil!«

»Stand nicht im Pausenraum Zubehör? Ich hab mich vorhin schon gewundert. Vielleicht ist die Kamera hier

und dann haben wir sie über die Foto-Metadaten!«
Seine Wangen röteten sich wieder, als er aufgeregt fort-
fuhr: »Standardmäßig werden im Exif-Format Datum,
Uhrzeit, Blende, Belichtungszeit, Brennweite, ISO und
auch Geo-Informationen gespeichert. Hat die Kamera
GPS, wird das automatisch eingefügt!«

»Und fast jede moderne Kamera hat GPS.«

»Genau.«

Sie stürzten gleichzeitig aus der Kühlkammer, und tatsächlich steckte in einem Seitenfach der Kameratasche
eine CompactFlash Memory Card mit 2048 MB
Speichervolumen.

Gregor schloss sie an seinem Laptop an, den er in einem weltrekordverdächtigen Sprint aus seinem Wagen
geholt hatte.

Über den Tisch im Aufenthaltsraum gebeugt und mit
Schweiß auf der Stirn warteten sie, bis die Hardware
erkannt worden war. Ein Fenster öffnete sich. Die
Speicherkarte war voll mit Videoaufnahmen. Gregor öffnete das erste File.

Der Videoplayer poppte auf. Drei vermummte
Gesichter erschienen. Sie sprachen miteinander, zu se-
hen an den sich bewegenden Schatten ihrer verhüllten
Münder, doch zu hören war nichts. Dann endete das
Video.

»Hast du Sound an?« Cahides Herz klopfte so laut,
dass sie nicht sicher war, ob es den Sound übertönt hatte.

»Jo.« Gregor checkte am Regler, aber der war schon
auf Anschlag. »Die haben da getestet, nur keinen Sound
aufgenommen.«

Er öffnete das zweite File. Diesmal mit Sound. »Test, Test, Test«, sagte eindeutig Kai Bitzinger. Das File endete.

Cahide interessierte sich mehr für den Hintergrund der Videoaufnahme. »Wo ist das aufgenommen? Siehst du da die Wände? Sieht nach einer Lagerhalle aus? Irgendwas Altes.«

»Hier nicht, oder?«

»Nein ... die Fliesen hier sind schlank, bei denen quadratisch. Da. Schau!«

»Stimmt. Warte.« Gregor lud die Datei mit seiner speziellen Grafiksoftware und öffnete die Metadaten. Er drückte sich durch die Tabs.

Tatsächlich gab es Geo-Positionen in Koordinatenform.

Er suchte Cahides Blick, und sie flüsterte: »Machs nicht so spannend!«

Also kopierte er die Daten, fügte sie in Google Maps ein und drückte ENTER.

Die Deutschlandkarte zoomte nach kurzem Laden ein, zeigte die Region südlich der Stadt. Mitten im Nirgendwo, etwas abseits der Staatsstraße 7273, landete das Fähnchen. Etwa acht Kilometer vom Baggersee entfernt.

Cahide schluckte. »Wo genau ist das?«

»Sekunde.« Gregor zoomte noch weiter hinein. Eine Beschriftung erschien neben dem Fähnchen: SCHILLINGER SCHLACHTHAUS GMBH.

38

Donnerstag, 23. Mai – irgendwann

Kiara schrie und schrie und schrie, bis sie keine Luft mehr bekam. Der Anblick war bizarr. Vor ihnen eröffnete sich eine von Halogenröhrenreihen erhellte Halle, jedoch waren etliche Lampen ausgefallen, und so lagen Teile der Halle in diffuser Dunkelheit. Steinerne Podeste und gefliese Säulen, Metallstangen und seltsame Maschinenkonstruktionen verstärkten den wirren Eindruck. Grotesk war allerdings, was an den Metallaufhängungen unter der Decke hing: *Menschen*, wisperte ihr Gehirn widerwillig. *Das. Sind. Menschen, Kiara.*

Sie bekam wieder Luft, nur um einen noch schrilleren Schrei auszustoßen. Tatsächlich hingen dort nackt und kopfüber die Asthmatikerin und die andere Frau. Die Kehle der Asthmatikerin war aufgeschlitzt. Blut tropfte in eine grausig fleckige Stahlwanne auf einem Podest unter ihr. Die andere war der Länge nach halbiert wie ein Schwein bei der Schlachtung. Die Rippenbögen schimmerten weiß in dunklem Fleisch. Nur anhand der Brüste und der breiteren Hüfte war sie als Frau zu identifizieren; der Kopf fehlte, und die Haut glänzte seltsam blass und wächsern.

»Da staunt ihr, was?« Der Bullige lachte heiser und gab Remo einen harten Tritt in den Rücken, der ihn in den Mittelgang zwischen zwei Podeste taumeln ließ. »So endet ihr dreckigen Verräter auch. *Veganer.* Dreckspack. Leugnet die Evolution. Nehmt uns die Jobs weg. Jaja. Los! Weiter! Vorwärts! Dort hinter zur Betäubungsstation!« Er meinte eine freie Fläche vor einem Mauervorsprung. Dort stand ein meterlanger Metallstab mit einer Art Gabel am Ende. Vermutlich ein elektronisches Betäubungsgerät für Rinder und Schweine.

Und damit wollen sie uns kaltstellen. In Kiara zog sich alles zusammen, genauso wie in ihrem Hirn. Sie stürzte einfach los, nicht nach vorn, sondern zur Seite, sie musste weg, einfach nur weg von diesem Irrsinn, doch die Entführerin hatte mit einer Flucht gerechnet. Kiara sah blaue Blitze vor den Augen, spürte einen lodernden Schmerz am Hals und wurde vom Elektroschock in die Knie gezwungen.

Remo war vom Tritt der Länge nach auf den feuchten Boden gestürzt und hielt sich das Bein. In einer Wasserlache neben ihm, vermutlich von einer vorausgegangenen Reinigung, spiegelten sich die beiden Toten. Das Vieh der Terroristen.

Über Kiara erschien das vermummte Gesicht samt Elektroschocker. An dessen Spitze knisterte es blau. »Aufstehen!«

»Nicht, Kiara!« Remos Stimme. »Liegen bleiben!« Ein

scheppernder Knall dröhnte durch die Halle. Und noch einer und noch einer.

Der Bullige brüllte vor Schmerz. Das Maschinengewehr ratterte los. RATATATATATATATA. Von überall um sie herum stoben Funken in die Luft. Es knackte und patschte.

Kiara funktionierte, nutzte den Moment der Verwirrung. Sie trat der Entführerin mit aller Kraft gegen das Knie. Das knickte unnatürlich zur Seite weg. Schreiend ging auch sie zu Boden.

Wieder Remo: »UNTEN BLEIBEN!« Es knallte ein viertes und fünftes Mal. Vor ihm blitzte es. Hatte er eine Waffe?

Kiara raffte es nicht, aber es spielte auch keine Rolle, denn irrwitzigerweise lag eine Pistole neben ihr am Boden, keine Armlänge von der Entführerin entfernt. Die wälzte sich vor Schmerzen hin und her, hatte offenbar ihre Pistole fallen lassen. Kiara kroch darauf zu, schnappte sie und fuhr schreiend herum, um zu schießen.

Es war nicht nötig.

Der Bullige verschwand kriechend hinter einem Podest, und von dem anderen fehlte jede Spur.

Remos Hand packte sie und zerrte sie auf die Beine. Gleichzeitig zielte er auf die Brust der Entführerin und drückte einmal ab. Die Frau erschlaffte.

Jemand heulte wie ein Wolf.

Remo zog Kiara weiter, tiefer in die Halle hinein. »Komm! Wir müssen verschwinden!« Er sah aus wie ein Toter. Von seinem Ellbogen tropfte Blut, und seine Jeans glänzte um die Wade blutfeucht.

»Aber wir sind von da gekommen!« Kiaras Blick flatterte zurück.

»Aber da ist Nummer 1 hin! Nicht, dass er noch eine Waffe —«

Wieder das Heulen. Und zwei Schüsse. Etwas pfiff verdammt nah an Kiara vorbei.

Remo fluchte und zerrte sie hinter die nächstbeste Deckung. Es war eine gewaltige Maschine. Dreieckige Warnschilder in Gelb mit schwarzem Ausrufezeichen prangten auf den Metallwänden.

Sein Atem ging pfeifend. »Hast du gesehen, wohin der andere ist?«

Kiara schüttelte den Kopf, dass ihre Haare nur so flogen. »Keine Ahnung.«

»Fuck!« Remo blickte sich gehetzt um. »Warst du zufällig schon mal in einer Schlachterei? Weißt du, wo die Notausgänge sind?«

Eine Schlachterei. Erschrocken sah sich Kiara um, begriff endlich, wo sie waren. Ihr wurde schwindelig. Ihre Beine drohten nachzugeben.

»Brich mir jetzt ja nicht zusammen!« Remo patschte ihr mit der flachen Hand ins Gesicht. »Hörst du! Wir müssen hier raus! Danach kannst du kollabieren.«

»Okay.« *Nein, nicht okay,* aber Kiara nickte.

»Renate!« Ein schmerzerfüllter Schrei. Irgendwo ertönten Schritte, hallten verzerrt von den Wänden wieder, nicht einzuschätzen, woher sie kamen. Dann ein grausiges Wehklagen. »NEEEIIIN!« Etwas patschte, ein dritter und ein vierter Schuss krachten. »Ihr Arschlöcher! Zeigt euch! Kommt raus! Ihr könnt sowieso nicht fliehen! Alle

Ausgänge sind verriegelt.«

»Das werden wir sehen!«, knurrte Remo, schob sich an die Ecke der Maschine und wagte einen Blick. Sofort knallte ein fünfter Schuss. Von den Fliesen neben ihm stoben Funken davon. Gerade noch rechtzeitig hatte er den Kopf zurückgerissen.

Da erst fiel ihm die Pistole in Kiaras Händen auf. »Ist das Magazin voll?«

»Keine Ahnung.«

Er nahm ihr die Pistole ab, gab ihr dafür seine, eine kleine handliche Feuerwaffe. Routiniert drückte er irgendwo herum, bis das Magazin herausglitt. Voll aufmunitioniert mit neun Schuss. Remo nickte grimmig und drückte es zurück in den Griff. Ihre Blicke trafen sich. *Freischießen*, sagten seine Augen. *Und keine Gnade.*

Ein lautes Stöhnen war zu vernehmen. Der Bullige. »Die sind hinter die Betäubungsmaschine, Didi. Da sitzen sie in der Falle!«

»Okay.« Didi. Mit seltsamer Stimme. Der Busfahrer? Schritte. Patschen von Sohlen in Wasser. »Kümmerst du dich um Renate?«

»Klar, Mann. Renate ist zäh. Die packt das!« Ein Ächzen, dann harte Atemzüge.

Kiara klopfte das Herz bis zum Hals. »Und jetzt?«, fragte sie leise.

Remo wischte sich Schweiß aus dem Gesicht, hinterließ dabei blutige Schmierer. Sein Blick suchte und suchte, dann zeigte er auf die Betäubungsstation am Ende des Mittelgangs. Sie wurde von einer Mauer begrenzt.

Dahinter verschwand eine Nische. Ein möglicher Fluchtweg?

»Ich geb dir Feuerschutz«, stieß er hervor. »Bei drei rennst du da hinter. Okay? Dann gibst du mir Feuerschutz. Okay? Einfach auf alles ballern, was sich bewegt. Außer auf mich natürlich.«

Kiara nickte nur, und Remo sagte: »*Drei!*«

Mit gezückter Waffe und einem Schrei auf den Lippen spähte er um die Ecke und feuerte drauf los. Und Kiara rannte. Sie rannte, so schnell sie konnte. Wasser spritzte unter ihren Sohlen davon, tränkte ihre Sneaker, und während hinter ihr ein wirres Geballer erscholl, erreichte sie die schützende Wand, drückte sich dagegen, atmete durch und wagte einen Blick.

Remo hatte sich wieder in Deckung begeben. Die Frau lag immer noch am Boden, bewegte sich nicht. Unter ihr breitete sich Blut aus. Vom Bulligen und dem anderen fehlte jede Spur.

»Jetzt! FEUERSCHUTZ!« Remo humpelte los.

Ein blasses Oval erschien hinter einer Mauer. Es war tatsächlich der Busfahrer. Sein spärliches Haar stand vor Schweiß glänzend in alle Richtungen ab, aber seine Absicht war weniger wirr: Er zielte mit seiner Pistole auf Remo. Kiara drückte ab. Der Rückstoß riss ihr beinahe die Pistole aus der Hand, aber der Schuss schlug nur einen Meter neben dem Busfahrer gegen ein Metallgestänge, und der Busfahrer verschwand hinter der Mauer.

Das Zeitfenster genügte. Keuchend stolperte Remo zu ihr hinter die Deckung. »Danke!« Er atmete hart, klopfte sich gegen die Wade und knurrte wie ein Tier. Dann besah er sich den Flur, der hinter der Mauer begann. Er endete nach fünf Metern in einer Stahltür.

»Kannst du die Tür checken? Ich steh Wache.«

Kiara hastete den Flur entlang. Herausgebrochene Fliesen knackten unter ihren Sohlen.

Kurz bevor sie die Stahltür erreichte, lachte der Bullige wie ein Geisteskranker. »Didi! Die haben sich in eine Sackgasse manövriert.« Wieder das Lachen. »Die sind am Technikraum hinten. Los! Hol sie dir!«

Und tatsächlich: Auf der Tür stand in schwarzen Lettern TECHNIK. Und sie bewegte sich keinen Millimeter, egal wie kräftig Kiara daran zog und schob.

Da rief Didi, der Busfahrer: »Ja, die Wichser hol ich mir. *Die hol ich mir!*« Ein tierisches Knurren folgte, und irgendwo patschte Wasser.

39

In Walters Kopf hallten Cahides Worte nach: *Sie sind höchstwahrscheinlich im alten Schlachtbetrieb Schillinger. Vermutlich zu dritt. Und sie machen Wurst aus den Entführten!*

Walter gab Bodenblech. Sein Dienstwagen jagte über die Staatsstraße. Leonore hielt sich am Griff über der Tür fest und hing am Handy. Sie telefonierte mit Louis, gab ihm die neuen Informationen durch und verlangte nach dem mobilen Einsatzkommando, das wegen der Entführung auf Abruf war.

Wurst aus den Entführten ...

Walter schüttelte sich, als das Bild von den beiden Bitzinger-Geschwistern in der ehemaligen Metzgerei Kaul vor seinem inneren Auge auftauchte. Curryknacker mit Grillgemüse. Er spürte Übelkeit, kämpfte sie zurück und rief, dass auch Louis es hören musste: »Bestell auch gleich alle RTWs, die aktuell frei sind. Und 'nen Hubschrauber! Da könnten zig Verletzte sein.« *Oder Tote ...*

Wurst aus den Entführten ...

Er schlug kräftig gegen das Lenkrad. In ihm kochte es. Hatten sie sich mit ihren Ermittlungen so verrannt? Er war verdammt gespannt, wie Cahide und Gregor auf den Tatort und die Täter gekommen waren, aber für solche Nachfragen war gerade keine Zeit.

Hinter einer Baumgruppe tauchte in einiger Entfernung die ehemalige Schlachterei Schillinger auf. Düster lagen die Gebäude inmitten eines brach liegenden Felds. Das Unternehmen war vor etwa zehn Jahren insolvent gegangen.

Leonore steckte das Handy ein. »Da vorn!«

Walter drosselte die Geschwindigkeit, um die Zufahrtsstraße zum Betriebsgelände nicht zu verpassen. Die schob sich zweihundert Meter weiter heran, und Walter nahm die enge Abfahrt immer noch mit neunzig Stundenkilometern. Das Heck drohte auf dem staubigen Asphalt auszubrechen, aber er bekam den Wagen unter Kontrolle und jagte ihn vorwärts.

»Wir sind die ersten«, stellte Leonore fest.

»Wenn es überhaupt der Tatort ist.«

»Da ist auf jeden Fall jemand.« Leonore zeigte auf zwei Uhr. Neben einer Seitentür, halb verborgen von Büschen, stand ein weißer Lieferwagen.

Walter schlug abermals aufs Lenkrad. »Herrgott!« Der Wagen der Bitzingers. Cahide und Gregor lagen also richtig.

Leonore fragte: »Du hast nicht zufällig eine zweite Dienstwaffe dabei?«

Walter schnaubte nur. »Wir bleiben schön draußen

und warten auf das MEK. Ich schneid denen allenfalls den Fluchtweg ab.«

Leonore erwiderte nichts, aber Walter wusste auch so, was sie von der Idee hielt: nicht viel.

Das Betriebsgelände war heran, und Walter steuerte den Wagen durch ein offen stehendes Tor und um altes Gerümpel herum direkt zur Flanke des Hauptgebäudes. Der Lieferwagen stand rückwärts geparkt vor ein paar Stufen, die hoch zum Seiteneingang führten. Hier waren früher die Lkws zum Laden angefahren. Walter parkte keine fünf Zentimeter vor dem Lieferwagen, sodass der nur mit unzähligen Rangierversuchen aus dem Parkplatz herauskäme, wenn überhaupt. Das Brummen des Motors erstarb. Leonore und Walter tauschten einen langen Blick, dann öffneten sie die Wagentüren.

In dem Moment fiel ein Schuss, und noch einer und noch einer. Die Geräusche kamen gedämpft aus dem Inneren der Halle. Es folgte ein lautes Rattern, wie von einem Maschinengewehr.

Ein alarmierter Blick zwischen Walter und Leonore, dann stieg sie aus. Walter fluchte, folgte ihr und zückte seine Waffe. Auf Höhe des Lieferwagens überholte er sie. »Du bleibst hinter mir!« Im Wagen würde sie sowieso nicht warten, und bevor sie auf eigene Faust loszog, hatte er sie lieber in seinem Rücken.

»Klar«, sagte sie nur, und schon stiegen sie dicht hintereinander die Stufen zum Seiteneingang empor. Die Tür war nicht verschlossen, quietschte gotterbärmlich in den Angeln, aber bei dem Geballer aus dem Inneren hörte das vermutlich niemand.

Dunkelheit und eine schwere Feuchte schlugen ihnen entgegen. Walter meinte, den Geruch von Blut wahrzunehmen. Und von Angst. Beides flankierte nur einen Weg: Der Gang bog nach etwa zehn Metern nach rechts ab. Keine Türen, keine Fenster.

In einem Moment gespannter Stille schlichen die beiden vorwärts, Walter die Mauerkante im Visier. Sein Herz pochte hart in seiner Brust, an der Schwelle zum Schmerzhaften. Er wurde einfach zu alt für diesen Mist.

Die Wand war heran, als Rufe zu ihnen wehten.

Vorsichtig schob er sich an die Ecke, spähte herum. Nach etwa vier Metern versperrte eine Doppeltür aus Stahl die Sicht. Eine Seite stand zur Hälfte offen. Neonlicht fiel heraus.

Und wieder fielen Schüsse, lauter diesmal, eindeutig aus dem Inneren der Halle. Walter zählte sieben oder acht, aus mindestens zwei verschiedenen Waffen.

Er suchte kurz Leonores Blick, die nickte, und sie schlichen weiter.

Jemand lachte irre und rief: »Didi! Die haben sich in eine Sackgasse manövriert.« Wieder das Lachen. »Die sind am Technikraum hinten. Los! Hol sie dir!«

Walter schluckte. *Doch Dietmar Didi Kaul...*

Ein zweiter Kerl antwortete. »Ja, die Wichser hol ich mir. *Die hol ich mir!*«

Walter und Leonore erreichten die Tür, wechselten auf die gegenüberliegende Wandseite, um mehr Deckung zu haben. Mit gutem beidhändigen Griff stand Walter neben dem Eingang im Schutz des geschlossenen Türflügels. Er sah einen Teil der Halle. Wirres Gestänge, geflieste

Podeste, Säulen. Und zwei Leichen in einer Halterung.

Der Anblick war so verstörend, dass er es gar nicht wirklich registrierte.

Patschende Schritte ertönten, und Walter sah für den Bruchteil einer Sekunde einen Mann zwischen zwei Säulen entlanghuschen. Er verschwand hinter einer Maschine.

Nur mit einem Nicken zeigte er Leonore an, dass er reingehen würde. Sie hob bestätigend den Daumen.

Walter atmete tief durch und bewegte sich in einem Bogen lautlos durch die Tür, um den bisher nicht gesichteten Bereich einzusehen.

Zu seiner Überraschung stand keine fünf Meter entfernt Kai Bitzinger. Das graugelockte Haar glänzte vor Blut, und der Hüne schien mehrere Wunden davongetragen zu haben, aber er stand auf zwei Beinen und klickte gerade ein Magazin in eine Uzi, die in seinen Händen wie Spielzeug aussah. Und er bemerkte Walter.

Es war ein Augenkontakt der völligen Verblüffung. Dann feuerten sie gleichzeitig.

Walter wusste, dass die Schusssalve eines Maschinengewehrs aufgrund des Rückstoßes dazu tendierte, nach oben zu wandern, wenn der Schütze nicht kontrolliert dagegenhielt. Entsprechend sprang er zur Seite und ließ sich fallen. Drei Schuss gab er im Flug auf den Hünen ab. Bitzinger hingegen geschätzte zehn, doch der gefürchtete Einschlag blieb aus, und Walter rollte ächzend hinter ein Podest.

Bitzinger grollte wie ein Bär und schrie: »Bullen, Didi! Bullen!«

Walter rappelte sich auf, versuchte einzuschätzen, wohin er sich da manövriert hatte. Nach links verlief ein gerader Gang an der Wand entlang. Wenig Deckung. Rechts lag die Tür, hinter der Leonore stand. Und wo Bitzingers Schussbahn verlief.

Genau das habe ich ein paar Tage vor der Pensionierung noch gebraucht.

Er wischte sich Schweiß von der Stirn und wagte einen Blick über das Podest – auf Bitzingers blutbespritzte Schuhe. Der Hüne ragte über ihm auf, die Uzi schussbereit in Händen. Ein wahnsinniges Lächeln auf den Lippen.

»Das wollte ich schon immer mal sagen«, sagte Bitzinger. »Hasta la vista, Baby!«

Statt eines Schusses pochte es dumpf, Bitzinger machte »Uhh!« und verdrehte die Augen. Er sackte in die Knie, fiel vornüber vom Podest, genau neben Walter. Der hatte alles mit offen stehendem Mund verfolgt, seine Pistole auf Halbmast. Ungläubig hob er den Blick.

Leonore stand über ihm auf dem Podest, ein prächtiges Metallrohr in Händen. Sie zuckte entschuldigend mit den Schultern und sprang dann neben ihn in Deckung.

40

Donnerstag, 23. Mai – irgendwann

Während Kiara abwechselnd an der verschlossenen Tür zum Technikraum zerrte und dagegentrat, hatte Juri hinter dem Mauervorsprung Stellung bezogen. Mit der rechten Schulter lehnte er sich an, um seine Wade zu entlasten, und zielte auf die Kante eines gewaltigen Stahlkessels, hinter dem der Entführer herumkommen musste, wenn er zu ihnen wollte.

Das Korn über der Kimme zitterte heftig, und das nicht nur wegen der Aufregung. Ein Schuss aus der Uzi hatte ihn am linken Arm erwischt. Juri spürte, wie das Blut bis zum Ellbogen herabrann und von dort zu Boden tropfte. Er vermutete, dass es nur ein Streifschuss war. Es hatte gebrannt wie Feuer, ganz anders als das dumpfe Pochen in seiner Wade.

»Geh auf! Geh auf!« Kiara schlug immer weiter gegen die Tür.

Juri wagte es nicht, den Blick vom Kessel zu lösen, denn genau dann, im einzigen unachtsamen Moment, käme der Gegner und würde ihn ausschalten. Alte Filmweisheit.

Allerdings kam niemand herum. Wo zum Teufel blieb der Entführer? Oder verfolgte der einen anderen Plan?

Juri hatte noch drei oder vier Schuss im Magazin, und die Typen waren zu zweit. Im besten Fall erledigte er den Busfahrer mit einer Kugel, um für den Irren den Rest übrig zu haben.

Kiara begann zu weinen. Aus dem Augenwinkel gewahrte Juri, wie sie mit dem Rücken an der Wand zu Boden sank. Aus dem anderen Augenwinkel gewahrte er ebenfalls eine Bewegung.

Er zuckte herum und drückte instinktiv ab.

Sein Schuss ging ins Leere. Die Fliese, die einer der Entführer geworfen hatte, zerschellte an der Wand.

Juri unterdrückte einen Fluch. Filmweisheiten ... Er suchte wieder festen Stand, zielte abermals, den Finger am Abzug. Schon knallte es, worauf an der gegenüberliegenden Wand des Kessels eine Fliese aus der Wand brach. Ein Projektil zischte zu ihnen in den Flur, kam irgendwo klackernd zum Liegen. Juri verstand: Die Typen probierten es mit Querschlägern wie beim Billard. Einfallswinkel gleich Ausfallswinkel.

Er zog sich ein Stück zurück, keine Sekunde, bevor es abermals knallte. Diesmal tockte es vor ihm am Boden und irgendwo in Kopfnähe. Staub rieselte von der Decke herab.

Aber auch Juri war schlau: Er stöhnte wie getroffen.

Der Trick war so alt, aber der Busfahrer kam triumphierend um den Kessel, und Juri drückte einmal, zweimal, dreimal ab. Entweder er nutzte diese Chance oder es war vorbei.

Es war nicht vorbei. Er traf den Busfahrer in den Oberschenkel. Der stürzte brüllend zu Boden. Die Pistole flog davon und blieb höhnisch zwischen ihnen liegen.

Der Blick des Busfahrers verharrte für zwei Herzschläge auf der Knarre, bevor er zu Juri hochruckte. Der visierte das Gesicht des Mannes an und drückte ab.

Der Hahn schlug durch, aber nicht auf eine Patrone — es waren nur noch drei Kugeln im Magazin gewesen.

Wie Synchronschwimmer stürzten Juri und der Busfahrer auf die Knarre am Boden zu. Didi bekam sie zuerst zu fassen, vielleicht weil er schon am Boden gelegen hatte, aber für Juri spielte es keine Rolle mehr. Die Mündung küsste seine Stirn, und der Entführer zog den Abzug durch.

Wieder nur ein Klicken. Und noch eins und noch eins.

Juri konnte sein Glück kaum fassen. Er lachte auf und wuchtete dem Busfahrer die Faust ins Gesicht. Die Antwort folgte unmittelbar und traf ihn am Kinn. Juri stöhnte und wurde sich bewusst, dass es immer noch um Leben und Tod ging. Sofort trieb er dem Busfahrer die Faust auf den Kiefer.

Der grunzte und schob Juris Arm weg, um ihm den Ellbogen an den Kehlkopf zu rammen.

Juri blockte im letzten Moment ab und schrie: »Kiara! Die Pistole!« In seiner war noch ein Schuss, ein alles entscheidender Schuss! Wieder traf ihn etwas, diesmal in den Magen, und er krümmte sich vor Schmerz. Trotzdem fanden seine Finger den Hals des Kerls und er drückte zu.

Leise Schritte ertönten. Kiaras Schritte.

Ein Handballen traf Juri auf die Nase. Der Schmerz schoss ihm zwischen die Augen, während ihm Blut aus der Nase spritzte. Trotzdem versuchte er, sich über den Busfahrer zu schieben. Wer oben saß, hatte die Kontrolle. Wie beim Sex.

»Drück ab!«, keuchte er. »Drück endlich ab, Kiara!«

Kiara stand neben ihnen, zitternd, das Haar wirr im Gesicht, die Pistole auf sie beide gerichtet.

Juri wischte Didis Schlag beiseite und stieß ein drittes Mal hervor: »DRÜCK AB!«

Kiara drückte ab. Die Mündung erblühte.

Der Busfahrer erschlaffte nicht. Seine fleischige Metzgerhand fand endlich einen Weg durch Juris Deckung. Der Daumen stach in seine Augenhöhle.

Geblendet vor Schmerz wich Juri zurück. *»Kiara! FUCK! Hilf mir!«*

Wieder die federnden Schritte. Sie entfernten sich.

Beinahe hätte Juri gelacht. *Klar, sie nutzt die Chance und haut ab. Hättest du es anders gemacht, wenn du sie nicht gebraucht hättest?*

Er hatte keine Zeit für weitere Gedanken. Didis Hände waren überall, fleischige Hände, bärenstark. Sie drohten ihm den Kopf zu zerquetschen.

Juri bäumte sich nochmals auf, doch er war zu schwach. Der Blutverlust, die Gefangenschaft, Wasserentzug. Er würde hier und jetzt sterben. Es sollte so sein. So entging er wenigstens Popows Rache, und die war so gewiss wie der Sonnenuntergang.

Am Rande der Ohnmacht vernahm er wieder Schritte

und etwas elektrisch klickern. Ein ersticktes Keuchen folgte. Der Busfahrer unter ihm verkrampfte sich, erzitterte wie von einem Stromschlag und erschlaffte.

Juri, dem festen Griff des Kerls entkommen, kippte seitlich herunter. Mit nur einem Auge – das andere schien zuzuschwellen – sah er noch, wie Kiara den Betäubungsstab für Rinder fallen ließ.

In Kiaras Kopf pfiff es schrill. Es war ein alles überlagernder Ton, der jeglichen Gedanken unterdrückte.

Sie ließ das Betäubungsgerät fallen. Es klapperte auf den Boden. Während Remo daneben glitt, hatte Kiara nur Augen für den Entführer. Er lag still auf dem Rücken. Die Augen standen offen, die Augäpfel waren nach oben gerollt, sodass nur das Weiß zu sehen war.

Ich hab ihn umgebracht.

Der Gedanke drang durch das Schrillen hindurch. *Ich habe einen Menschen umgebracht.*

Kiara stolperte rückwärts, weg von Remo und dem Toten. Schritt um Schritt wich sie zurück, immer schneller, bis sie mit dem Rücken gegen jemanden stieß und erschrocken herumfuhr.

Die Entführer waren zu fünft! Eine Frau mittleren Alters und ein alter Mann kamen auf sie zu. Sie trug das Maschinengewehr des Entführers, er eine Pistole. Beide riefen etwas.

Kiara schrie, ohne die Rufe der beiden zu verstehen, und rannte los, einfach nur weg. Nach zwei Metern rutschte sie aus und stolperte gegen ein Podest. Sie schlug der Länge nach hin. Ihr entwich ein Keuchen.

Und schon war die Frau über ihr. »Polizei! Kannst du mich hören? Wir sind von der Polizei! Es ist vorbei!« Ihre Hände berührten sie sanft an der Schulter.

P-O-L-I-Z-E-I.

Die Buchstaben formten sich einzeln inmitten des schrillen Pfeifens.

Und dann deutlicher: *Polizei. Es ist vorbei.*

Plötzlich verstummte das Schrillen, als hätte jemand den Stecker gezogen.

»Polizei?« Kiara konnte es nicht fassen. Sie schluchzte. Und als die Frau sie in die Arme zog, wurde ihr bewusst, dass es wirklich vorbei war.

Sie genoss die Umarmung für einen langen, langen Moment, bevor die Frau sie ein wenig von sich schob.

»Alles okay, Kiara?« Die Blonde lächelte.

»Ich glaub schon.« Kiara schniefte, bevor ihr Blick durch die Halle wanderte. Die Entführerin lag unbewegt in ihrem Blut. Auch der Busfahrer lag still, und um Remo kümmerte sich gerade der ältere Herr.

Dann überkam es Kiara siedend heiß. »Wo ist der Bullige?«

»Der dritte Entführer? Der tut dir nichts mehr. Keine Sorge. Der liegt mit Handschellen da vorne. Ist schwer verletzt. Rettungskräfte sind unterwegs. Weißt du, wo die anderen sind?«

»Da vorne durch die Tür und dann am Ende des Flurs rechts. Die sind noch eingesperrt.«

»Und ... wie viele sind es?«

»Zwanzig oder so.« Kiaras Blick traf ungewollt die beiden aufgehängten Frauen. Ein Zittern lief durch ihren

Körper, und ihre Sicht verschwamm. »Die wollten uns gerade auch ... die wollten uns ...«

Wieder die starken Arme der Frau. »Ruhig, Kiara. Ganz ruhig. Es ist vorbei. Es ist vorbei.«

Schritte neben ihnen. Der ältere Polizist. Sanfte Stimme: »Tscherniak lebt, ist aber ganz schön mitgenommen.«

Die Polizistin fragte: »Und der andere?«

»Hat schwachen Puls, ist aber nicht ansprechbar.«

Kiara sah irritiert auf. »Der Busfahrer lebt?«

»Ja.«

»Aber ich hab ihn –«

»Du hast dich gewehrt, Kiara. Du hast in Notwehr gehandelt. Und du hast Juri Tscherniak das Leben gerettet.«

Sie verstand kein Wort. »Wem?«

»Ähm ... Remo Luger. Deinem Personenschützer. Egal. Du bist eine Heldin, Kiara.« Der Mann lächelte freundlich, als ein metallisches Scheppern ihn zusammenzucken ließ.

Sofort hatte er seine Waffe in der Hand. »War das die Tür?«, fragte er leise.

Die Blonde löste die Umarmung, sah sich ebenfalls alarmiert um. »Ich glaub schon. Gehst du?«

Der Beamte schlich den Flur entlang, die Pistole schussbereit vor sich haltend. So verschwand er hinter einer Säule aus ihrem Sichtfeld. Nur seine harten Atemzüge waren noch zu hören, einmal, zweimal, dreimal, bis er plötzlich scharf die Luft einsog und rief: »Scheiße, Leonore! Der Bitzinger ist weg!«

Die Blonde versteifte sich. »Wie ... weg?«

»Der ist nicht mehr hier! Und die Tür, durch die wir rein sind, ist zu.«

Kiara erschauerte. Es war also doch nicht vorbei. Wieder brach ein Schluchzen aus ihr heraus.

41

Cahide rief vom Beifahrersitz: »Da geht keiner mehr ran! Weder beim Chef noch bei Frau Goldmann!« Sie krallte sich an der Armatur fest, während Gregor am Lenkrad riss und den Dienstwagen schlitternd in die Zufahrtsstraße zum ehemaligen Betriebsgelände der Schlachterei Schillinger brachte.

»Vom MEK ist auch noch keiner da«, stellte Gregor fest. »Überhaupt keine Verstärkung. Wo bleiben die alle?«

Cahide reckte den Hals, weil sie eine Bewegung auf dem Betriebsgelände ausgemacht hatte. Sie kniff die Augen zusammen. »Sag mal, ist das da vorne der Bitzinger?«

»Keine Ahnung wie der aussieht, aber das ist eindeutig ein Kerl.« Und dieser Kerl humpelte auf den weißen Lieferwagen vor dem Gebäude zu. Davor stand Brandners Dienstwagen mit offenen Türen.

Cahide schluckte. »Das ist er! Fuck! Wo sind die anderen?«

Sie hatten das Ende der Zufahrtsstraße erreicht. Gregor kurbelte wieder brutal am Lenkrad, driftete mit ausbrechendem Heck durchs Tor und um die Kurve. Eine gewaltige Staubwolke stieg hinter ihnen auf.

Kai Bitzinger schlug in dem Moment mit beiden Fäusten auf die Motorhaube des Lieferwagens und humpelte weiter auf Brandners Auto zu.

»Der will abhauen!« Gregor schaltete einen Gang runter, dass die Kupplung nur so krachte, und gab wieder Vollgas. »Den halten wir auf!«

Cahide beobachtete, wie Bitzinger hinters Steuer sank. Zu ihrer Überraschung röhrte der Motor auf, und der Benz vollführte einen Ruck nach hinten. Die Beifahrertür klappte von der Fliehkraft zu.

Gregor schaltete wieder hoch, hielt direkt auf den Benz ihres Chefs zu. In seinen Augen glänzte es.

Cahide schwante Fürchterliches. »Gregor! Was wird das?«

»Ich stoppe den Arsch!«

»Du willst ihn *rammen?*«

Der Benz vollführte eine schlitternde Drehung in ihre Richtung. Die Hinterreifen drehten durch, spritzten Erde gegen den Lieferwagen. Dann schoss er auf sie zu.

»Der rammt doch uns, oder?« Gregor packte das Lenkrad fester. Cahide hörte, wie er das Gaspedal bis zum Anschlag durchdrückte.

Ja, der rammt uns!

Die beiden Wagen waren keine zehn Meter mehr voneinander entfernt. Gregor fuhr sechzig Stundenkilometer. Bitzinger dreißig plus. Das würde ein heftiger Crash werden. Ein lebensbedrohlicher Crash. Ein überflüssiger Crash. Cahide hatte keine Ahnung, was Gregor ritt, aber es war einfach dumm. So dumm wie ihre Tauchaktion.

Daher tat Cahide, was man niemals tun sollte: dem Fahrer ins Lenkrad greifen.

Gregor schrie vor Überraschung, als ihr Fahrzeug nach rechts steuerte und hinten nach links ausbrach.

Bitzinger war mit dem schweren Benz heran und knallte ihnen ins Heck. Ruckartig wurde ihr Wagen in die Gegenrichtung geschleudert. Die Front krachte in die Seite des Benz. Metall kreischte. Glas splitterte. Die Airbags explodierten und die Welt wurde weiß.

Zum Glück weiß, nicht schwarz.

Stöhnend schüttelte sich Cahide. Sie schmeckte Blut, hatte sich vermutlich gebissen. Egal. Bitzinger! Wenn er wirklich Wurst aus Menschen gemacht hatte, war er gemeingefährlich. Unberechenbar.

Cahide schob benommen vom Aufprall den in sich einfallenden Airbag zur Seite. Überall war weißes Talkumpuder, das den Airbag gleitfähig machte.

Sie stieß die Tür auf, taumelte hinaus, hustete, spuckte Blut und zog ihre Waffe. Während sie den Wagen umrundete, stieg auch Gregor aus. Sein dunkles Haar war weiß eingepudert. Er sah mitgenommen aus, zog aber auch seine Pistole.

Es war unnötig.

Kai Bitzinger war nicht angeschnallt gewesen. Der Aufprall hatte ihn wie eine Kanonenkugel durch die Frontscheibe gejagt und meterweit durch die Luft geschleudert. Mit unnatürlich verrenkten Gliedern lag er im Staub vor dem Schlachthaus. Cahide wusste sofort, dass für ihn jede Hilfe zu spät kam.

Für Goldmann und Brandner auch?

Mit pochendem Herzen wandte sie sich von Bitzinger ab und wollte auf den Eingang der Schlachterei zueilen, als die Tür aufflog und ihren Chef ausspuckte. Da wusste sie, dass irgendwie alles in Ordnung kam, und gönnte sich, an Ort und Stelle in die Knie zu sinken.

42

Walters Frühstück duftete herrlich. Drei Rühreier mit Tomaten und Frühlingszwiebeln, dazu frische Brötchen mit Butter. Nach Wurst und Fleisch war ihm vorerst nicht, nachdem Michael ihre schlimmsten Befürchtungen über die Laboranalysen bestätigt hatte: Die für die Supermarktkette Senetal bestimmten Brühwürste in der Kühlkammer der Metzgerei Kaul bestanden hauptsächlich aus Menschenfleisch und -fett.

Schnell verbannte Walter den Gedanken irgendwohin. Er hatte endlich seinen gesunden Appetit zurück und wollte sich den nicht sofort wieder vermiesen lassen. Leonore hingegen gönnte sich nur ein französisches Frühstück in Form eines duftenden Buttercroissants mit einem Glas Sekt.

»So könnte jeder Tag starten«, sagte sie zufrieden und stellte das Glas nach einem Schluck zurück.

Walter grinste. »Noch eine Woche, dann können wir von mir aus jeden Tag frühstücken gehen. Wie wärs mit einem Stammtisch?«

»Klar, damit ich aufgehe wie ein Hefezopf.« Sie lachte. »Du fährst erst mal schön in den Urlaub, Walter. Du hast es dir redlich verdient.«

»Ich glaub auch.«

Die Tage seit der Schießerei in der Schlachterei Schillinger waren überaus arbeitsintensiv gewesen, und noch lange waren nicht alle Details des Falls geklärt, doch das Bild komplettierte sich allmählich. Dietmar Kaul hatte Renate und Kai Bitzinger in einem Onlineforum kennengelernt, in dem Veganhasser ihrem *Hate* frönten, wie Cahide das formuliert hatte. Das gemeinsame Schicksal hatte die drei geeint, denn auch die Bitzingers hatten aufgrund äußerer Umstände den elterlichen Schlachtbetrieb verloren. Zwei längere Großbaustellen auf dem gegenüberliegenden Gelände in Hamburg hatten ihnen das Genick gebrochen. Die Kunden konnten monatelang nicht in der Nähe parken, und zu Fuß kam kaum jemand mehr. Die Umsätze brachen ein und das Familienunternehmen erholte sich nie mehr von dem Schlag.

Renate Bitzinger jobbte nach der Schließung in diversen Supermärkten, während Kai Arbeitslosengeld II bezog. Aus sichergestellten Chatprotokollen auf Dietmar Kauls Laptop wussten sie, dass die Bitzingers – genauso wie Kaul – alles versucht hatten, um eine Insolvenz abzuwenden, und doch am Ende gescheitert waren. Das hatte zusammengeschweißt.

Nach etlichem Online-Austausch war es vor einigen Monaten zu einem persönlichen Treffen in Bayern gekommen. Renate und Dietmar hatten sich dabei wohl ineinander verliebt, und auch der Deal mit der Übernahme musste damals entstanden sein.

Die Polizei konnte die Geschehnisse seit dem Treffen der drei nur über intensive Ermittlungen rekonstruieren, denn Dietmar Kaul war noch nicht aus dem künstlichen Koma erwacht, und es war fraglich, ob er das jemals tun würde. Der Stromfluss des Betäubungsgeräts, das für Schweine und Rinder konzipiert war, hatte schwere Schäden an seinem Gehirn hinterlassen. Es war ein Wunder – oder Hohn –, dass er noch lebte und das bei Schweinen herbeigeführte Kammerflimmern durch den Stromfluss ausgeblieben war.

Sicher war, dass Kaul mehr Dreck am Stecken hatte, als sie bisher angenommen hatten. Bei der akribischen Untersuchung seiner Metzgerei durch die kriminaltechnische Untersuchung waren ältere Blutreste in einer Fuge und in einer ramponierten Kühltruhe gefunden worden, die der DNS-Test eindeutig einem Vermissten zuordnete. Es handelte sich um den Lebensmittelkontrolleur Joachim Keßler, der unter anderem gegen die Metzgerei Kaul agiert hatte und vor circa zwei Jahren spurlos verschwunden war. Die Kollegen, die den Fall damals bearbeiteten, hatten angenommen, dass Keßler abgetaucht war, denn sie hatten Ungereimtheiten in seinen Kontrollen sowie Hinweise auf Erpressungen gefunden.

Sander hatte daraufhin die Theorie entwickelt, dass Dietmar Kaul den Lebensmittelkontrolleur beim Versuch einer Erpressung in der Metzgerei getötet und anschließend beseitigt hatte, höchstwahrscheinlich indem er ihn zu Wurst verarbeitete. Es wäre die Genese für Kaul, das einschneidende Schlüsselerlebnis, aufgrund dessen sich ein von der Norm abweichendes Gefühls- und Gemütsleben entwickeln konnte. Zeitlich würde die Theorie wie die Faust aufs Auge passen. Das Ausbilden von gewaltbesetzten Phantasien und die Planung der nächsten Gewalttat waren nur der logische nächste Schritt. Dietmar Kaul war zu einer tickenden Zeitbombe mutiert, während er nach außen hin vorbildlich seiner neuen Arbeit als Busfahrer nachgegangen war. Nur online hatte er sein wahres Gesicht gezeigt. Seine Einträge in sozialen Medien und im Haterforum unterstrichen das. Er wetterte gegen Veganer, Vegetarier und Fleischersatzprodukte. Alle wären nur verlogen, sagten, sie wollten Tiere retten, und fraßen dann heimlich doch die billigen Würstchen aus der Dose und Fleisch aus fragwürdiger Tierhaltung. Auch über verlogene Beamte schimpfte Kaul und meinte damit vermutlich Keßler. Denen müsse man es ebenfalls zeigen, dem ganzen verlogenen Pack.

Es passte alles in Sanders Theorie, nur beweisen konnte er sie nicht. Noch nicht. Zu Walters Erleichterung hatte sich Sander in die Aufklärung von Keßlers Verschwinden verbissen wie ein Terrier. So hatte Walter seine Ruhe.

Der Plan, den die drei ausgearbeitet hatten, war schon verrückt. Sie waren bei einem Vertreter der Supermarktkette Senetal vorstellig geworden, der Dietmar Kaul noch aus dessen Zeit in der Metzgerei kannte und seine qualitativ hochwertige Arbeit schätzte. Sie hatten ihm ihre Curryknacker mit Grillgemüse präsentiert, ganz ohne tierisches Fleisch. War darin Keßler verarbeitet gewesen? Der Vertreter hatte auf jeden Fall Begeisterung gezeigt und gleich zwei Lieferungen für einen großangelegten Markttest geordert, wie er der Polizei in der Befragung mitgeteilt hatte. Fünftausend Würste zu je einhundert Gramm für über fünfzig Filialen in Bayern und Baden-Württemberg. Grob geschätzter Personenfleischbedarf: zwanzig Erwachsene. Sie hatten entsprechende Notizen in einem Fachbuch über Warmfleischverarbeitung bei den Bitzingers gefunden, ein paar mit Bleistift gekritzelte Berechnungen, die einem im Kontext die Galle in den Rachen trieben.

Die drei hatten aber nicht nur die Tat geplant, sondern auch ihren Exit. Drei Flugtickets hatte Gregor sichergestellt. Zwei direkt nach Bangkok, das andere einige Tage später von Ljubljana aus nach Thailand. Leonore hatte vermutet, dass Renate und Kai direkt nach der Lieferung der Wurstwaren abhauen wollten, während Dietmar Kaul, möglicherweise im Fokus von Ermittlungen, mit dem Wagen über Italien nach Slowenien und dann von dort per Flug nachkommen wollte. Es gab sogar ein angemietetes Haus in einem Außenbezirk von Bangkok. Von dort aus hatten sie vorgehabt, die Bombe in Form des Vlogs platzen zu lassen. Videoaufnahmen auf der sichergestellten Kamera bestätigten dies. Walter wollte sich den Skandal gar nicht ausmalen, den der Verkauf von Würsten aus Menschenfleisch in einer renommierten Supermarktkette losgetreten hätte. Das wäre Kauls Rache gewesen. All den verlogenen Leuten eins auswischen, ihnen zeigen, dass man bei den ganzen Ersatzprodukten nie wissen konnte, was drin steckte. Pures Fleisch vom Metzger des Vertrauens wäre das einzig Wahre.

Leonores Stimme riss Walter aus seinen Gedanken: »Wie geht es eigentlich Tscherniak?«

»Besser als Kaul. Er sieht nur ziemlich lädiert aus.« Walter schaufelte sich eine Portion Rührei in den Mund. Es schmeckte gar nicht mehr so gut wie am Anfang. Nachdem er es hinuntergeschluckt hatte, meinte er: »Meinem letzten Stand nach war er auf dem besten Weg der Genesung.«

»Und bei Kaul tut sich nichts?«

»Überhaupt nichts. Keine Veränderung.«

»Hat er eine Patientenverfügung?«

»Oh ja.« Walter grinste schief. »Daran zeigt sich, dass es doch einen Gott geben muss.«

»Inwiefern?«

»Na, Kaul hat in seiner Patientenverfügung festgelegt, dass lebenserhaltende Maßnahmen bis zum bitteren Ende durchgeführt werden.«

»Rechtlich gültig?«

»Jo. Das heißt, er wird so lange künstlich beatmet und ernährt, bis sein Körper aufgibt.«

Leonore erschauerte. »Kunstnahrung aus dem Schlauch. Ob er das bedacht hat?«

»Wahrscheinlich nicht. Eine Schande, dass die Allgemeinheit jetzt für seine Kosten aufkommt.«

Leonore hob eine Augenbraue.

»Jaja, schon gut. Er ist trotzdem ein Mensch. Aber lassen wir Kaul. Tscherniak wurde zu seiner eigenen Sicherheit in ein anderes Krankenhaus verlegt.«

»Das ist gut, oder?«

»Jo. Leider konnte die KTU mit dem Kontakthandy von Popow nichts anfangen.«

»War zu erwarten gewesen.«

Walter seufzte. »Mich hätte nur interessiert, was Popow von Tscherniak hinsichtlich der Dorias wollte.«

»Das werden wir vermutlich nie erfahren.«

»Befürchte ich auch. Die Dorias sind gewarnt und Tscherniak aufgeflogen. Bleibt die Frage, was mit ihm passiert, sobald er aus dem Krankenhaus entlassen wird. An sich hat er sich *nur* wegen illegalem Waffenbesitz, unerlaubtem Führen einer Waffe und Urkundenfälschung strafbar gemacht. Und das alles unter dem Druck Popows. Da wird es stark vom Richter abhängen, wie er ihm das anrechnet, denn Popows Druck muss erst mal bewiesen werden.«

»Du vergisst: Tscherniak hat Renate Bitzinger erschossen.«

»Eine Notwehrhandlung.«

»Du glaubst nicht, dass er wieder einrückt?«

Walter hob die Hände. »Keine Ahnung. Ich bin kein Jurist, Leonore. Vieles spricht aber für Strafmilderung, wahrscheinlich irgendwas auf Bewährung. Tscherniak zeigte sowohl in der JVA als auch danach die Tendenz, die Kurve gekriegt zu haben. Und dann das Handy plus die Story mit der Rettung durch Popow zu Beginn seiner Inhaftierung. Das sind gute Indizien dafür, dass er nicht freiwillig handelte. Ich glaub ihm die Story. Aber Glauben ist nicht Wissen. Ich weiß nur, dass er sich zum eigenen Schutz in Zürich die Pistole besorgt hat.«

Leonore lachte. »Der hat den Back-up-Fahrer des Sicherheitspersonals gar nicht ausgeschaltet, wie wir dachten?«

»Lustigerweise nicht. Tscherniak hat sich dort die Pistole besorgt. Er hatte doch einen alten Kontakt in der Schweiz.«

»Wahnsinn. Und wir dachten, er wäre der Bösewicht.«

Wieder seufzte Walter. »Wenn der Satz schon mit *wir dachten* beginnt —«

»Kann's nur falsch sein.« Leonore nippte an ihrem Sekt. »Da bin ich echt gespannt, was am Ende rauskommt.«

»Ich auch.«

Für einige Minuten aßen sie schweigend, bis sie fragte: »Wollten Gregor und Cahide nicht auch noch kommen?«

Walter schüttelte den Kopf. »Cahide hat am Vormittag ihre Sitzung mit Ferretti, und Gregor hat gestern Abend noch abgesagt. Hat heute noch eine Nachuntersuchung wegen des Schleudertraumas. Er kommt dann direkt zur Sitzung ins Präsidium.«

Leonore schürzte die Lippen. »War ziemlich unklug von dir, den Schlüssel stecken zu lassen.«

»Das kann man wohl sagen.« Walter senkte den Blick. Er ärgerte sich maßlos über diesen Fehler. Was bei dem Crash alles passieren hätte können! Andererseits hätte er den Schlüssel vermutlich abgezogen, wenn nicht Leonore beim Fallen der ersten Schüsse unbewaffnet aus dem Auto gesprungen wäre. Aber es war unfair, ihr die Schuld zuzuschieben. Er hatte es verbockt und zum Glück hatte

Gregor nur ein Schleudertrauma der Kategorie eins mit Nackenbeschwerden davongetragen. Er würde sich noch ein paarmal die Muskeln von einem Physiotherapeuten durchwalken lassen und dann wäre es wieder gut. Und Cahide ... die hatte ein Trauma der Kategorie null, also ohne Beschwerden. *Zum Glück* ...

»Weißt du übrigens, dass ihr drei heute in der Zeitung seid?«

Walter sah auf. »Wie bitte?«

»Vorhin am Kiosk gesehen. Ein Foto von der gestrigen Pressekonferenz mit dir, Cahide und Gregor auf der Titelseite. Die Überschrift lautet: *Sie retteten die Insassen vor dem Fleischwolf.*«

Walter pfiff durch die Zähne. »Wir haben nur unseren Job gemacht.«

»Wie immer ganz der bescheidene Herr.« Leonore lächelte.

Jemand trat an ihren Tisch. »Zu bescheiden.«

Beide sahen auf. In schickem Anzug stand Carl-Heinz Junker neben ihnen, der Anwalt der Familie Doria.

Er deutete auf einen freien Stuhl. »Darf ich?«

»Gern. Woher wissen Sie, dass wir hier sind?«

»Von Ihrem Chef, Herr Brandner.«

Walter schüttelte den Kopf. »Die alte Plaudertasche.«

»Nehmen Sie es ihm nicht übel. Einem Hans-Peter Doria schlägt man nicht so leicht eine Auskunft ab.«

Ja, weil er steinreich ist. Walter lächelte trotzdem. Er hatte keinen Nerv, sich am frühen Morgen mit jemandem wie Junker über Prinzipien zu streiten. Daher fragte er: »Was verschafft uns die Ehre?«

»Der Dank meines Chefs. Er schickt mich, damit ich mich aus tiefstem Herzen bei Ihnen beiden persönlich bedanke.«

Was der werte Herr Doria nicht persönlich machen kann ...

Leonore fragte: »Wie geht es Kiara Lina?«

»Den Umständen entsprechend, Frau Goldmann. Die Familie Doria ist kurzfristig in den Erholungsurlaub gefahren, weswegen auch ich hier sitze und nicht Hans-Peter. Körperlich werden bei Kiara Lina glücklicherweise keine Schäden bleiben, aber geistig ... Sie hat bereits mit der psychologischen Aufarbeitung der Geschehnisse begonnen.«

»Das ist gut.«

Junker nickte, dann fragte er: »Sagen Sie, wie haben Sie diesen Job bisher ausgehalten?«

Leonore lachte. »Ich hab ihn nicht ausgehalten. Frühverrentung mit zweiundvierzig spricht eine deutliche Sprache, oder?«

Junker lächelte verhalten, bevor er sich an Walter wandte: »Und Sie? Sie sind lange im Geschäft. Wie erträgt man solche Grausamkeiten? Wurst aus Menschenfleisch ...« Der Anwalt schüttelte sich.

Walter zuckte mit den Schultern. »Ich weiß es ehrlicherweise nicht. Bisher ging es immer irgendwie, aber diesmal ... Zum Glück hab ich noch eine Woche und dann Servus.«

»Haben Sie schon Pläne für den Unruhezustand?«

»Urlaub.«

Junker nickte verstehend. »Können wir Ihnen da finanziell ein Upgrade organisieren? Und Ihnen, Frau Goldmann, natürlich etwas Adäquates.«

Walter hob sofort die Hand. »Sie wissen, dass ich ein solches Angebot nicht annehmen darf. Vorteilsnahme.«

»Fünf Tage vor der Rente?«

»Auch dann nicht. Prinzipien.«

»Ach ... wo ein Wille ist, ist auch ein Weg.«

»Vielleicht für Sie, Herr Junker, aber nein. Für mich nicht.«

»Und für mich auch nicht.« Leonore hob allerdings den Arm, um zu signalisieren, dass sie noch etwas hinzufügen wollte: »Aber wenn Sie jemanden unterstützen wollen, dann unsere jungen Kollegen.«

»Frau Pfeiffer und Herrn Schanzer?«

»Genau. Das sind die wahren Lebensretter.«

Das erstaunte den Anwalt. »Inwiefern?«

»Die beiden ermittelten die entscheidende Spur zur Schlachterei Schillinger. Und das auf, na, sagen wir, unkonventionellem Weg.«

Junker verstand und lächelte. »Danke für diese Information. Ich werde sehen, bei wem sich alles ein gutes Wort einlegen lässt. Aber zurück zu Ihnen beiden: Hans-Peter möchte Ihren Einsatz honorieren. Was können wir machen?«

Walter winkte ab. »Sagen Sie Kiara Lina einfach schöne Grüße und belassen Sie es dabei.«

Junker verzog die Lippen. Die Reaktion war nicht die, die er sich vorgestellt hatte. »Okay«, sagte er. »Dann akzeptieren wir das. Aber sollten Sie, egal in welcher Angelegenheit, jemals Hilfe brauchen, können Sie sich bei mir oder auch direkt bei Hans-Peter melden. Wir werden dann alles in unserer Macht Stehende tun, um

Ihnen zu helfen. Eine Hand wäscht die andere. Alte Schule.« Lächelnd streckte er zuerst Frau Goldmann die Hand hin, die seufzend einschlug, dann Walter.

Einen langen Moment betrachtete der die dargebotene Hand, bis auch er einschlug. Anders würde er den Anwalt vermutlich nicht loswerden. Und was sollte es ... einen Gefallen auf dem Guthabenkonto zu haben war eine Sache, ihn einzulösen eine andere.

Junker zeigte sich zumindest erfreut, verabschiedete sich und verließ das Café.

Als er durch die Tür verschwunden war, widmete sich Walter wieder seinem Rührei, aber der Rest war mittlerweile kalt. Er legte Gabel und Messer seufzend auf den Teller.

Leonore leerte ihren Sekt, schob sich das letzte Fitzelchen des Croissants in den Mund.

»Kommst du noch mit ins Dezernat?«, wollte Walter wissen. »Wir haben die Abschlusssitzung der Soko. Es wäre nett, wenn du dabei bist. Danach werden Cahide, Gregor und Sander den Rest des Falls klären.«

»Nettes Angebot, aber ich bin raus.«

Die Antwort erstaunte Walter. »Seit wann lässt du eine Chance verstreichen, ins Dezernat zu kommen?«

Leonore wurde ernst. »Ich hab 'nen Termin.«

»Beim Arzt? Wegen der Multiplen Sklerose?«

»Nee, was anderes. Frauenangelegenheiten.«

»Du bist aber nicht schwanger!?«

Leonore lachte. »Bei Gott, nein! Ich krempel jetzt nicht wieder mein Leben um. So wie es sich mit der Detektei und Michael entwickelt, ist es spitze.« Ihr

Gesicht wurde wehmütig. »Allerdings werd ich dich als Kriminalhauptkommissar Brandner vermissen.« Ihre Finger fanden seinen Handrücken. Die Berührung bescherte Walter feuchte Augen.

Schnell blinzelte er die Tränen weg. »Ich werd das auch alles vermissen. Aber wie sagt man: Jedes Ende ist auch ein Neuanfang. Ich lass mich einfach überraschen, was da alles auf mich zukommt.«

Und das würde er. Mit Spannung und Freude, denn das war vielleicht sein Erfolgsgeheimnis: Die Dinge nehmen, wie sie kamen.

43

Mittwoch, 30. Mai – 10.55 Uhr

Cahide drehte das Wasserglas zwischen ihren schlanken Fingern im Uhrzeigersinn. Kondenswasser perlte auf den Bierdeckel. Die Kohlensäure spielte mit dem Zitronenspalt.

Als sie Schritte hörte, blickte sie auf. Eine Bedienung trug zwei Cappuccinos an den Nebentisch. Eine der beiden Frauen dort lächelte.

Wieder widmete sich Cahide ihrem Mineralwasser. Für einen Moment nahm sie die Finger vom Glas, aber die zitterten, sobald sie nichts zu tun hatten, also begann sie wieder, das Glas zu drehen. Ihre Finger waren nicht der einzige Indikator für ihre Aufregung; auch ihr Herz klopfte wie wild, stärker sogar als nach dem Crash mit Bitzinger.

Es war irre, wie sehr sie der bevorstehende Termin mit Doktor Rinaldo Ferretti in der Bar Helvetia stresste. *Es wird der letzte sein, Cahide. Der letzte.* Um irgendetwas zu tun, trank sie erst von ihrem Wasser und konsultierte dann ihre Armbanduhr. Eine Minute vor elf. Jeden Moment müsste –

Und da kam er schon mit seiner cognacfarbenen Aktentasche mit Magnetverschlüssen, mit seinen zu engen Hosen in tintenblau und mit seinem Frettchenlächeln.

»Lasst die Spiele beginnen«, murmelte sie und setzte wie immer ihre Maske der Emotionslosigkeit auf.

Ferretti hob grüßend die Hand, bestellte an der Theke einen Espresso und kam damit zu ihr.

»Schön, dass es endlich geklappt hat, Cahide.« Er stellte das Getränk auf den Tisch, seine Tasche auf den Boden, schlüpfte aus dem Sommerblazer, hängte ihn über die Rückenlehne und sank auf den Stuhl. »Gut, dass du dich endlich einem zielführenden Therapieansatz öffnest. Das ist der erste Schritt. So können wir loslegen.«

Cahide hätte beinahe geschnaubt. Registrierte Ferretti überhaupt, was er da von sich gab? Waren alle bisherigen Sitzungen für die Katz gewesen? *Nur weiter so, Rinaldo. Nur weiter so.*

In gewohnter Distanziertheit sagte sie: »Wir haben noch dreiundvierzig Minuten, Herr Ferretti.«

Er faltete seine Hände auf dem Tisch, wie er es in allen vorangegangenen Sitzungen getan hatte. Sie lagen wenige Zentimeter neben Cahides Wasserglas.

»Du hast recht«, begann er. »Dann lass uns doch an unserer letzten Sitzung anknüpfen. Ich wollte wissen, ob du dich beschmutzt fühlst, nachdem sich das Blut des Kollegen über dich ergossen hatte. Ob aus dieser Besudelungserfahrung dein Zwang resultiert, täglich frische Hosen zu tragen.«

Cahide überlegte einen langen Moment, bevor sie sagte: »Das hatte ich Ihnen schon beim letzten Mal erklärt:

Ich bin ein reinlicher Mensch. Außerdem stehe ich als Kriminalkommissarin regelmäßig in der Öffentlichkeit. Heute war ich sogar in der Zeitung. Da ist es mir wichtig, immer das beste Bild einer Beamtin abzugeben.«

»Das mag sein, aber ich befürchte, du täuschst dich selbst. Die Wahrheit versteckt sich oft hinter Worten und allzu logischen Gedanken. Hat es dich denn überhaupt nicht gestört, dass der Kollege dich mit seinem Blut bespritzt hat?«

Cahide zog ihre Hände vom Glas und faltete sie in gleicher Pose wie Ferretti auf dem Tisch, keine zehn Zentimeter von seinen entfernt. Sie sah ihm direkt in die Augen: »Ist Ihre Wortwahl eigentlich beabsichtigt?«

Er musterte sie fast belustigt. »Inwiefern?«

»Na: Bespritzt, ergossen, ob ich mich dreckig fühle.«

Er lächelte. »Gewalt und Sex liegen nah beieinander, Cahide. Gewalt findet im Hypothalamus ihren Ursprung, einer sehr alten Hirnregion. Werden dort bestimmte Neuronen stimuliert, entsteht Aggressivität. Diese Gewaltneuronen überlappen sich mit Sexneuronen, wenn ich das vereinfacht darstellen darf. Sie sind vom Zelltyp gleich und sitzen auch nebeneinander. Daher ist es nicht verwunderlich, dass wir Menschen Gewaltphantasien gern permissiv zulassen. Insofern kann sich im Umkehrschluss ein Gewalttrauma besonders auf die Sexualität auswirken, und da ist auffällige Reinlichkeit ein möglicher Indikator. Bei mir als erfahrenem Therapeuten schrillen also alle Alarmglocken, wenn du so etwas erzählst. Man darf das nicht unter den Tisch kehren. Nicht umsonst beschäftigte sich Sigmund Freud sein ganzes

Leben lang mit der Sexualität. Sie erfüllt unsere psychosozialen Grundbedürfnisse; Zuneigung, Aufmerksamkeit, sich begehrt fühlen. Entsprechend ist das Spektrum der Erkrankungen durch Sexualstörungen überaus breit. Wir reden von Angststörungen, Panikattacken, Depressionen sowie von diversen anderen Syndromen. Klingt dramatisch, aber das Entscheidende ist, dass wir zusammen daran arbeiten können.« Und da tat er es: Seine Hände legten sich über ihre. »Wir können mögliche Probleme gemeinsam lösen, Cahide.«

Cahide widerstand dem Drang, ihm ins Gesicht zu kotzen. Auch ihre Hände ließ sie schön brav liegen. »Und wie würde so ein Therapieansatz aussehen?« Ihre Stimme hörte sich sogar ganz passabel an.

»Du hast also seit den Ereignissen mit Maybach und der Geiselnahme sexuelle Probleme?«

Immer noch hielt sie seinem erwartungsvoll forschenden Blick stand. »Darüber möchte ich – ganz offen gesagt – nicht in der Öffentlichkeit reden, Herr Ferretti.«

Sie spürte seinen sanften Händedruck. »Wollen wir uns nicht duzen, Cahide? Ich bin Rinaldo.« Er überbetonte die zweite Silbe. Der Name hörte sich so fast wie der des berühmten Fußballers an.

Sie zögerte, und er sagte: »Das geht schon in Ordnung. Bei Themen, die in das Innerste eines Menschen vordringen, darf die Distanz ruhig schrumpfen, sie muss sogar! Wie sonst sollte eine Vertrautheit entstehen, auf deren Basis ein Austausch auf Augenhöhe stattfinden kann? Und was die Örtlichkeit angeht, finden wir Abhilfe, Cahide. Wir vereinbaren die nächste Sitzung einfach bei dir zu Hause. Dort fühlst du dich doch am sichersten und kannst dich am besten und ganz ungestört öffnen.«

Aber ganz sicher nicht Ihnen, Sie Arschloch. Cahide lächelte kalt. Dabei richtete sie den Blick zum Nachbartisch, aber auch so hatten die beiden Frauen genug gehört.

Frau Goldmann trat an Ferrettis Seite und musterte mit gefurchter Stirn seine Hände, die immer noch die von Cahide umschlossen.

Auch die andere Frau, eine Mittfünfzigerin mit strengem Haarschnitt, schürzte missbilligend die Lippen.

Eine Sekunde lang sagte niemand etwas, bis Ferretti begriff, dass etwas nicht stimmte. Er wurde blass und zog seine Hände zurück. »Entschuldigen Sie, die Damen. Kann ich Ihnen helfen?«

Frau Goldmann sagte: »Mir sicher nicht. Und Frau Pfeiffer auch nicht.«

»Wahrscheinlich niemandem mehr«, fügte die andere hinzu. Aus ihrem Sakko zog sie einen Dienstausweis. Darauf stand: Supervisorin der bayerischen Psychotherapeutenkammer.

Ferretti schluckte, wollte sich erheben, doch Frau Goldmann drückte ihn zurück auf den Stuhl. Dabei nickte sie Cahide zu.

Die schnappte sich ihr Sakko, schlüpfte hinein, legte das Geld für ihr Mineralwasser auf den Tisch und verließ die Bar Helvetia, ohne Doktor Rinaldo Ferretti eines weiteren Blicks zu würdigen.

Draußen zogen graue Wolken gen Süden.

Ein Tief über Großbritannien schaufelte in den letzten Tagen kühle Luft von Norden nach Deutschland.

Zum ersten Mal seit Wochen konnte Cahide tief durchatmen.

44

Sie applaudierten alle.

Walter stand vor der versammelten Sonderkommission, die Hände vor dem Bauch gefaltet, ein seltsames Gefühl in der Magengegend. Die letzte Soko unter seiner Leitung. Es war verrückt. Seine Dienstzeit von über vier Jahrzehnten würde in ein paar Tagen enden. Einfach so, weil man dann halt in Pension ging. Kalenderblatt abreißen. Wegwerfen. Aus. Ende.

Und dann?

Walter wusste theoretisch, was dann: Urlaub, Haus ausmisten und sanieren, moderaten Sport anfangen. Ein paar spannende Kochkurse bei der VHS wollte er belegen. Vietnamesisch zum Beispiel. Und asiatische Küche. Vielleicht würde er auch wieder Rennradfahren. *Oder eine Detektei gründen wie Leonore.*

Leonore. Sie fehlte unter den Versammelten, genauso wie Cahide. Aber Pflichten waren Pflichten, und Frauenangelegenheiten waren Frauenangelegenheiten. Er würde Cahide noch ein paar Tage sehen, genauso wie

Gregor und Louis und all die anderen. Nur bei einem Gesicht freute er sich, es nicht mehr oft sehen zu müssen: Clemens Sander. Ob der Fallanalytiker weiterhin im Präsidium gastieren würde, wenn Walter in Pension ging? Walter vermutete, dass er die Koffer packen würde, und das wäre gut. Für alle Beteiligten.

Endlich flachte der Applaus ab, und Walter nickte ergriffen in die Runde. »Danke, liebe Kolleginnen und Kollegen. Danke für die tolle Zusammenarbeit.«

Zustimmende Worte fielen, dann löste sich die Versammlung auf. Nur Gregor kam zu ihm und blieb wortlos vor ihm stehen. Gregor mit der silbernen Narbe an Hals und Wange.

Walter lächelte.

Sein Protegé lächelte.

Und dann klopfte der junge Kollege ihm auf die Schulter, wie Walter es sonst immer bei ihm getan hatte, und ging aus dem Raum.

Walter blieb allein zurück. Er wusste nicht so recht, wieso, vielleicht war es einfach ein Moment der Sentimentalität. So hatte sich vermutlich Leonore gefühlt, als sie den Dienst quittierte. Irgendwie gut, und irgendwie schlecht. Gemischte Gefühle.

Jemand räusperte sich. Louis Rochell stand im Türrahmen und kam wieder herein, er hatte vermutlich draußen auf Walter gewartet. »Gute Arbeit, Walter. Wie immer. Da wird die Aufklärungsquote abstürzen, wenn du weg bist.«

»Glaubst du? Dann schätzt du die jungen Kollegen falsch ein. Die Quote wird steigen, Louis, das sag ich dir.

Mit Cahide und Gregor wird sie steigen. Die sind top!«

Louis wurde ernst. »Ja, das sind sie. Hatten einen erstklassigen Lehrmeister und eine ausgezeichnete Lehrmeisterin.«

Die beiden Männer blickten sich lange an, bis Walter sagte: »Ich hoffe, du wirst die zwei befördern. Cahide wäre prädestiniert für meinen Posten, und Gregor für den von Leonore, respektive Cahide.«

Louis lächelte wieder. »Ich hab mich schon gefragt, wann du mich darum bittest. Ich hab mit mir selbst Wetten abgeschlossen.«

»Und? Gewonnen?«

»Natürlich! Ich wäre schön blöd, wenn sie euch nicht beerben würden. Was dachtest du denn?«

Walter zuckte mit den Schultern. »Beim Staat weiß man nie so recht. Da werden nicht immer die Könner befördert, sondern gern die, die das Maul weit aufreißen.«

Jetzt war es an Louis, abzuwinken. »Du und deine offenen Worte. Die werd ich echt vermissen.«

»Zu recht.«

Die Männer fielen sich in die Arme, klopften sich gegenseitig auf die Schultern.

Als sie sich wieder voneinander lösten, sagte Louis: »Ach übrigens, ich bekam gerade einen Anruf.«

»Das klingt weniger gut.«

»Wie man es sieht. Es war das Krankenhaus, in das Juri Tscherniak verlegt wurde. Ein Anwalt der Firma Doria war bei ihm.«

»Junker.« Walter verzog das Gesicht. »Ich hoffe, du hattest ihm nicht verraten, wo Tscherniak liegt.«

»Nee, hab ich nicht. Keine Ahnung, woher er das weiß. Aber es kommt noch dicker.«

»Ich will's gar nicht wissen.«

»Ja, wäre vermutlich besser, aber ich erzähl es dir trotzdem: Tscherniak ist nach dem Gespräch verschwunden.«

Walter schloss die Augen. »Nicht dein Ernst!«

»Doch. Ich hab eben eine Fahndung eingeleitet, aber ich befürchte, dass Doria die Hand im Spiel hat und Tscherniak Wege eröffnet, die für uns nicht nachzuvollziehen sind.«

»Ein kleines Dankeschön für die Rettung seiner Tochter?«

»Wahrscheinlich. Was meinst du, was Tscherniak vorhat?«

Walter hatte da so eine Ahnung, aber irgendwie riet ihm sein Bauchgefühl, sie nicht auszusprechen. Wenn Louis nicht von selbst drauf kam, dann sollte es wohl so sein.

Juri Tscherniak.

Ein Bild erschien vor Walters innerem Auge: Ein malerischer Hafen vor einem moosgrünen Felsplateau mit rotem Minileuchtturm an der Spitze. Ein paar Fischkutter wogten in den Wellen. Eine steife Brise wehte von Norden her, streifte durch den Hafen von Stykkishólmur, einer Stadtgemeinde im Westen Islands. An der Mole stand ein einsamer, türkis-gelb lackierter Foodtruck. Auf ihm stand in handgeschriebenen Lettern: *The best Fish and Chips of Iceland.* Im Wagen ein vollbärtiger Juri Tscherniak mit verquollenem Gesicht und einer

Strickmütze mit Bommel auf dem Kopf. Weißer Dampf wallte aus dem Truck, wurde vom Wind davongerissen, hinterließ jedoch den Geruch von bestem Kabeljau und krossen Kartoffeln.

Tscherniak lächelte zufrieden.

»Was grinst du so blöd?«, fragte Louis.

Walter vertrieb das Bild und zuckte mit den Schultern. »Ich hab mich nur gefragt, ob es Karma ist.«

»Pfff ... Den finden wir schon, keine Sorge. Uns entgeht niemand auf Dauer.« Und mit diesen Worten verließ Dezernatsleiter Rochell das Besprechungszimmer.

Walter konnte über Louis' Elan nur den Kopf schütteln. Er trat zu Sanders Wand und fand schnell die Notiz über das Gespräch von Cahide und der JVA-Leiterin Bürgel über Tscherniak. Darauf stand: *Auswanderung? Island? Stykkishólmur?*

Walter betrachtete den Zettel lange, bevor er ihn von der Wand zog. Der Klebestreifen ratschte leise.

Mit einem Lächeln auf den Lippen faltete er das Papier doppelt und dreifach zusammen und ließ es in seiner Hosentasche verschwinden.

Als er endlich den Raum verließ, fragte er sich, ob er irgendwann vielleicht eine Reise nach Island unternehmen sollte. Zeit hatte er ja bald genug. Aber nein. Vorerst hatte er keine Sehnsucht nach bösen Buben und Mädels. Blieb die Frage, wie lange er es ohne sie aushielt. Vermutlich nicht allzu lange.

Nein. Ganz bestimmt nicht.

Nachwort

Puh. Da blinzle ich eine Träne weg. Und noch eine. Und dann atme ich tief durch.

Der Fall für Leonore Goldmann und Walter Brandner hat es in sich gehabt. Ein fast typischer Leibig voller Rätselraten, Spannung und einer guten Portion Action. Diesmal schrammt das Buch zwar am Rande des Überzogenen entlang, aber diese Story hat sich nur überspitzt erzählen lassen.

Wie kam es zu dieser Idee? 2018 war ich in Schottland auf Recherchetour für einen Fantasyroman (wer einen spannenden Einblick in das Mittelalter haben möchte, der ist im Mary King's Close in Edinburgh gut aufgehoben; liebevoll unbezahlte Werbung). Bei einem Tagesausflug reiste ich spät abends mit dem Bus von Glasgow nach Edinburgh. Mitten im Nirgendwo bog der Bus von der Autobahn und folgte einige Minuten der Straße in ein dunkles Bürogebiet. Wir hielten vor einer Bushaltestelle. Niemand stieg aus, niemand stieg ein. Dann fuhren wir zurück auf die Autobahn und direkt nach Edinburgh.

Es war ein ganz komisches Gefühl, als wir dort abbogen und in der Dunkelheit vor einer verlassenen

Haltestelle warteten. Und ich fragte mich: Was wäre, wenn so ein Bus spurlos verschwindet? Eine spannende Frage, und schwups, war ein Thriller geboren.

Dass der Fall auch in die Thematik *Fleischkonsum oder nicht* abdriftet, hat andere Gründe. In den letzten Jahren fällt mir eine zunehmende Fanatisierung und Verrohung unserer Gesellschaft auf. Viele Diskussionen werden zusehends emotionaler und aggressiver geführt. Als ich von einem Veganer angefeindet wurde, weil ich meinen Hund mit Fleisch füttere, entschied ich, dieses Thema aufzugreifen. Die Diskussion ist wie so viele nicht schwarz und weiß. Es gibt sehr gute Argumente gegen den Fleischkonsum, aber auch welche für den Fleischkonsum. Aber um die Argumente geht es mir gar nicht, sondern um den Umgang damit. Um die Streitkultur. Viele Parteien feinden sich an, ohne Rücksicht, ohne Verständnis, was ich in diesem Buch mit Dietmar Kaul auf die Spitze trieb.

Ich wünsche mir mehr Rücksichtnahme, weniger Egoismus, mehr Besonnenheit. Sich die Köpfe einzuschlagen führt nie zu etwas Gutem.

Und damit packe ich die Wunderlampe wieder ein und hoffe, ihr hattet trotz des grausigen Themas eure Freude am Roman.

Und wie geht es mit Leonore, Walter, Cahide und Gregor weiter? Geht Walter wirklich in den Unruhezustand? Verdient hätte er es ja, aber ...

Wie empfiehlt es Stephen King: »Kill your darlings, kill your darlings, even when it breaks your egocentric little scribbler's heart.« Ein guter Tipp, aber nein, so böse bin ich heute nicht. Alle vier dürfen überleben, aber gewiss ist, dass es jeden irgendwann trifft. Sollte es also einen siebten Fall geben, dann ...

Ein Hinweis noch in eigener Sache: Ich bin ein großer Fan des Austausches zwischen Leser*in und Autor*in. Dazu betreibe ich meinen monatlichen Newsletter (kostenlos und datenschutzkonform) und würde mich freuen, wenn ihr dabei seid. Einfach unter www.timoleibig.de/Newsletter anmelden. Neben dem Austausch informiere ich dort auch über Neuerscheinungen, Lesungen und neue Projekte.

Und nun darf ich noch danken:
Hanka – spitze wie immer!
Gregor – deine Insights waren hochspannend und grandios!
Arne – ich sage nur: Aktivisten! Ha!
Kathrin – tiefste Demut.
Regina – die Fehlerteufelfinderin.
Karin und Klaus – euch kann ich nicht oft genug Danke sagen.
Tessa – sorry fürs viele Sitzen. Ich gelobe Besserung!
Und euch Fans – ihr seid die Besten!

Mit herzlichen Grüßen
euer Timo Leibig

TIMO LEIBIG

MÄDCHEN DURST

THRILLER

TIMO LEIBIG

FUSSAB SCHNEIDER

THRILLER

TIMO LEIBIG

TOTEN SCHMAUS

THRILLER

TIMO LEIBIG

GRENZ GÄNGER

THRILLER

TIMO LEIBIG

FANG DEN TOD

THRILLER

TIMO LEIBIG

TOTEN FAHRT

THRILLER

www.timoleibig.de

Die Reihe um Goldmann und Brandner:

Mädchendurst
Der erste Fall für Goldmann und Brandner
ISBN 978-3-96111-656-0

Der Fußabschneider
Der zweite Fall für Goldmann und Brandner
ISBN 978-3-96111-655-3

Totenschmaus
Der dritte Fall für Goldmann und Brandner
ISBN 978-3-96111-654-6

Grenzgänger
Der vierte Fall für Goldmann und Brandner
ISBN 978-3-96111-653-9

Fang den Tod
Der fünfte Fall für Goldmann und Brandner
ISBN 978-3-96111-652-2

Totenfahrt
Der sechste Fall für Goldmann und Brandner
ISBN 978-3-96698-888-9

Alle Bücher sind erhältlich als E-Book und
Taschenbuch. Cover können abweichen.

www.timoleibig.de

Kriminalromane mit Leonore Goldmann:

**Nacht im März:
Kriminalroman**

Leonores erster Fall
als Privatdetektivin.

*Erhältlich nur bei Amazon
als E-Book und Taschenbuch.*

**Blasse Spuren:
Kriminalroman**

Leonores zweiter Fall
als Privatdetektivin.

*Erhältlich nur bei Amazon
als E-Book und Taschenbuch.*

www.timoleibig.de

Weitere Thriller von Timo Leibig:

Wenn Böses spielt (Herznote)
Psychothriller

Psychothrill in der Welt
von Goldmann und Brandner

ISBN 978-3-9817076-0-1

Tod Night Stand:
Thriller

Wenn die Nacht zum
Albtraum wird ...

Erhältlich nur bei Amazon
als E-Book und Taschenbuch.

»Professionelle Thrillerkost auf hohem Niveau.«
Weißenburger Tagblatt

www.timoleibig.de

Noch mehr dunkle Spannung von Timo Leibig:

**Blut und Harz:
Mysterythriller**

Packende Action
mit einem Hauch Mystery

ISBN 978-3-9817076-1-8

**Die Chroniken von Eduschée
Der Scharfrichter**

Dunkle Fantasy

ISBN 978-3-9817076-5-6

www.timoleibig.de